Die Blackbirds

Auf der Spur des Goldenen Pharaos

Felicitas Brandt

Francke

Über die Autorin:
Felicitas Brandt, geboren 1990, benennt ihre Haustiere nach Filmfiguren, liebt Pflanzen und Bücher und verlässt ohne Letzteres eigentlich nie das Haus. Sie verbringt viel Zeit mit Freunden und Familie, reist, so weit die Züge sie fahren, oder genießt auf der Couch eine gute Serie.
www. felicitasbrandt.de
felicitasbrandt
Felicitas Brandt - Autorin

MIX
Papier aus verantwortungsvollen Quellen
FSC® C014138

Bibliografische Information der Deutschen Nationalbibliothek
Die Deutsche Nationalbibliothek verzeichnet diese Publikation in der Deutschen Nationalbibliografie; detaillierte bibliografische Daten sind im Internet über http://dnb.dnb.de abrufbar.

ISBN 978-3-96362-334-9

35037 Marburg an der Lahn
Cover- und Innenillustrationen: Nataša Kaiser
Umschlaggestaltung: Francke-Buch GmbH / Marion Schramm
Satz: Francke-Buch GmbH
Printed in Czech Republic

www.francke-buch.de

Inhalt

Für alle Kids vom Fischerboot-Kindertreff in Schillig!
Die Geschwister Blackbird gibt es nur wegen euch.
Danke schön dafür und ich hoffe,
wir sehen uns bald im Fibo-Zelt ♥

Kapitel 1

Erste Regel im Schatzjägerhandbuch: Niemals den glitzernden Stein berühren!

Scotty

Scotty Blackbird war sich sicher, dass ihr Herz noch nie so schwer und schnell geschlagen hatte wie heute. Mit großen Augen sah sie zu dem riesigen Gebilde auf, das sich vor ihr aus dem Sand erhob und über dessen Spitze ein wunderschöner Vollmond schwebte.

»Das ist definitiv die dümmste Idee, die wir jemals gehabt haben!«, flüsterte sie.

»So weit würde ich nicht gehen«, kam es von ihrem Bruder Constantin, der neben ihr im Sand kauerte. Sie konnte das Grinsen in seiner Stimme hören. »Das damals am Nil mit den Eingeborenen war auch ganz schön dämlich.«

»Ich weise darauf hin, dass ich nicht wusste, was du mit dem Stab ihres Medizinmannes vorhattest! Aber ihn als Hebel zu benutzen, war so selten däml...«

»Faule Ausreden, Schwesterchen. Werfen wir jetzt einen Blick in den alten Kasten oder was?«

Scotty legte den Kopf in den Nacken, doch selbst so konnte sie die Spitze des Bauwerks nicht erkennen. Die Pyramide war gigantisch, Ehrfucht einflößend und auf eine wilde Art wunderschön. Und definitiv kein alter Kasten.

»Du willst es doch«, flötete Constantin.

»Wenn Mam das herausfindet, gibt es für dich jeden Abend Rosenkohl, Bruderherz. Lebenslänglich.«

»Und dir nimmt sie deine Bücher weg.« Constantins Zähne blitzten im Licht der Fackel. »Also sollten wir uns wohl nicht erwischen lassen.«

»Wir könnten Dylan fragen.« Scotty warf einen Blick zurück. Hinter ihnen, am Fuße der Sanddüne lag das Lager der Schatzjäger, ihrer Familie. »Er würde mit uns kommen.«

»Wer ist Dylan?«

Scotty fuhr verwirrt wieder zu ihrem Bruder herum. »Dylan? Dylan O'Conner? Hast du dein Gedächtnis verloren?«

In dem silbrigen Licht des Mondes wirkten Constantins Stirnfalten beinahe mystisch. »Scotty, schlafwandelst du gerade? Oder kriegst du Panik?«

»Ich ...«

Doch Constantin hatte lange genug gewartet. »Also, ich

gehe jetzt rein.« Und damit sprang er auf und stürmte in langen Sätzen auf den dunklen Eingang zu.

Scotty zerbiss einen wütenden Aufschrei zwischen ihren Zähnen und jagte ihrem Bruder hinterher. Sand rutschte unter ihren Chucks weg, schliddernd kämpfte sie sich die Düne hinunter und zum steinernen Eingang der Pyramide. Die Schatten verschluckten sie, innerhalb von Sekunden war es beinahe pechschwarz um sie herum. Warme, staubige Luft schlug ihr entgegen und Angst begann ihre Neugier zu überlagern.

»Constantin?!«, zischte Scotty. »Wo bist du?«

»Hier«, machte es neben ihr und Scotty sprang vor Schreck fast bis zum Mond. Constantin lachte leise und entzündete mit raschen Bewegungen die Fackeln, die sie beide in den Händen trugen. Seine eichhörnchenrote Haarmähne leuchtete im Schein der Flammen auf und wundersame Umrisse tanzten um sie herum auf den steinernen Wänden.

Einen Augenblick lang meinte Scotty ein Flüstern zu hören. Aber das konnte nicht sein, ihr Bruder und sie waren die Ersten, die diesen Ort betrachteten, vielleicht seit Jahrhunderten. Oder? Aber irgendetwas stimmte nicht. Ihr Bauch sagte ihr das und Scotty wusste, dass auf ihren Bauch Verlass war. Irgendetwas war falsch. Versonnen betrachtete sie die Malereien an den Wänden. Pharaonen vor ihrem Gefolge, Frauen in langen Gewändern und immer wieder das blaue Band des Nils. »Wunderschön«, flüsterte Scotty. »Was denkst du, wie alt ist das alles?«

Keine Antwort. Verwirrt wandte Scotty sich um. Der lange Gang, in dem sie sich befand, war leer. Constantin war verschwunden.

»Constantin?« Scotty drehte sich einmal um die eigene Achse. Wie lange hatte sie hier gestanden und die Malereien betrachtet?

Bestimmt ist er schon vorgegangen, dachte sie, packte ihre Fackel fester und folgte mit großen Schritten dem alten Gang. Wieder war da dieses Flüstern, umwehte sie wie ein Windhauch. »Oder wie ein Geist«, murmelte Scotty und schüttelte die Gänsehaut von ihren Schultern. »Ganz ruhig bleiben, Scotty. Du bist schon an gruseligeren Orten gewesen. Finde einfach Constantin und alles wird gut.«

»Constantin«, wisperte es von den uralten Steinen. »Constantin.«

»Mit dir hat niemand geredet!«, fauchte Scotty die Pyramide an und kam sich im nächsten Moment völlig verrückt vor. Hastig lief sie weiter unter den stummen Augen der Wandmalereien. Irgendwo erklang ein Rumpeln, dann ging ein Zittern durch den ganzen Gang. Sand rieselte von der Decke. »Oh, oh«, murmelte Scotty. »Gar nicht gut.«

»Scotty!« Eine Gestalt kam auf sie zugerannt. »Scotty, lauf!« Im nächsten Moment war Constantin neben ihr, packte ihre Hand und zerrte sie mit sich.

»Was hast du angestellt?«, schrie Scotty, während sie förmlich durch den Gang zu fliegen schienen.

»Ich habe irgendwas ausgelöst, fürchte ich!«, brüllte

Constantin über das lauter werdende Poltern hinweg. »Da lag so ein Stein auf einer Säule und ich ...«

»Du hast ihn nicht angefasst, sag, dass du ihn nicht angefasst hast!«

»Ich konnte einfach nicht anders, er hat so gefunkelt und ich wollte doch nur sehen ...«

»Erste Regel im Schatzjägerhandbuch: Niemals den glitzernden Stein berühren!« Scotty warf einen Blick über die Schulter. Eine gewaltige Kugel kam auf sie zugerollt und füllte den kompletten Gang aus.

Das kann nicht sein, schoss es ihr durch den Kopf. *Das geht nicht, das ist nicht real und warum ...?*

Im nächsten Moment war die Kugel schon direkt hinter ihnen. Ein seltsam blumiger Geruch drang Scotty in die Nase und ...

»Scotty!«

Mit einem erstickten Schrei riss Scotty die Augen auf und wurde zurück in die Wirklichkeit katapultiert. Schwer atmend sah sie sich um. Das hier war keine Pyramide, es war nicht mal Ägypten. Sie saß noch immer in dem Flugzeug, das sie genau in dieses Land bringen sollte, und Taisia, die freundliche Stewardess, die die Blackbird-Kinder auf ihrer Reise betreute, sah besorgt zu ihr herunter. »Scotty, du hast schlecht geträumt, oder?«

Scotty löste ihre steifen Finger von den Armlehnen, die sie krampfhaft umklammert hatte. »Geträumt, ja. Nur ein Traum.« Sie fuhr sich über die Augen, fühlte noch immer den Wüstensand auf der Haut und die stickige Luft in ihrer Lunge. Der Geruch entpuppte sich als Taisias Parfum. Scotty beugte sich zur Seite und warf einen Blick nach hinten, zwischen den Sitzreihen hindurch.

Drei Reihen hinter ihr erwiderte ein blaugrünes Augenpaar ihren Blick, als hätte ihr Bruder genau gewusst, dass sie sich umdrehen würde. Seine Lippen, von denen die obere etwas voller war als die andere, verschoben sich zu einem schiefen Grinsen, das kleine Grübchen in seine Wangen zeichnete. Der riesige blaue Kopfhörer drückte seine rotbraune Lockenmähne zusammen. Scottys Haare waren ebenso lockig, hatten aber die Farbe von Kupfer. Und doch konnte man die Ähnlichkeit zwischen ihr und ihrem Bruder Constantin angeblich nicht übersehen.

»Alles okay?«, formten seine Hände in ihrer eigenen Geheimsprache, die sie sich als Kinder ausgedacht hatten.

»Nur geträumt«, erwiderten Scottys Finger rasch.

Bei der Reservierung war etwas schiefgegangen und die Geschwister hatten trotz allem Protest nicht nebeneinandersitzen können. Irgendwann hatte Scotty einfach aufgehört zu diskutieren, weil sie keine Zicke sein wollte, aber ihr Herz hatte doch sehr geklopft, als sie sich allein neben die fremde Frau hatte setzen müssen. Nicht mal am Fenster durfte sie sitzen, dabei war der Blick nach draußen doch das Coolste am Fliegen. Natürlich war sie kein Baby mehr, sie wurde dieses Jahr zwölf, aber neben Constantin hätte sie sich doch ein bisschen wohler gefühlt, besonders bei Start und Landung.

»Sind bald da«, sagten Constantins Hände und Scotty richtete sich mit einem Nicken wieder auf. Dieser Flug dauerte einfach viel zu lange und es war kaum möglich, die Beine zu strecken, ohne dass ihre Knie dabei schmerzhaft mit dem Sitz vor ihr kollidierten. Es ging nicht. Selbst für sie, mit ihren knapp 1,47 m, war in dieser Konservendose mit Sitzen, die sich Flugzeug schimpfte, einfach nicht genug Platz.

Taisia wartete noch immer geduldig neben ihr, während Scottys Sitznachbarin mit der undefinierbaren Haarfarbe und dem leichten Damenbart ein lautes Schnarchen von sich gab, aber nicht aufwachte.

»Tut mir leid«, sagte Scotty. »Mir geht es gut, wirklich. Es ist nur ...«

»Es ist nur ein langer Flug, nicht wahr?« Taisia zwinkerte ihr verschwörerisch zu, griff in die Jackentasche ihrer dunkelblauen Uniform und reichte ihr einen halb in einer Serviette eingewickelten Keks. »Keine Sorge, wir landen in wenigen Minuten. Halte durch!«

Scotty murmelte mit warmen Wangen ein *Danke* und zeigte ihren Cookie triumphierend nach hinten. Constantin machte das Zeichen für »Angeberin!« und sah dabei ganz schön neidisch aus. Glücklich knabberte Scotty an dem Keks herum und dachte an das Abenteuer, das vor ihr lag.

Zwanzig lange Minuten später erloschen die Anschnallzeichen. Augenblicklich sprangen die meisten Passagiere auf, schlüpften in ihre Jacken, zerrten Rucksäcke und andere Gepäckstücke aus den Ablagen und strömten zum Ausgang. Scotty duckte sich unter einem Ellenbogen hinweg und wich dann gerade noch rechtzeitig einer herabrutschenden Handtasche aus. Die Dame neben ihr schnarchte selig weiter.

Scotty wartete ab, bis die Schlange im Gang sich aufgelöst hatte, ehe sie ihren Rucksack schulterte und sich in Bewegung setzte. Zuvor gab sie ihrer Sitznachbarin noch einen sachten Stups, die nur sehr langsam wach wurde. Schon nach wenigen Schritten entdeckte sie Constantin, der sich gemütlich durch den Gang schob und immer wieder innehielt, um ... Scotty riss die Augen auf. Innerhalb von Sekunden hatte sie ihren großen Bruder eingeholt. Er zuckte sichtlich zusammen, als sie plötzlich hinter ihm zischte: »Constantin, was tust du denn da?«

Constantin blickte über die Schulter und grinste sie betont unschuldig an. »Hallo Schwesterchen. Hast du den Flug überlebt?«

»Wie man sieht«, gab Scotty unbeeindruckt zurück. »Aber vermutlich wandern wir gleich in den Knast, weil du gerade das Flugzeug beklaust!«

»Es ist kein Klauen«, erwiderte Constantin unbeeindruckt und fischte eine weitere der kleinen Tüten, die jeder Passagier zur Begrüßung erhalten hatte, aus einer Sitztasche. Die Tüte war ungefähr so groß wie Scottys Handteller, leuchtend blau und mit einer Nussmischung gefüllt. Sie hatte ihre in der Hosentasche verstaut, weil sie Nüsse nicht so besonders gern mochte, aber Constantin schien es sich zur Aufgabe gemacht zu haben, all die armen kleinen Schalenfrüchte vor dem Müll zu bewahren, oder welches Schicksal sie auch immer erwarten mochte. »Sie haben sie ja schon verschenkt. Ich nehme nur die, die niemand wollte.«

»Du Nuss-Samariter«, scherzte Scotty und schielte besorgt über die Schulter, in Erwartung einer wütend auf sie zustürmenden Stewardess. »Und was genau willst du mit den ganzen Nüssen?«

»Man weiß nicht, was kommt, Schwesterchen.«

Grummelnd folgte Scotty ihrem Bruder, vorbei an einem lächelnden Kapitän, aus dem Flugzeug. Taisia schloss zu ihnen auf und versprach, ihnen bei der Suche nach ihren Koffern zu helfen. Constantin meinte zwar, dass das gar nicht nötig sei, aber Scotty war dankbar für die Hilfe. Der Flughafen war riesig und laut und voller Menschen, die mit wichtigen Mienen durch die Gegend rannten. Sie schüttelte ein paar Haarsträhnen zurück, die sich aus ihrem Zopf gelöst hatten, und versteckte die kalten Finger in den Ärmeln ihres Pullovers. Ihre schwarz-weiß gemusterten Chucks, die sie eigentlich liebte, kamen ihr neben den ganzen Ballerinas und High Heels um sie herum irgendwie schäbig vor. Ihre Wangen wurden warm. Es gefiel ihr nicht, dass sie sich von dem Aussehen anderer so einschüchtern ließ. Constantin dagegen wirkte völlig ungerührt, obwohl sein

T-Shirt ein dicker Klecks zierte, vermutlich Ketchup von dem Sandwich, das Aurora für ihn gemacht hatte. Was für ein Irrsinn, Ketchup auf Sandwiches zu tun! Da gehörte Mayo drauf oder Frischkäse, aber doch kein Ketchup! Constantin trug ebenfalls Chucks, leuchtend blaue, die zu dem Kopfhörer passten, den er sich in den Nacken gestreift hatte, und seine Jeans waren an einem Knie kaputt, und zwar nicht modisch kaputt, sondern einfach kaputt kaputt. Aber das hatte Scottys großen Bruder noch nie gestört, es war allgemein recht schwer, ihn aus der Ruhe zu bringen. Es sei denn, zu Hause fiel das WLAN aus.

Scotty kicherte bei diesem Gedanken, doch das verging ihr rasch, als sich ihr Magen lautstark zu Wort meldete. Hastig presste sie eine Hand gegen ihren Bauch. Im Rucksack hatte sie noch zwei Brötchen, aber da war Knoblauchsalami drauf und die wollte sie jetzt nicht im Gehen neben der schicken Taisia herunterschlingen, die bestimmt nach frischer Minze duftete und nicht nach Knoblauch.

Constantin grinste seine Schwester an, griff in die Hosentasche und zog eine grüne Tüte hervor. »Lakritz?«

Scotty verzog angewidert das Gesicht. »Weiche von mir, du Suchti.«

»Genießer«, verbesserte ihr großer Bruder sie und schob sich gleich zwei Lakritze in den Mund. Constantin war absolut süchtig nach Essen und besonders nach Lakritz, ständig hatte er eine Tüte davon in der Tasche, die er dort allerdings auch gerne mal vergaß, wenn sie leer war, was wiederum schon zu so manchem Waschmaschinendrama geführt hatte. Sogar am Abreiseflughafen hatte er beim Kiosk noch so viel Lakritz gekauft, dass ihn ein kleines Kind in der Schlange mit Blicken zu erdolchen versucht hatte. Peinlich. Einfach nur peinlich.

»Hier sind wir richtig.« Taisia wies lächelnd auf das vor ihnen liegende Kofferband, das sich gerade langsam zu drehen begann. »Eure Sachen werden sicher bald da sein und dann zeige ich euch, wo es nach draußen geht. Werdet ihr ein Taxi nehmen oder …?«

»Ein Freund unserer Eltern holt uns ab«, fiel Scotty ihr ins Wort und beim Gedanken an Dylan zeichnete sich ein Lächeln auf ihren Lippen ab. Dylan Murray O'Conner war Schotte und der beste Freund ihres Vaters, Nathan Blackbird. Die beiden hatten in Oxford studiert, später auch zusammen gearbeitet und waren um die ganze Welt gereist, auf der Suche nach Abenteuern, Schätzen und Geheimnissen. Irgendwann dann war Nathan in der Schweiz auf der Versteigerung eines wertvollen Gemäldes auf Evie, die zukünftige Mrs Blackbird, getroffen und hatte sich sofort in sie verliebt. Dylan war ihr Trauzeuge und der Patenonkel von Constantin und Scotty. Er hatte ihnen beigebracht, wie man auf einem Pferd ritt und wie man aus Stöcken Pfeile schnitzte. Constantin konnte auch noch andere Sachen schnitzen, nicht so gut wie Dylan, aber wesentlich besser als Scotty, die sich als handwerklich völlig unbegabt entpuppt hatte. Dafür trafen ihre Pfeile immer ins Schwarze, während Constantin manchmal nicht einmal die Scheibe traf. Scotty erinnerte sich an den Tag, als Constantin aus

Versehen eine der Gartenstatuen erwischt hatte. Ihre Mutter hatte ihn mit dem Wasserschlauch durch den ganzen Garten gejagt und danach verboten, dass sie hier weiter ihre »Barbareien« ausübten. Stattdessen sollten sie auf die alte Apfelbaumwiese nebenan gehen, was sie schließlich kichernd und mit eingezogenen Köpfen getan hatten.

Ein komisches Ziehen machte sich in Scottys Brust bemerkbar. Sie vermisste ihre Mutter. Schon seit drei Wochen war sie zusammen mit Scottys Vater und dem gesamten Forschungsteam der Blackbirds in Ägypten.

Doch heute würde Scotty sie endlich wiedersehen.

Kapitel 2
Gestrandet

Constantin

Constantin kaute auf einer seiner Lakritze herum und beobachtete aufmerksam das Kofferband. Eine Gitarre wanderte jetzt schon das zweite Mal an ihm vorbei und seine Fingerkuppen prickelten unter dem Bedürfnis, sie auf eine Saite zu legen und zu spielen. Seine Schwester wippte neben ihm auf den Fersen auf und ab. Die Sohlen ihrer Chucks machten dabei kleine Quietschgeräusche. Zu Hause hätte er sie damit aufgezogen, aber nicht hier. Scotty gab sich zwar alle Mühe, ihre Nervosität zu verstecken, aber er merkte sie ihr trotzdem deutlich an. Sie mochte keine Flugzeuge, auch keine Achterbahnen und U-Boote waren ihr sowieso ein Graus. Constantin kannte Scotty zu gut, als dass ihm solche Kleinigkeiten entgingen. Sie zu verstehen, war eine andere Sache. Ein Ding der Unmöglichkeit sogar!

»Da!« Scotty begann auf der Stelle zu hüpfen wie ein Flummi und deutete auf den waldgrünen Koffer, der eben auf dem Kofferband erschien. Das Ding stach hervor wie Nemo in einem Schwarm Goldfische. Constantin drückte seiner Schwester den Griff seines eigenen schlichten grauen Koffers in die Hand und trat vor, um ihr grünes Monstrum einzusammeln. Der Zusammenstoß ging ganz schnell. Es war nur ein Schatten in den Augenwinkeln, dann prallte schon etwas hart gegen seine Schulter. Mit einem Ächzen wich Constantin zurück und starrte den Mann, der ihn angerempelt hatte, erschrocken an. Er trug einen schwarzen Anzug mit Nadelstreifen, eine glänzende Uhr blitzte an seinem Handgelenk und fing das Funkeln des Siegelringes ein, den er an der rechten Hand trug. Ohne Constantin eines Blickes zu würdigen, zog der Mann einen schwarzen Koffer vom Band und wollte sich abwenden, wobei er Constantin beinahe ein zweites Mal umgerannt hätte.

»Hey!« Constantin sprang beiseite und machte ein empörtes Gesicht. So was Rücksichtsloses! »Es gibt auch noch andere Menschen auf der Welt. Verzeihung, dass unsere Existenz Sie belästigt«, platzte es aus ihm heraus. Bei dem Gedanken, was seine Mutter darauf erwidert hätte, zuckte er innerlich zusammen, denn die legte – genau wie Scotty – viel Wert auf gute Manieren.

Der Mann hob den Kopf, langsam, gelangweilt ... doch dann weiteten sich seine Augen plötzlich. Er sah Constantin ins Gesicht und stolperte einen halben Schritt zurück, als hätte er ihn erkannt – und zwar nicht auf eine gute Art. »Du? Was machst du hier?«

Constantin runzelte die Stirn und betrachtete den Fremden genauer. Ihm fiel auf, dass die Augen des Mannes seltsam farblos waren. Wie ausgewaschen. »Entschuldigung, kennen wir uns?«, fragte er verwirrt.

»Wo …?« Der Mann unterbrach sich selbst, rammte den Koffer auf den Boden, drehte sich um und eilte mit großen Schritten davon.

»Ihnen auch einen schönen Tag«, knurrte Constantin, konnte sich gerade noch Scottys Koffer schnappen, ehe dieser eine weitere Runde drehte, und ging zurück.

Seine Schwester sah ihm aus großen Augen entgegen. »Was war das denn?«

»Keine Ahnung.«

»Kanntest du den?« Scotty blickte mit gerunzelter Stirn in die Richtung, in die der Mann verschwunden war. »Es schien, als würde er dich kennen.«

»Ganz ruhig, Sherlock.« Constantin tippte Scotty gegen die Stirn und schob ihr dann ihren Koffer hin. »Der hat mich bestimmt verwechselt.«

»Dieser Mann war sehr unhöflich.« Taisia lächelte entschuldigend und bedeutete den Geschwistern mit einem Wink, ihr zu folgen. »Na kommt, bringen wir euch zu eurem Patenonkel. Dann kann euer Urlaub endlich starten. Besucht ihr die neue Hotelanlage des *Sunrise Royal Makadi?*«

Scotty schnappte sich ihren Koffer und lief neben Taisia

her. »Nein, wir wollen raus in die Wüste«, erklärte sie, während Constantin zu ihr aufschloss.

»Die Wüste?« Taisia blickte verwirrt drein. »Aber da ist doch gar nichts. Nur Sand und Steine und ...« Ihre Augen wurden groß. »Wartet mal, seid ihr wegen der Pyramide hier, die sie gefunden haben?« Sie lachte auf, als wäre dieser Gedanke absolut albern, fuhr im Scherz aber fort: »Seid ihr nicht etwas zu jung, um für die Paparazzi zu arbeiten?«

»Unsere Eltern arbeiten bei der Pyramide«, erklärte Constantin.

»Als Reporter?«

»Nein, als Forscher.« Er beobachtete amüsiert die Verwirrung, die sich im Gesicht der jungen Frau widerspiegelte. Es war ein mittlerweile vertrauter Anblick, der das Zusammenleben mit Eltern wie den seinen nun einmal mit sich brachte. »Sie sind vor drei Wochen hergebeten worden. Offensichtlich möchte Ihre Regierung die Angelegenheit gerne in erfahrene Hände legen.«

Taisia blieb stehen. Ihr Blick zuckte über die Geschwister, ihre großen Koffer, weiter über die Einkaufsmeile, die sich links von ihnen erstreckte, die landestypischen Backwaren in der Auslage und den Zeitungsständer gleich daneben. Zeitungen, deren Titelseiten sehr gut zu lesen waren, Titelseiten, auf denen überall das gleiche Foto prangte: ein rothaariger Riese und eine wunderschöne zierliche Frau, die gemeinsam in die Kamera lächelten.

Ägyptischer Staatspräsident bittet hochrangiges Forscherteam um

Unterstützung. Nathan und Evie Blackbird erforschen die neue Pyramide in der Wüste.

»Blackbird«, murmelte Taisia. »Ach du meine Güte. Das sind eure Eltern?!«

»Jep.« Scotty lächelte zuckersüß. »Sollen wir eine Mumie nach Ihnen benennen?«

»Ich glaube kaum, dass das angemessen wäre«, bemerkte Constantin nüchtern und versuchte, sein Grinsen zu verbergen, damit Taisia sich nicht von ihnen beiden auf den Arm genommen fühlte. Ihre Eltern hatten in der Welt der Wissenschaft schon immer eine gewisse Bekanntheit innegehabt. Als sie dann vor zwei Jahren die Verlorene Stadt der Inka im Dschungel gefunden hatten, waren Zeitungen und Internet von ihren Gesichtern schon fast überschwemmt worden. Ja, ihre Eltern waren berühmt und die Blackbird-Kinder blieben selten davon verschont, mit großen Augen angesehen zu werden.

Die freundliche Stewardess schüttelte den Kopf, als würde ihr das helfen, ihre Gedanken zu klären, wobei ihr die kleine Kappe verrutschte, die zu ihrer Uniform gehörte. »Es tut mir leid, ich hatte keine Ahnung, dass ich es mit Berühmtheiten zu tun habe …«

»Hey, wir sind ganz normal.« Scotty zeigte auf Constantin und sich. »Unsere Eltern sind die Berühmten und glauben Sie mir, mit ihnen zu leben, ist nicht so glamourös, wie es in der Zeitung steht. Sie sind superstreng, wenn es um Hausaufgaben geht, und lange Aufbleiben kann man gleich ganz vergessen.«

Constantin versteckte sein Prusten hinter einem Husten, während Taisia ihr Lächeln wiederfand und Scotty mit echter Sympathie ansah, ehe sie die Kappe, die zu ihrer Uniform gehörte, richtete und die Schultern straffte. »Na dann, jetzt wollen wir aber mal los. Wer weiß, was hier sonst gleich noch alles ans Licht kommt.«

Constantin zwinkerte seiner Schwester zu, dann trabten die drei gemeinsam durch den Flughafen. Alles war hell und freundlich und vor allem voll klimatisiert. Constantin graute es schon vor der Hitze, die draußen auf sie lauerte. Warum musste diese Pyramide auch ausgerechnet im Sommer gefunden werden? November oder Dezember hätte ihm wesentlich besser gepasst. So lange würden die Verantwortlichen allerdings nicht warten wollen, überall rätselte man darüber, was sich wohl im Inneren der Pyramide befand, die vor genau drei Wochen und drei Tagen durch einen Sturm freigelegt worden war. Um genau zu sein, hatte es erst ein Erdbeben gegeben und dann einen Sturm. Und jetzt befand sich dort, wo seit Jahrhunderten eine riesige Düne gewesen war, ein Tal, mit einer Pyramide darin. Was für eine verrückte Welt.

Sie umrundeten eine lange Schlange von Menschen, die für irgendetwas anstanden, und für einen Moment glaubte Constantin wieder den unfreundlichen Mann zu sehen. Er stand etwas abseits, ganz regungslos, und starrte zu ihnen herüber. Aber als er blinzelte und dann genauer hinsah, konnte er ihn nirgendwo entdecken.

Sie waren jetzt in der letzten Halle angekommen, die sie

von der Außenwelt Ägyptens trennte. Überall waren Stände der verschiedenen Urlaubsanbieter, Hotels und Taxi- oder Busunternehmen. Dazwischen standen Menschen mit Schildern in der Hand, braun gebrannte Reiseführer, adrett gekleidete Busfahrer und Hotelangestellte. Aber kein breit grinsender Schotte, der fast so groß wie Goliath war.

»Vielleicht ist er weiter hinten. Wir laufen einfach die ganze Reihe ab, dann finden wir ihn schon«, schlug Scotty vor. Taisia wurde gerade stürmisch von einer Frau umarmt, die in schnellem Arabisch auf sie einredete und dabei immer wieder auf ihre linke Hand deutete, an der ein schmaler Ring funkelte. »Wartet, ihr beiden, ich komme mit!«, rief Taisia, aber die Geschwister schüttelten die Köpfe.

»Lassen Sie nur, von hier schaffen wir es auch alleine. Wir werden Dylan sicher schnell finden«, versicherte Constantin und versuchte, wie ein verantwortungsbewusster großer Bruder zu klingen.

»Aber wenn ihr …«

»Danke fürs Herbringen!«, fiel Scotty ihr ins Wort und winkte. »Vielleicht sehen wir uns ja auf dem Rückflug. Und jetzt gehen Sie mit Ihrer Freundin, bevor sie vor Neuigkeiten noch platzt.«

»Ich gehe mit Alischa da vorne an den Stand mit den Säften, in Ordnung? Von da aus habe ich den Ausgang im Blick und ihr winkt mir, wenn ihr mit eurem Patenonkel rausgeht. Ich bewege mich dort nicht weg, ehe ich nicht weiß, dass ihr ihn gefunden habt.« Taisia drohte ihnen mit dem erhobenen Zeigefinger.

»Geht in Ordnung«, versprach Constantin und dann zogen sie los. Er drehte den Kopf nach links und rechts, doch sosehr er sich auch streckte und Ausschau hielt ... Dylan blieb verschwunden. Ein ungutes Gefühl machte sich in seinem Magen breit, doch er setzte ein gleichmütiges Gesicht auf, damit Scotty nichts merkte. Er wollte seine kleine Schwester nicht beunruhigen.

»Ob es noch einen Ausgang gibt, wo Dylan vielleicht wartet?«, mutmaßte Scotty irgendwann.

»Das hätte Taisia uns doch gesagt. Warte kurz.« Constantin begann in seiner Tasche zu kramen und warf dabei beinahe seine Lakritze zu Boden. Hastig stopfte er die Tüte zurück und zog stattdessen sein Handy hervor. Es war neu, ein Geschenk von Onkel C, mit allem Schnickschnack für die Reise: einer super Kamera für Erinnerungsfotos und einem Auslandsvertrag zum Telefonieren. Das Display leuchtete auf und Constantin wählte die Nummer seines Vaters. Schon nach wenigen Sekunden ließ er das Handy wieder sinken. »Ausgeschaltet.«

»Wie immer«, stöhnte Scotty. »Versuch's bei Mam.«

Constantin nickte, rief den Kontakt seiner Mutter auf und hob das Handy wieder ans Ohr. Es tutete eine ganze Weile, doch gerade, als er aufgeben wollte, erklang die Stimme seiner Mutter. »Constantin, mein Schatz, was gibt's? Frag mich nicht noch einmal, wie viel dein Koffer wiegen darf, das hatten wir schon Dutzende Male, und nein, auch Sherlock und Watson dürfen nicht mit, glaub mir, für Chinchillas ist das Camp hier nichts, und wenn ihr morgen kommt ...«

»Mama, wir sind schon hier.«

Am anderen Ende der Leitung herrschte für einen Moment Stille, nur ein entferntes Klopfen war zu hören.

»Mama?«, hakte Constantin nach und drückte das Handy fester ans Ohr.

»Was meinst du damit, ihr seid schon hier?«, fragte Evie Blackbird und in ihrer Stimme schwang ein Anflug von Panik mit. »Sieben Uhr, hat Christoph gesagt. Er sagte ›am Sonntag um sieben Uhr‹!«

»Wir sind um neunzehn Uhr angekommen«, sagte Constantin, dem Übles schwante. »Heute. *Jetzt*, um genau zu sein. Wir sind am Flughafen.«

»Dieser ... NATHAN!« Constantin riss sich hastig das Handy vom Ohr. »Nathan, leg diesen Hammer weg und komm da runter, deine Kinder sind hier!«

»Sie haben uns vergessen?«, flüsterte Scotty. Ihre Augen waren kugelrund. »Es kommt niemand?«

Constantin versuchte, ihr ein beruhigendes Lächeln zu schenken, während er gleichzeitig angestrengt in die Leitung lauschte. Seine Mutter schien das Handy noch in der Hand zu haben, sie redetet auf jemanden ein, während ihre Stimme immer schriller wurde. Er verstand nur wenig, hauptsächlich Wörter wie »Kinder« und »Flughafen« und ein paar Brocken, die sehr nach Hebräisch klangen. Seine Mutter hatte es sich angewöhnt, nicht in einer Sprache zu fluchen, die ihre Kinder verstehen konnten, dasselbe galt für das Beraten über Weihnachtsgeschenke, was ziemlich frustrierend war, wenn man schon mit den Latein-Vokabeln Probleme hatte.

Constantin bemühte sich, nicht in Panik zu verfallen, während seine Gedanken hin und her huschten wie aufgeschreckte Mäuse. Die Geschwister hatten ein wenig Geld von Onkel C zugesteckt bekommen, mit dem sie sich etwas zu essen kaufen könnten. Die Ausgrabungsstätte lag ein ganzes Stück weit entfernt, das wusste Constantin, ein paar Stunden würden sie hier also aushalten müssen. Sie könnten sich in ein Café setzten, nach einem heißen Kakao wäre Scotty sicher beruhigt und in der Lage, ihr Buch zu lesen oder so was. Und sie könnten ein bisschen rumlaufen, allerdings wäre das mit den Koffern ziemlich umständlich und außerdem war es ja schon Abend. Wie lange war hier der Aufenthalt wohl erlaubt? Es gab doch Nachtflüge, oder? Constantin biss sich auf die Lippe. Hilfe! Am liebsten hätte er sich ein Lakritz in den Mund geschoben, essen hatte einfach eine beruhigende Wirkung auf ihn, aber die Tüte war so in seine Hosentasche gequetscht, dass er nicht so leicht an die Öffnung drankam.

»Was sollen wir hier denn machen?«, fragte Scotty mit dünner Stimme. »Sollen wir die Gepäckwagen wegräumen und von den Münzen darin leben, die die Leute haben drinstecken lassen, so wie Tom Hanks in *Terminal*? Auf Bänken schlafen, weil wir den Flughafen nicht verlassen dürfen, aber auch kein Geld für ein neues Ticket haben und niemand hilft uns weiter, weil wir die Sprache nicht sprechen? Der Film war so traurig. Ich weiß nicht, ob ich auf so einer Bank schlafen kann, Ny.«

Dass seine kleine Schwester seinen Kinderspitznamen

verwendete, bedeutete, dass es ernst war. Er war ein Jahr älter als sie und Scotty hatte seinen vollen Namen lange nicht aussprechen können. Sie hatte ihn ganz einfach zu Ny abgekürzt und das so beibehalten. Erst als sie auf derselben Schule gewesen waren, hatte sie damit aufgehört, weil einer von Constantins Klassenkameraden ihn damit aufgezogen hatte.

Scotty war eine Planerin, ungewohnte Situationen konnten sie schon mal aus dem Gleichgewicht bringen. Constantin beugte sich vor und drückte ihre Schulter. »Alles wird gut, okay? Ich kläre das schon.«

»Constantin?« Plötzlich drang die Stimme seines Vaters an sein Ohr. Das Handy hatte er für einen Moment völlig vergessen. »Hörst du mich?«

»Hi, Papa.« Constantin richtete sich erleichtert auf.

»Hör zu, Sohn, bleibt ganz ruhig, ja? Ich funke Dylan an, er ist mit dem Jeep draußen, um ein paar Untersuchungen zu machen. Dann kommen wir euch holen. Aber die Fahrt dauert eine ganze Weile ...«

»Eine Weile?«, schimpfte Evie im Hintergrund los. »Das sind Stunden, Nathan! Was zum fliegenden Sandkäfer sollen unsere Kinder denn so lange am Flughafen machen? Bis ihr endlich dort seid, ist es mitten in der Nacht und dann ...«

Nathan schien eine Hand auf das Handy zu drücken, denn seine Stimme klang nur noch gedämpft. Offensichtlich versuchte er, seine Frau zu beruhigen, was – noch offensichtlicher – nicht funktionierte.

Constantins Gedanken rasten und formten sich schließlich zu einer Idee. »Papa? Hallo?«

»Ich bin hier.«

»Hör zu, Mama hat recht. Es macht keinen Sinn, jetzt hierherzukommen. Wer weiß, wo du landest, wenn du mitten in der Nacht durch die Wüste fährst.«

»Aber ...«

»Wir suchen uns ein Hotel«, fuhr Constantin hastig fort, beugte sich über seinen Rucksack und zog sein Portemonnaie hervor. Sorgfältig in einem kleinen Fach verstaut, steckte die goldene Karte, die ihm Onkel C letztes Jahr gegeben hatte, in einer seiner seltsamen Stimmungen. »Für den Notfall, mein Lieblingsneffe«, hatte er gesagt und Constantin tief in die Augen gesehen. »Für den allergrößten Notfall.«

Am anderen Ende der Leitung wurde es für einen Moment still. Dann begann Nathan. »Constantin ...«

»Wir suchen uns ein Hotel, bleiben eine Nacht und morgen, ganz früh, kann Dylan uns abholen. So schwer kann das ja nicht sein, etwas zu finden, hier sind überall Informationsstände.«

»Bist du dir sicher?« Nathan klang nachdenklich, es war nicht zu überhören, dass ihm die Idee nicht schmeckte, er sie aber dennoch in Betracht zog. Denn, wenn man ehrlich war ... Sie hatten nicht wirklich eine Wahl.

»Ganz sicher«, sagte Constantin und versuchte so zuversichtlich wie nur möglich zu klingen, auch wenn er sich eigentlich gar nicht so fühlte. Nervös versuchte er noch einmal, in die Lakritztüte zu greifen, ohne dass alles zu Boden fiel. »Allerdings weiß ich gar nicht ... Können Kinder Hotelzimmer buchen? Wir ...«

»Kinder?« Taisia war hinter den Geschwistern aufgetaucht. »Was ist denn los?«, fragte sie besorgt.

Mit leichter Panik in der Stimme schilderte Scotty Taisia in kurzen Sätzen die Situation.

Die Stewardess nickte konzentriert, ging in die Hocke und legte einen Arm tröstend um Scotty, während sie die freie Hand nach dem Handy ausstreckte. »Mister Blackbird? Hi, mein Name ist Taisia Mansour. Ich bin Flugbegleiterin und es war meine Aufgabe, Ihre Kinder sicher zu ihrem Abholort zu bringen. Ihr Schwager hat mich damit beauftragt. Mein Onkel hat ein Hotel, hier ganz in der Nähe. Ich kann die beiden ohne Schwierigkeiten dort unterbringen, es wird ihnen an nichts fehlen. Ja, das *Lotusblüte*. Genau, Rashid Mansour ist mein Onkel. Natürlich Sir, das ist selbstverständlich. Ich bringe die Kinder persönlich dorthin. Ich gebe Ihnen Ihren Sohn noch einmal.«

Hastig würgte Constantin das Lakritz, das er endlich aus der Tasche gefischt hatte, herunter und nahm das Handy entgegen.

»Ist das wirklich in Ordnung?«, ertönte die Stimme seiner Mutter. »Du weißt, wir würden sofort losfahren und euch holen.«

»Bis ihr hier seid, hat Scotty ihr Buch verschlungen und ich sterbe vor Hunger«, versuchte Constantin sich lässig zu geben, auch wenn sein Herz angesichts dieses Abenteuers schon ziemlich pochte. »Wir können mit Taisia gehen, das ist kein Problem.«

»Wir kennen das Hotel und auch Rashid. Da seid ihr für heute Nacht gut aufgehoben.«

»Na, dann ist doch alles okay, oder nicht?« Constantin schöpfte Hoffnung.

»Gib mir mal deine Schwester, bitte.«

Constantin reichte das Handy weiter und lächelte Scotty zu. Sie lauschte der Stimme ihrer Mutter. Ihre Finger trommelten auf ihrem Oberschenkel herum, eine nervöse Angewohnheit, die sie schon hatte, solange er sich zurückerinnern konnte. Constantin hätte seine Schwester gerne in den Arm genommen, hatte aber Angst, dass ihr das vor Taisia peinlich sein könnte.

Schließlich nickte Scotty und murmelte ein *Gut, bis später* in den Hörer, dann legte sie auf. »Okay«, sagte sie und griff nach ihrem Koffer. »Es kann losgehen.«

Kapitel 3
Die Suite der vielen Knöpfe

Scotty

Taisias Onkel war ein kleiner Mann mit silbergrauen Haaren und einem strahlenden Lächeln, das sein Gesicht in ein Meer aus Falten verwandelte. Gekleidet in ein traditionelles Gewand aus luftigen bunten Stoffen, eilte er ihnen schon entgegen, sobald das von Taisia gemietete Taxi vor der *Lotusblüte* hielt.

»Guten Tag, guten Tag, willkommen in der *Lotusblüte.*«

Er schüttelte Constantin kräftig die Hand und verbeugte sich vor Scotty, die verlegen einen Knicks machte und sich dabei ein bisschen albern vorkam. Taisias Onkel sprach ein sehr gutes Englisch, worüber Scotty sehr erleichtert war. Der Taxifahrer hatte nämlich nichts verstanden und ohne Taisia wären sie völlig aufgeschmissen gewesen.

Die Fahrt war nicht sehr lang gewesen. Zum Glück, denn

der Fahrer hatte einen ganz und gar grausamen Musikgeschmack und Scotty hatte nur darauf gewartet, dass Constantin nach vorne hechtete, um das Radio zu zertrümmern, aus dem dieser Unfug quoll. Wenn es um Musik ging, verstand ihr Brüderchen keinen Spaß. Außerdem roch es in dem Taxi extrem nach künstlichem Kokos, was wohl an den Duftbäumen lag, die im Rudel an dem Rückspiegel hingen. Scotty war froh, als sie endlich in der weiß gekiesten Einfahrt gehalten hatten.

»Uff.« Constantin stöhnte und fächelte sich Luft zu. »Denkst du, es macht einen schlechten Eindruck, wenn ich meinen Kopf in diesen Springbrunnen da vorne stecke?«

»Wag es ja nicht«, zischte Scotty. »Das hier ist nicht unser Baggersee.«

Ganz im Gegenteil, das vor ihnen liegende Gebäude war einem Schloss gar nicht mal so unähnlich. Die roten Steine leuchteten in der tief stehenden Sonne. Es gab zwei Türme mit spitzen Dächern und mehrere Balkone, umzäunt von edel geschwungenen Geländern. Palmen und dichte Büsche mit großen Blüten säumten die Wege und der Eingang war ein großes ovales Tor. Scotty zog ihr Handy hervor und machte ein Bild. Dieser Ort war wunderschön!

Taisia und ihr Onkel, die sich in schnellen, für Scotty unverständlichen Sätzen unterhielten, winkten den Geschwistern zu, ihnen zu folgen. Die beiden schulterten ihre Rucksäcke, während der Taxifahrer die Koffer an einen jungen Mann in Hoteluniform weitergab, der wie aus dem Nichts aufgetaucht war. Die Eingangshalle war hell erleuchtet und es roch nach Essen. Das Klappern von Geschirr drang an Scottys Ohr. Ihr Magen knurrte leise. Rashid klatschte erfreut in die Hände. »So, meine Lieben, ich habe ausführlich mit eurem Vater telefoniert. Leider ist mein Hotel ausgebucht, aber eine kleine Ecke haben wir noch für euch gefunden.« Er zwinkerte den Blackbirds zu und deutete zur Seite auf einen offen stehenden Aufzug, in dem bereits der junge Mann mit den Koffern wartete. »Bitte nach euch.«

Scotty schluckte. Neben Flugzeugen mochte sie auch Aufzüge ganz und gar nicht. Sie straffte die Schultern und trat auf den Aufzug zu, der mit schreiend bunter Tapete und großen Spiegeln versehen war. Constantin hielt sich dicht hinter ihr, sie konnte die Lakritze an ihm riechen. Gleich fühlte sie sich wohler. Ein lautes *Bing* ließ sie innehalten. Hinter ihnen war noch ein Fahrstuhl, dessen Türen sich jetzt öffneten und den Blick auf einen dunkel gekleideten Mann mit – Moment! – seltsam blassen Augen freigaben, die Scotty irgendwie bekannt vorkamen … Es war der merkwürdige Mann vom Flughafen! Der Fremde beachtete sie jedoch gar nicht, sondern steuerte zielstrebig auf Rashid zu. »Mister Mansour, sind Sie mit Ihren Nachforschungen bezüglich meines Transportes weitergekommen? Ich benötige wirklich dringend ein Fahrzeug.«

»Tut mir leid, mein Herr, aber ich musste erst unsere neuen Gäste begrüßen.« Rashid lächelte den genervt dreinschauenden Gast an. »Ich bringe die Geschwister Blackbird auf ihr Zimmer und dann …« Er trat einen Schritt zur

Seite und machte dabei eine erklärende Geste in Richtung der Kinder.

Der Blick des Mannes folgte der Bewegung und seine Augen weiteten sich, als er Scotty und Constantin entdeckte. Kein Zweifel, er erkannte sie ebenfalls wieder. Seine Lippen formten irgendein Wort und dann drehte er sich auch schon auf dem Absatz um und ging mit schnellen Schritten davon.

Verwirrt ließ Rashid die Hände sinken. »Was ...?«

»Also langsam nehme ich das aber persönlich«, murmelte Constantin. »Was hat dieser Kerl nur für ein Problem?«

»Bestimmt der Reisestress«, meinte Rashid, klang jedoch nicht sehr überzeugt von seinen eigenen Worten und stieg in den Aufzug. »Jetzt wollen wir aber los.«

Vier Stockwerke Fahrt, eine Menge Grübelei über diese seltsame Begegnung, einen langen Flur und eine Flügeltür mit goldenen Griffen später standen Scotty und Constantin mit offenen Mündern in einem riesigen Wohnraum und der arme Page durfte endlich die schweren Koffer abstellen. Der Boden war in dunklem Türkis gefliest und darüber lag ein riesiger Teppich, der so flauschig wirkte, dass Scotty sich zwingen musste, sich nicht hinzuhocken und die Hände darin zu vergraben. Große Bilder von Wüstenlandschaften hingen an der Wand. Am anderen Ende des Raums war eine große Tür, die offen stand und einen kleinen Blick in ein Badezimmer gewährte. Daneben gab es noch zwei weitere Türen und einen Balkon. Dominiert wurde das Zimmer jedoch von einer großen Couchlandschaft mit Sesseln und einem niedrigen Tisch, über dem ein glitzernder Kronleuchter hing.

»Unsere Luxussuite.« Rashid gluckste zufrieden beim Anblick ihrer staunenden Gesichter. »Etwas anderes war leider nicht frei, aber euer Vater sagt, ihr hättet einen sehr großzügigen Onkel, der für alles aufkommen wird.«

Constantin und Scotty tauschten einen Blick, bissen sich gleichzeitig auf die Lippe ... und brachen dann in schallendes Gelächter aus. In Scottys Kopf blitzte ein Bild ihres Onkels auf, wie er verschlafen die Haustür öffnete und ein Mann mit riesigem Turban vor ihm eine kilometerlange Hotelrechnung ausrollte. Ja, es sah ihrer Mutter durchaus ähnlich, ihrem kleinen Bruder so einen Denkzettel zu verpassen.

Rashid fuhr lächelnd fort: »Die beiden Türen hier führen in zwei Schlafzimmer, ihr könnt euch aussuchen, wer welches haben möchte. Auf dem Tisch findet ihr eine Beschreibung des Hotels, die Öffnungszeiten des Schwimmbades, der Sauna und alles Weitere. Das Abendessen ist bereits aufgetischt, aber ihr seid sicher müde, also könnte ich euch auch etwas hierherbringen lassen?«

»Das wäre großartig«, sagte Constantin und rieb sich den Bauch. »Und für mich bitte keinen Fisch.«

Scotty schnaubte. Seit Constantin einmal in einem Restaurant aus Versehen Fischfrikadellen statt Chicken Nuggets bekommen hatte, betonte er immer wieder an den unmöglichsten Stellen, dass er keinen Fisch wollte. Scotty konnte das nicht verstehen, sie liebte Fisch über alles, genau wie ihr Vater, wohingegen man ihre Mutter und Constantin damit bis zum Nordpol jagen konnte.

Rashid lachte leise. »Ich werde es mir merken. Ich lasse euch jetzt allein. Euer Vater hat gesagt, dass Mister O'Brian morgen so früh wie möglich hier sein wird, um euch zu holen.«

Taisia umarmte die Kinder zum Abschied. »Passt auf euch auf, ja? Und wenn etwas ist – egal was –, wird Onkel Rashid euch helfen. Grüßt die Mumien von mir.« Und damit verschwand sie, die Tür fiel ins Schloss und die Blackbirds waren allein. Allein in Ägypten, in der Luxussuite eines Hotels.

Scotty rieb sich über die Augen. »Irgendwie hatte ich mir diesen Tag anders vorgestellt.«

»Ach ja, wirklich?« Constantin schnaubte.

»Schade, dass du noch kein Auto fahren kannst. Dann hätten wir einen Wagen mieten und losfahren können. Und im Auto schlafen und ...«

»Ich könnte dich auch einfach gegen ein Kamel eintauschen und los*reiten*«, gab Constantin zurück. »Du bist zwar klein, aber ...« Er duckte sich, als Scotty ein Kissen von der Couch schnappte und nach ihm warf. Lachend suchte er hinter einem Sessel Schutz und schleuderte aus der Deckung heraus das Kissen zurück. Aber Scotty pflückte es mühelos aus der Luft und pfefferte es ihrem Bruder direkt an den Kopf.

»Nimm das gefälligst zurück!«, fauchte sie. »Ich könnte ja auch auf dir großem Riesenesel zu Mama und Papa reiten.«

»Oh, oh, eine Münze ins Schimpfschweinchen.« Constantin warf das Kissen lachend auf die Couch. »Ich gehe mal eben ins Bad. Bewach du die Tür – falls das Essen kommt.«

Scotty schnitt ihm eine Grimasse und kniete sich hin, um ihren Koffer zu öffnen. Ihr weiches, moosgrünes Handtuch lag ganz obenauf und darunter kam direkt die Kulturtasche zum Vorschein. Und der Kaffee. Behutsam kontrollierte Scotty, ob die vier Päckchen für ihre Mutter heil geblieben waren, aber es sah ganz danach aus. Sie freute sich schon auf das Leuchten in Mamas Augen, wenn sie sie ihr überreichte. Vor sich hin summend, suchte Scotty sich ein frisches T-Shirt und bequeme Shorts heraus und legte alles ordentlich zusammen. Dann schlenderte sie durch den Raum, öffnete wahllos die wenigen Schubladen und inspizierte die an der Wand hängenden Bilder, ehe sie an der Fensterfront stehen blieb. Das Glas reichte bis zum Boden und war von bunten Vorhängen umgeben. Scotty schob die Tür auf und trat auf den kleinen Balkon. Links von ihr ging die Sonne über einem der Türme des Hotels unter und ein goldenes Leuchten ergoss sich über die Welt. Vor ihr lag ein wunderschöner Garten mit Blumen und Grün und kleinen Kieswegen, die zu Steinbänken und sogar einer mit Wein berankten Laube führten und ... Scotty machte einen hastigen Satz zurück und versteckte sich hinter einem der schweren Vorhänge. Ihr Herz klopfte wie wild vor Schreck.

»Was ist denn jetzt?«, fragte Constantin verdutzt, der gerade aus dem Bad kam. »Hast du jetzt hier schon eine Mumie gesehen?«

»Nein.« Scotty flüsterte. »Aber den Typ.«

»Welchen Typ?«

»Na, den in Schwarz. Vom Flughafen. Der eben unten aus dem Aufzug kam.«

Constantin schien ihr immer noch nicht ganz folgen zu können. Mit tropfenden Haaren und verwirrter Miene stand er da, ein Handtuch um die Schultern gelegt. Rinnsale liefen ihm über das Gesicht. Wie Scotty ihren Bruder kannte, hatte er einfach den Kopf unter den Wasserhahn gehalten. »Na ja, aber du hast ihn doch gesehen, also warum sollte er auch nicht hier sein?«

»Ich weiß, aber ...« Scotty warf einen weiteren Blick hinaus. Der Mann in Schwarz wanderte auf einem der kleinen Wege auf und ab, ein Handy ans Ohr gepresst, in das er aufgeregt hineinsprach. Als sich eine der Türen zum Garten öffnete und ein lachendes Pärchen hinaustrat, verstummte der Mann und wartete mit finsterem Blick darauf, dass die beiden verschwanden, ehe er weitertelefonierte. Scotty fand das seltsam. Sehr seltsam sogar. »Ich finde, er sieht aus wie ein Bösewicht«, sagte sie und ihr Bruder lachte, während er zu der riesigen Couch hinüberging.

»Ein Bösewicht? Du meinst, ein Schurke? So mit spitzem Kinn und krummer Nase? Mit einem Muttermal, aus dem schwarze Haare wachsen?«

»Seine Nase ist wirklich ein bisschen krumm«, befand

Scotty kritisch. »Und er *hat* ein Muttermal. Am Kinn. Hast du's gesehen?«

»Scotty, du kannst nicht jeden als Bösen abstempeln, der ein Muttermal hat.« Ächzend ließ Constantin sich in die weichen Kissen fallen und streckte genüsslich seine langen Beine aus.

Wieder wich Scotty hinter die Vorhänge zurück, als der Blick des Mannes über seine Umgebung wanderte. »Er benimmt sich echt verdächtig.«

»Das tust du auch.« Constantin kicherte und angelte seine Lakritztüte von dem niedrigen Tischchen, wo er sie vorhin abgelegt hatte. »Dir ist der Flug wohl nicht bekommen.«

Scotty wandte sich vom Fenster ab und beendete ihren Streifzug durch den Raum. Auf einem Tisch nahe der Eingangstür lag eine Zeitung. Es war die gleiche wie die am Flughafen und ihre Eltern lächelten von der Titelseite zu ihr hinauf.

»Die machen ja einen ganz schönen Wirbel um diese Pyramide. Was, wenn Mama und Papa den Eingang gar nicht öffnen können?«, fragte sie über die Schulter.

»Wo ein Wille ist, findet ein Blackbird auch einen Weg«, gab Constantin mit einem Gähnen zurück. »Schwerer als die Keksdosen von Tante Amy kann er nicht zu öffnen sein. Denkst du, sie bringen bald das Essen? Ich verhungere.«

»Bist du gar nicht aufgeregt?« Scotty legte die Zeitung beiseite und drehte sich zu ihrem Bruder um. Ein Kribbeln hatte von ihr Besitz ergriffen, eine nervöse Unruhe, die sie nicht erklären konnte. Fast, als ahnte ihr Körper, dass da etwas auf sie zukam.

»Warum?«, fragte ihr Bruder. »Weil unsere Eltern mal wieder etwas Uraltes ausbuddeln? Ist ja nicht das erste Mal. Und Mumien sind ehrlich gesagt nicht so mein Fall.«

Scotty schüttelte den Kopf. »Was hast du nur immer mit deinen Mumien?«

»Wir sind in Ägypten.« Constantin zuckte mit den Schultern und warf sich ein Lakritz in den Mund. »Das ist nun mal das Erste, was mir da in den Sinn kommt. Dir nicht?«

»Nein.« Scotty schüttelte den Kopf. Als ihre Eltern sie ins Wohnzimmer gerufen hatten, um ihnen die Neuigkeiten mitzuteilen und zu beraten, ob es in Ordnung war, wenn sie so lange weg sein würden, hatte sie nicht an Mumien gedacht. Sie hatte an Sand gedacht. An das Gefühl von Sonne auf ihrer Haut und Palmen, die sich vor einem blauen Himmel abhoben. An Sternbilder über einer schier endlosen Wüstenlandschaft. Und an Geheimnisse wie aus den Märchen aus *Tausendundeiner* Nacht.

»Na, wie dem auch sei.« Constantin gähnte. »Morgen holt Dylan uns ab und ein paar Stunden später werden wir sehen, welches Abenteuer unsere Familie dieses Mal erwartet.« Er verzog das Gesicht. »Oh Mann, ich hoffe, Mama ist noch nicht allzu schlimm auf Kaffee-Entzug. Ich wage zu bezweifeln, dass es in der Wüste eine Steckdose für ihre Espressomaschine gibt. Vielleicht sieht sie auch selber schon aus wie eine Mumie und Pa sperrt sie in einen Sarkophag.«

»Ich habe vorgesorgt.« Scotty grinste bei dem Gedanken an ihre Mutter, die ohne ihren Kaffee nicht sie selbst war, dann stieß sie sich mit Schwung von der Wand ab. »Ich geh duschen. Iss nicht alles allein auf, wenn der Zimmerservice kommt.«

»Ich kann für nichts garantieren!«

Scotty schnaubte, schnappte ihre bereitgelegten Sachen und verschwand im Bad. Der Raum war groß, viel größer, als ein Badezimmer sein sollte. Es gab eine ovale Badewanne und zwei nebeneinanderliegende Waschbecken unter einer Spiegelfront, die Scotty nur zu deutlich den Zustand ihrer Haare vor Augen hielt. Hastig sah sie weg und konzentrierte sich auf die Dusche. Scotty zog die Tür zu und schloss ab. Dabei fiel ihr Blick auf die Schalter daneben. Probehalber drückte sie auf einen und über den Spiegeln flammte eine Lichtleiste auf. Der nächste Schalter entflammte eine Art Sternenhimmel an der Decke, der Scotty ein begeistertes Seufzen entlockte. Eine Weile drückte sie auf den Schaltern herum, bis sie sich für den Sternenhimmel und eine dezente Spiegelbeleuchtung entschied. Schnell schlüpfte sie aus ihren Sachen und stopfte ihre leicht muffelnden Socken nach ganz unten in ihren Wäschesack.

Sie tappte in die Dusche und fand dort eine leicht überfordernde Auswahl an Hebeln und Reglern. Zögernd wählte sie den ersten aus und behielt dabei die große Brause über ihr im Auge. Im nächsten Moment klatschte ein Schwall Wasser gegen ihren Rücken. Ein spitzer Schrei sprang über Scottys Lippen und hallte in dem Badezimmer wider. Hastig sprang sie zur Seite und rutschte beinahe aus. »Nein, nein, nein, nein …« Rudernd kämpfte sie um ihr Gleichgewicht, tastete nach dem Hebel, um das Wasser wieder abzustellen, erwischte aber den falschen und im nächsten Moment kam es von der anderen Seite auf sie zugeschossen.

»Scotty?« Constantin klopfte gegen die Tür. »Was treibst du da drin?«

»Geh weg!«, rief Scotty zurück, ihre Zähne schlugen klappernd aufeinander, während sie einen Winkel suchte, in dem das Wasser sie nicht erwischte. »Es ist alles gut.«

»Klingt aber nicht danach«, gab Constantin zurück, doch er hörte auf zu klopfen und schien sich zu verziehen.

Scotty rieb sich über die Augen. Dieser Urlaub fing ja wirklich richtig gut an.

Endlich fand sie raus, wie sie das Wasser wärmer stellen konnte, und probierte dann nach und nach alle Hebel aus, bis der große Brausekopf über ihr zum Leben erwachte. »Was für ein Unfug«, murmelte sie. »Luxussuite. Pah. Eher *Folterkammer*. Oder *Knöpfe-Irrsinn*.«

Scotty freute sich auf das Leben im Camp, besonders auf die Abende, wenn sie gemeinsam ein Feuer entzündeten und Geschichten erzählten. Es war ein kleines Team, in dem sich alle untereinander gut kannten, und Constantin und Scotty waren zwischen ihnen groß geworden. Denn wie Constantin schon gesagt hatte: Es war nicht das erste Mal, dass ihre Eltern etwas *ausbuddelten*. Scotty runzelte die Stirn. Ihr Bruder schien nicht sonderlich froh, hier zu sein. Vermutlich vermisste er seine beiden Chinchillas, Sherlock und Watson. Constantin liebte Tiere, und diese beiden ganz besonders. Scotty griff nach ihrem Lieblingsshampoo und versuchte, das dumpfe Gefühl tief in ihrem Magen zu ignorieren. Denn die Wahrheit war, dass sie sich auch nicht bedingungslos auf diese Reise gefreut hatte. Wahnsinn, ja, wem bot sich schon einmal so eine Gelegenheit? Aber eigentlich hatte sie andere Ferienpläne gehabt und sich lange darauf gefreut ... Entschlossen schüttelte sie den Kopf. Nein, es war gut, dass sie hier war, und anders zu denken, wäre ziemlich undankbar. Ihre Mitschüler wären sicher neidisch, wenn ...

Plötzlich glaubte sie aus dem Augenwinkel eine Bewegung zu sehen. Sie fuhr herum ... doch da war nichts. »Super«, spottete sie. »Jetzt wirst du wirklich noch verrückt und siehst Gespenster.« Kopfschüttelnd fing sie an, ihre Haare auszuspülen. Da! Da war es wieder. Scotty wischte sich ein paar Wassertropfen aus dem Gesicht und sah sich forschend um. Was war das bloß? Vielleicht eine kaputte Lampe, die flackerte? Nein, sie konnte keine entdecken. Wachsam wusch sie sich zu Ende, behielt ihre Umgebung dabei aber im Blick. Gerade, als sie das Wasser ausstellen wollte, hörte sie ein Geräusch und zuckte zusammen, doch als das Wasser aus war, kehrte wieder Stille ein. Scotty fröstelte, obwohl es in dem Badezimmer, in dem leichte Dampfschwaden waberten, angenehm warm war. Was genau ging hier vor sich?

Hastig schnappte sie ein Handtuch von der Stange und hüpfte tropfend auf den Teppich. Sie türmte gerade ihre

Haare auf ihrem Kopf auf, als das Geräusch wieder ertönte. Es klang wie ein Kratzen und Schaben. Dumpf. Als wäre da etwas in der Wand, das versuchte, sich zu befreien. Schaudernd wich Scotty zurück und schlüpfte in Windeseile in ihre Klamotten. »Constantin?«, rief sie, aber ihr Bruder antwortete nicht. Auf einem Bein hüpfte Scotty zur Tür und versuchte, ihren zweiten Fuß in die Shorts zu bekommen. Das Geräusch verstummte erneut, nur um dann so plötzlich wieder einzusetzen, dass Scotty vor Schreck fast gestürzt wäre. Es kam näher! Hastig entsperrte sie die Badezimmertür und floh in den Wohnraum der Suite. »Constantin!«

Ihr Bruder reagierte nicht. Sie entdeckte seinen wilden Haarschopf auf der Couch, der bunte Bügel der Kopfhörer thronte darauf wie eine neumodische Krone.

»Na toll«, knurrte Scotty, sprintete zu ihrem Bruder hinüber und sprang mit einem Satz über die Couch.

Constantin schnellte erschrocken auf und stieß einen viel zu hohen Schreckenslaut aus, über den sich Scotty in jeder anderen Situation vermutlich totgelacht hätte. Jetzt aber zeigte sie nur mit großen Augen auf die Wand, von wo immer noch diese Geräusche kamen. »Da ist irgendetwas!«

»Was?« Constantin riss sich den Kopfhörer herunter. »Zum Kuckuck, Scotty, deine albernen Streiche werden langsam ...«

»Kein Streich!«, unterbrach Scotty ihn. »Da ist echt was! Ich habe einen Schatten gesehen und dann ... dieses komische Geräusch. Irgendetwas ist da in der Wand.«

»In der Wand«, wiederholte Constantin spöttisch. »Genau, höchstwahrscheinlich hast …«

Im nächsten Moment hielt Scotty ihrem Bruder den Mund zu. Das Geräusch war wieder da, laut und deutlich zu hören, schließlich war es ja ansonsten auch mucksmäuschenstill, bis auf Scottys angestrengtes Atmen. Wasser rann ihr kalt über den Rücken. Sie spürte, wie Constantin sich unter ihrer Berührung versteifte und dann ungläubig den Kopf drehte.

»Sag ich doch«, wisperte Scotty, die mittlerweile am ganzen Körper eine Gänsehaut hatte. »Da ist etwas.«

Constantin zog ihre Hand von seinem Gesicht und stand dann langsam auf. Geduckt schlich er um die Couch herum und näherte sich dem Geräusch. Lautes Schaben und Kratzen aus der Ecke des Raumes, in der eine riesige Zimmerpflanze stand. Scotty hatte keine Ahnung, was sie erwartete, aber ihr Herz klopfte wie verrückt.

Constantin beugte sich um den Blumentopf herum, doch er konnte scheinbar nichts entdecken. Lautlos legte er die Hände an den Rand des Topfes und gab Scotty ein Zeichen, dass sie mit anfassen sollte.

Sie huschte zu ihm hinüber, zog mit aller Kraft und biss die Zähne zusammen. *Meine Güte, ist das Ding schwer!*

Doch es gelang. Die Geschwister wuchteten den Topf beiseite und dahinter … war gar nichts. Nur ein heruntergefallenes Blatt. Auch das Geräusch war weg. Constantin drehte sich mit zusammengezogenen Brauen zu seiner Schwester um. »Scotty, wenn das doch ein Streich ist, dann sag es jetzt, denn ich bin kurz vorm Verhungern und wirklich nicht in der Stimmung für deinen komischen Humor.«

»Glaubst du echt, ich stehe gerne klatschnass hier rum und verrücke Blumentöpfe?«, schoss Scotty zurück und schlang die Arme um sich selbst. »Das ist kein Trick«, beharrte sie und ärgerte sich, dass ihre Stimme so weinerlich klang.

»Aber Scotty, hier ist nichts. Ich höre und sehe überhaupt gar nichts.«

»Und glauben tust du mir auch nicht.« Scotty zog schniefend die Nase hoch und wandte sich ab, damit ihr großer Bruder nicht sah, wie sehr sie sein Verhalten verletzte. »Ganz toll.« Ihre Augen begannen zu brennen.

»Hey Scotty.« Sie hörte Constantin hinter sich seufzen. »Es tut mir leid, okay? Ich will dir ja glauben. Aber du musst zugeben, dass ...«

Im nächsten Moment ertönte das Geräusch erneut. Scotty fuhr so schnell herum, dass ein ganzer Wassertropfenschauer um sie herum zu Boden prasselte. Ihr Blick huschte über die Ecke, den glänzenden Boden und das Blatt. Und dann fielen ihr fast die Augen aus dem Kopf. Das Blatt bewegte sich!

Kapitel 4
Ein bissiger Gast

Constantin

Langsam wurde es Constantin wirklich zu bunt. Nicht nur, dass er vor Hunger jeden Moment umfallen würde und das WLAN-Passwort aus irgendeinem Grund nicht funktionierte, nein, seine hysterische Schwester hatte ihm einen halben Herzinfarkt verpasst und sah jetzt aus wie ein ertrunkener Fuchs, der jeden Moment anfangen würde zu weinen. Und er ertrug es einfach nicht, wenn Scotty weinte. Sie tat es nicht oft, nein gar nicht. Aber wenn, dann fühlte es sich jedes Mal an, als würde jemand sein Herz einmal in der Mitte durchreißen. Er wusste, dass das ein komischer Vergleich war, denn immerhin war das Herz ein unförmiger Klumpen und nicht so gleichmäßig wie jene, die die Mädchen in seiner Klasse in ihre Hefte malten, aber so fühlte es sich nun einmal an. Und jetzt wackelte auch noch dieses Blatt, als würde irgendein unsichtbarer Bindfaden daran ziehen. Irgendetwas war dahinter.

Kurz entschlossen beugte Constantin sich vor und hob das Blatt auf. Ein hohes Quieken ertönte und dann ... starrten die Geschwister auf ein kleines, zuckendes Hinterteil. Ein haariges Hinterteil, um genau zu sein. Ausgesprochen haarig sogar. Es hatte die Farbe von Karamell mit einigen hellen Spitzen. Zwei Pfötchen strampelten wild unter dem Fell hervor und dann war da noch ein langer Schwanz, der sich abwechselnd ein- und wieder ausrollte.

»Was ist das?«, fragte Scotty staunend. »Sieht aus wie ... ein Hamster?«

»Nein, das ist kein Hamster.« Constantin verkniff sich nur mühsam ein Lachen. »Ich glaube das ist eine Maus. Eine Wüstenrennmaus, wenn ich mich nicht irre.« Er ging in die Knie und streckte eine Hand nach dem kleinen Kerlchen aus, das offensichtlich feststeckte. Seine Berührung erntete ein empörtes Quietschen und das Tier strampelte nur noch fester, um sich aus seinem Elend zu befreien.

»Er wird sich noch wehtun«, sagte Scotty besorgt, doch Constantin schloss bereits beide Hände um das Tier und begann, ganz behutsam zu ziehen.

»Ganz ruhig, mein Kleiner«, sagte er sanft. »Ich hole dich da raus, du musst nur ganz still halten, okay?« Er wusste natürlich, dass die Maus ihn nicht verstehen konnte. Doch er hatte ein bisschen Erfahrung mit Tieren und eine ruhige Stimme half oft, sie zu besänftigen. Bei seinen Chinchillas hatte er auf jeden Fall das Gefühl, dass es funktionierte.

Vorsichtig umfasste er den kleinen Körper, der sich unter all dem Fell verbarg, tastete mit den Fingern vor und zog sich eine schmerzhafte Schramme am Zeigefinger zu, ehe er das Tierchen langsam aus seiner Misere befreien konnte. Die Rennmaus strampelte erst, hielt dann aber ganz still, als würde sie spüren, dass Constantin ihr helfen wollte. Und dann erschien der kleine Kopf und Constantin barg die Maus in den gewölbten Händen. Ihr Fell war dicht und weich und ziemlich verwuschelt, Bauch und Pfötchen waren weiß. Sie blinzelte in das Licht des Zimmers und die überraschten Gesichter, die da über ihr aufragten, dann drehte sie sich blitzschnell in Constantins Hand ... und biss zu. Constantin zuckte zusammen, mehr vor Schock als vor Schmerz, doch es gelang ihm geistesgegenwärtig, das Tierchen nicht fallen zu lassen.

»Hey!«, schimpfte er leise und hielt der Maus vorsichtig einen Finger vor die Schnauze. »Was soll das denn? Ich bin doch kein Snack für zwischendurch!«

Das Tier schnüffelte an seinem Finger und setzte probehalber die Zähnchen an, doch Constantin zog ihn schnell zurück. »Nein, nein«, sagte er. »So nicht, Freundchen, verstanden?«

»Nicht, dass die Tollwut hat oder so was.« Scottys Stimme war der Argwohn deutlich anzuhören.

»Ich glaube, es ist ein Er. Kannst du mal an die Seitentasche von meinem Rucksack gehen, bitte?«

»Ist da deine Mäuseflüsterer-Medizin drin?«, neckte Scotty ihn, ging aber brav zum Rucksack.

»So was Ähnliches«, murmelte Constantin und strich der Maus behutsam über den Rücken.

»Du willst ihm nicht ernsthaft das Studentenfutter geben, oder?« Scotty hielt die kleinen Tütchen vom Flugzeug hoch. »Das ...«

»... sind ungesalzene Nüsse«, unterbrach Constantin seine kleine Schwester. »Schau noch mal auf die Verpackung, falls ich mich irre.«

»Ungesalzen, unbehandelt«, zählte Scotty auf, während sie zu Constantin zurückging, der mittlerweile im Schneidersitz saß und die Maus über seine Beine laufen ließ. »Ich weiß nicht ...«

»Das sind ganz normale Nüsse.« Constantin streckte die Hand aus. »Na, gib schon her.«

»Hast du die etwa deshalb aus dem Flugzeug mitgenommen? Hast du jetzt Zukunftsvisionen von Mäusen?«

»Sicher, dass *du* keinen Höhenkoller oder so was bekommen hast?« Constantin riss die Tüte mit den Zähnen auf. Bei dem Geräusch hob die Maus, die gerade den Eingang zu Constantins Ärmel untersucht hatte, den Kopf. Ihre Schnurrhaare reckten sich zitternd in die Luft.

»Abendessen«, sagte Constantin und hielt ihr eine Erdnuss hin. »Schau mal hier, ob du ...« Im nächsten Moment war die Nuss im Mäusemaul verschwunden.

»Wow«, Scotty lachte auf. »Ein kleiner Staubsauger.«

»Ein gieriger Staubsauger.« Constantin schüttelte die restlichen Nüsse auf seine Hand. »Siehst du, scheint ihm doch zu schmecken.«

»Chips schmecken auch, trotzdem sagt Tante Amy, dass sie nicht gut für uns sind«, beharrte Scotty, doch ihr Argwohn schien zu schwinden. »Was hat er in dem Loch gemacht?«

»Ich denke mal, er war auf Futtersuche und ist dann stecken geblieben.«

Scotty gluckste. »Kein Wunder. Er ist ganz schön pummelig.«

Die Maus hielt beim Fressen inne und warf Scotty einen empörten Blick zu. Na ja, jedenfalls, soweit Mäuse empört gucken konnten. Die Backen waren völlig vollgestopft und wölbten sich deutlich nach außen. Ein ziemlich witziger Anblick. Constantin lachte in sich hinein und kraulte dem kleinen Nager den Rücken. »Nimm es ihr nicht übel, Knirps. Sie hat eine spitze Zunge, unsere Scotty.«

»Meinst du, er lebt hier im Hotel?« Scotty kratzte sich an der Nase.

»Oder ist irgendwo ausgebüxt, wer weiß.« Constantin streichelte versonnen über den weichen Rücken. »Auf jeden Fall scheint er kein Zuhause zu haben.«

»Du wirst doch nicht ...«

Im nächsten Moment klopfte es an der Tür. Die Geschwister zuckten vor Schreck zusammen und stießen mit den über die Rennmaus gebeugten Köpfen krachend zusammen. Scotty gab ein Wimmern von sich und hielt sich den Kopf, während die Maus erschrocken auf Constantins Hand kauerte.

»Wir müssen den Kleinen verstecken!«, zischte Constantin.

»Ach ja?! Und ...?«

»Hallo? Scotty und Constantin Blackbird? Hier ist der Zimmerservice mit Ihrem Abendessen.«

Constantin drückte seiner Schwester die Maus in die Hand, die ein Fiepen ausstieß, und schlurfte mit weichen Knien zur Tür. Seinen knurrenden Magen hatte er in der Aufregung fast vergessen. Constantin öffnete die Tür und sah den jungen Mann, der ihnen die Koffer getragen hatte. Er lächelte freundlich über einen Servierwagen hinweg, der mit abgedeckten Platten und Schüsseln bedeckt war.

»Guten Abend.« Seine Verbeugung war elegant. »Mister Mansour schickt mich.«

»Und der Himmel.« Constantin trat aus der Tür und fasste nach dem Griff des Servierwagens. »Ich mache das schon, haben Sie vielen Dank für all Ihre Mühe.« Er setzte sein charmantestes Lächeln auf, mit dem er seine Mathelehrerin auch immer zu bezirzen versuchte. Auf keinen Fall durfte ein Fremder die Rennmaus sehen. Das würde mit Sicherheit Ärger bedeuten.

Der junge Mann war sichtlich verwirrt und ein leichter Akzent schlich sich in seine Worte: »Sir, Mister Mansour bat mich sicherzustellen ...«

»Uns geht es hier gut, wirklich.« Constantin zuckte zusammen, als hinter ihm in der Suite etwas polterte. *Was zum Kuckuck treibst du da, Scotty?* »Es ist nur, na ja, es war ein langer Tag und meine kleine Schwester ist etwas durch den Wind wegen allem, und ja ... Sie wissen ja sicher, wie das ist.«

Der Page hatte keine Ahnung, wie das war oder wovon

auch immer Constantin da sprach, das war ihm deutlich anzusehen. Seine Augen zuckten nervös, versuchten an Constantin vorbei ins Innere der Suite zu spähen, doch der hatte sich geschickt im Türspalt positioniert. »Und es ist wirklich alles in Ordnung …?«

»Absolut in Ordnung«, versicherte Constantin und schickte einen stummen Hilferuf zum Himmel.

»Okay, na ja, dann …« Zögernd trat der Page zurück und gab den Servierwagen frei.

Constantin schenkte ihm noch einmal sein schönstes Lächeln, dann zog er den Wagen in die Suite und schlug die Tür zu. Aufatmend lehnte er sich dagegen und funkelte seine Schwester an, die auf dem Sofa saß und ihren Zeigefinger begutachtete. »Was hast du hier bloß getrieben? Das war alles andere als unauffällig!«

»Hast du ihm gerade gesagt, dass ich durchgedreht bin, damit er abhaut?«, zickte Scotty zurück.

»Durch den Wind, habe ich gesagt! Und das trifft ja wohl völlig zu.« Sein Blick huschte über seine Schwester hinweg. »Wo ist er?«

»Na weg, du hast ihm doch gesagt …«

»Nicht der Page, die Rennmaus!« Er eilte zur Couch hinüber. »Wo ist er, Scotty?«

»Keine Sorge, deinem kostbaren Schmusetier geht es gut.« Scotty verdrehte die Augen und öffnete die Schublade des Couchtisches. Die Maus starrte aus großen schwarzen Augen zu ihnen hoch, eine Pfote auf die Playtaste einer schwarzen Fernbedingung gestützt.

»Warum hast du ihn eingesperrt?« Constantin beugte sich vor und hob den Nager hoch, der sich aufgeregt an seine Hand drückte.

»Er hat versucht, mir den Finger abzubeißen.« Wütend reckte Scotty besagtes Körperteil nach oben, an dem sich tatsächlich Bissspuren befanden. »Er ist ein Kannibale.«

»Wenn dem so wäre, würde dich das zur Wüstenrennmaus machen, das ist dir klar, oder? Ich glaube, was du meinst, ist Karnivore, das kommt aus dem Lateinischen und bedeutet Fleischfresser.«

»Vielen Dank, liebes Bio-Buch«, sagte Scotty trocken und bedachte ihn mit einem glühenden Blick, bei dem jeder andere wohl schreiend die Flucht ergriffen hätte. Sie schaffte es, ihre grünen Augen so richtig raubkatzenhaft zum Funkeln zu bringen.

»Hey, wir haben Essen«, unterbrach Constantin sie hastig, eilte mit der Maus auf der Hand zurück zu dem Servierwagen und schob ihn zum Sofa. »Und zwar jede Menge, wie es aussieht. Bist du nicht auch am Verhungern? Schau mal, wir haben hier ...« Er hob einen der Deckel an und stieß einen Freudenschrei aus. »Pommes! Oh, wie gut, ein tolles Hotel ist das hier!« Mit breitem Grinsen und genussvollem Stöhnen begann Constantin Blackbird, mitten in einer Luxussuite in Ägypten, Pommes in sich hineinzuschaufeln. Scotty seufzte und griff nach der Platte mit dem Lachs. »Große Brüder!«

Eine ganze Weile später lungerten die Geschwister satt und zufrieden auf der Couch. Die Rennmaus ruhte auf Constantins Brust und schien zu schlafen. »Er braucht einen Namen«, sagte Constantin in die Stille.

»Wer?«, kam Scottys müde Antwort von links.

»Der dicke Bär«, spottete Constantin. »Na, der kleine Kerl hier.«

»Mhm.«

»Ich glaube, Willi ist ganz cool. Was meinst du, Knirps?«

Die Maus gähnte ausgiebig und kroch dann in die Tasche von Constantins Sweatshirtjacke, wo sie sich zusammenrollte.

»Ich nehme das als Ja«, meinte Constantin zufrieden. »Was denkst du, Scotty?«

Doch seine Schwester reagierte nicht. Constantin reckte den Hals und sah, dass sie den Tisch anstarrte. Ihre Grübelfalte war deutlich auf ihrer Stirn zu sehen. »Scotty?«

»Mhm.«

Seufzend richtete Constantin sich auf und versuchte, Willi dabei nicht zu sehr durchzuschütteln. »Was ist los?«

»Siehst du das?«

»Was? Das vor dir? Ja, das ist so eine krasse Erfindung und nennt sich *Tisch*. Wirklich total irre.«

»Haha.« Scotty sah ihn immer noch nicht an. Ihr Blick ruhte voller Konzentration auf dem Tisch vor ihnen, als stünde darauf eine komplizierte mathematische Gleichung, die sie unbedingt lösen musste. Für Constantin sah es aus wie ein ganz normaler Tisch aus dunklem Holz, in den allerlei Muster geschnitzt worden waren. Die Tischplatte war sehr breit und beinhaltete die Schublade, in der Willi eben geparkt worden war.

»Da stimmt was nicht«, murmelte Scotty.

Constantin lief ein kleiner, aufgeregter Schauer über den Rücken. Zwar konnte er nichts Seltsames entdecken, aber seine kleine Schwester war eine Meisterin im Geheimnisse-Aufspüren (was sie in der Weihnachtszeit übrigens zu einer äußerst gefährlichen Mitbewohnerin machte), und wenn sie sagte, dass mit diesem Tisch etwas nicht stimmte ... Im nächsten Moment schoss Scottys Hand nach vorne, präzise wie der Kopf einer Schlange, und drückte gegen eine Kante des Tisches. Constantin hielt die Luft an. Erst passierte gar nichts und Scottys Grübelfalte vertiefte sich dramatisch, doch dann ... *klick*. Constantin blinzelte. Ein Stück des Tisches war nach vorne geklappt und stand jetzt gut einen halben Zentimeter nach vorne. »Woher ...?«

»Es muss sich irgendwie verschoben haben, als ich an der Schublade war und sie so schnell zugeschlagen habe, damit unsere Pelznase nicht entwischen kann.« Scotty beugte sich vor. »Es sah ungleichmäßig aus und ich konnte mir nicht erklären wieso, aber wenn dahinter ein Geheimfach ist ...« Sie zog an der hervorstehenden Kante, die aufsprang und ein dunkles Loch offenbarte. »... dann passt es!«, triumphierte Scotty und reckte die Faust in die Luft. »Ja!«

»Du bist echt unglaublich«, staunte Constantin und meinte das absolut ernst. Ihm wäre das niemals aufgefallen und selbst, wenn ihm jemand gesagt hätte, dass in diesem Möbelstück ein Geheimfach verborgen war, hätte er keine Ahnung gehabt, wie er drankommen sollte. Aber Scotty kam in dieser Hinsicht genau nach ihrer Mutter, die auch immer und überall ein Geheimnis witterte. Es lag ihr wohl im Blut.

Gespannt beugte Scotty sich vor und steckte nach kurzem Zögern die Hand in den Spalt. »Da ist etwas«, flüsterte sie. »Ich glaube ... ein Buch?«

»Vielleicht ein Schatzkartenkatalog«, witzelte Constantin. »Kriegst du es raus?«

»Ich weiß nicht ...« Konzentriert kräuselte Scotty die Stirn, dann schien sie das Buch packen zu können und zog es behutsam ans Licht. Es war alt und die Seiten des schwarzen Umschlags waren ein bisschen geknickt. Unter einer dünnen Staubschicht leuchteten halb verblasste, goldene Buchstaben.

»Bibel«, las Constantin vor. »Das ist eine Bibel?!«

»Verrückt, oder?« Behutsam wischte Scotty den Staub fort. »Wer die da wohl reingelegt hat?« Sie schlug das Buch auf und suchte nach einem Hinweis auf den Besitzer, wie einen Namen oder eine Widmung oder irgendetwas. Doch die Seiten waren weiß und bis auf den gedruckten Text unbeschrieben. Im mittleren Teil stieß Scotty auf ein Lesezeichen aus einfachem, braunem Papier und den Vers 5 in Psalm 34, der mit einem grünen Stift unterstrichen worden war:

Ich suchte den Herrn und er antwortete mir;
und aus allen meinen Ängsten rettete er mich.

»Mhm«, murmelte sie. »Das ist ja verrückt. Eine Bibel in einem Geheimfach und ein Vers, der markiert wurde.«

»Ein guter Vers«, meinte Constantin. »Ich mag ihn. Irgendwie ... irgendwie fühlt es sich fast an wie ein gutes Zeichen für unsere Reise, oder?«

»Ja, stimmt«, murmelte Scotty gedankenverloren. »Aber ist das ein Code oder so was?« Scotty hielt die Seite ins Licht, um zu prüfen, ob sich in dem Markierten irgendetwas verbarg. Aber da war nichts.

»Ich glaube eher nicht.«

»Was für ein Tag. Erst am Flughafen festsitzen, dann ein flauschiger Einbrecher und jetzt ein Geheimfach.« Scotty sah ihren großen Bruder an. »Wird das jetzt so weitergehen oder soll uns das über eine stinklangweile Zeit hinwegtrösten, die uns erwartet?«

»Ich glaube, mir reicht es vorerst mit Abenteuern.« Constantin gähnte. »Was machst du jetzt mit dem gefundenen Schatz?«

»Ich lege ihn zurück«, bestimmte Scotty. »Dann kann ihn jemand anders finden. Und wie wäre es, wenn wir beide auch jeweils einen Vers markieren, der uns wichtig ist?«

»Coole Idee!«

Scotty lächelte und las die markierten Worte erneut. »Der Vers ist wirklich richtig schön. Ich muss ihn mir merken.«

»Kannst du ja in das Buch schreiben, das du schon seit

zwei Tagen so böse anstarrst.« Constantin grinste, als Scotty ihn ertappt anblickte. »Ich merke alles.«

»Wohl kaum«, gab seine kleine Schwester missmutig zurück. Offenbar hatte er einen wunden Punkt getroffen. »Es ist ein Schulprojekt«, sagte Scotty nach einem Moment, in dem das unsichere Schweigen zwischen ihnen beiden hing. »Für Deutsch. Wir sollen über die Ferien ein Tagebuch führen.«

»Klingt doch ganz okay«, sagte Constantin vorsichtig.

»Okay?«, brauste Scotty auf. »Hausaufgaben über die Ferien aufgeben ist wirklich alles anderes als *okay*. Es ist absolut unokay.« Constantin erntete einen warnenden Blick. »Wehe, du sagst jetzt, dass es das Wort nicht gibt.«

»Okay.«

»Ich finde es einfach albern. Was soll ich denn da reinschreiben? ›Hab im Flugzeug neben einer Frau gesessen, die lauter geschnarcht hat als Tante Amy‹? ›Hab im Sand nach wer weiß was gebuddelt‹? Wir dürfen auch Fotos machen und einkleben, aber das hilft mir auch nicht weiter. Die Mädchen in meiner Klasse fliegen nach Griechenland oder Mallorca und eine, die probt für eine Ballettaufführung. Das sind Sachen, die man fotografieren kann. Ich weiß nicht ...« Scotty verzog das Gesicht und ließ ihre Hände, mit denen sie gerade noch wild durch die Gegend gewirbelt hatte, mutlos in ihren Schoß sinken. »Ich habe einfach nichts zu erzählen. Nicht über mich. Das ist doch alles das Abenteuer von Mama und Papa. Ich bin nur ... hineingestolpert.«

Constantin setzte sich auf. »Hat das diese komische Blondine gesagt?« Er wusste, dass seine Schwester ein Mädchen in der Klasse hatte, das öfter gegen sie stichelte. Scotty hatte ihr in einer der ersten Sportstunden einen Ball an den Kopf geworfen. Es war ein Versehen gewesen und sie hatte sich bestimmt Dutzende Male entschuldigt. Aber das Mädchen trug ihr das immer noch nach.

Scotty zuckte mit den Schultern. »Sie hat gesagt, dass es unfair wäre. Sie könnte von keinem internationalen Zwischenfall berichten, weil ihre Eltern zu Hause in Deutschland Leben retten würden und nicht sonst wo.«

»Ihre Eltern sind Zahnärzte.« Constantin schnaubte. »Also wirklich. Alles, was die retten, sind Zähne – mit Kronen und Füllungen.« Er rutschte dichter an seine Schwester heran und legte ihr einen Arm um die Schulter. »Scotty, du hast grad im Alleingang ein Geheimversteck gefunden und geknackt. Du hast Willi aufgestöbert und wer weiß, was diesen Sommer noch alles passieren wird, denn immerhin graben wir mit unseren Eltern eine uralte Pyramide aus, die bisher anscheinend noch niemand gefunden hatte. Du wirst genauso hart arbeiten wie jeder andere im Team; so, wie ich dich kenne, sogar noch härter. Und du wirst deine eigenen Erlebnisse und Erfolge haben und dagegen kann Blondie so was von einpacken. Ich bin mir sicher, dass dein Ferienbuch das coolste von allen werden wird. Denn wir sind Scotty und Constantin Blackbird. Und niemand erlebt solche Abenteuer wie die Blackbirds!«

Kapitel 5
Auf zur Reise ins Nirgendwo

Scotty

In dieser Nacht schlief Scotty Blackbird, die Arme fest um ihr Kissen geschlungen, trotz des fremden Bettes und der neuen Umgebung tief und fest und traumlos. Erst als die Sonne durch die halb geschlossenen Läden hereinlugte und das Licht auf ihrer Nase zu tanzen begann, reckte sie sich. Mit einem Gähnen warf sie einen Blick auf den Wecker. Halb neun, eine gute Zeit für den ersten Ferientag. Scotty streckte sich und irgendetwas polterte zu Boden. Als sie über die Bettkante lugte, entdeckte sie das Buch des Grauens. Es war eigentlich ziemlich schön. Der Umschlag war sehr bunt und schillerte leicht in allen möglichen Grüntönen. Es hatte im Laden weit hinten in der Regalreihe gestanden, aber Scotty war es sofort ins Auge gefallen. Grün war einfach ihre Farbe. Die Seiten hatten einen hauchdünnen Goldrand, wodurch der ganze Buchschnitt schimmerte, und das Lesebändchen war auch noch ganz neu, kein bisschen ausgefranst. Es war ein schönes Buch. Aber es war trotzdem ein Buch des Grauens und daran war nur Frau Michels schuld.

Seufzend angelte Scotty es vom Boden, schlug die erste Seite auf und sah auf ihre eigenen, ungelenk gezeichneten Buchstaben. Sie verabscheute ihre Handschrift, aber sosehr sie auch geübt hatte ... es war und blieb ein eckiges Gekrakel.

Liebes Tagebuch,
also zuerst einmal finde ich diese Anrede albern. Sie ist klischeehaft und veraltet und ich habe nicht die leiseste Ahnung, ob Du lieb bist. Vielleicht bist Du ja auch ein Biest. Ein biestiges Tagebuch wie das Teil bei Harry Potter, das man mit einer Socke einfangen muss (biestig ist kein Schimpfwort, Frau Michels, außerdem haben Sie nicht gesagt, dass wir keine Schimpfwörter schreiben dürfen, und möglicherweise bringt dieser Sommer sie einfach mit sich. Der Sommer der Schimpfwörter).

Scotty kicherte leise über sich selbst. Was Frau Michels wohl sagen würde, wenn sie das las? Eigentlich hatte ihre Lehrerin gar nicht wirklich gesagt, dass sie das Buch lesen würde, nur, dass es die Aufgabe war hineinzuschreiben. Aber das eine beinhaltete doch das andere, oder? Wie sollte die Lehrerin sonst wissen, ob die Schüler ihre Aufgabe erledigt hatten? Scotty runzelte die Stirn und las weiter.

Mein erster Ferientag war ziemlich aufregend. Nicht nur, dass Onkel C auf der Fahrt zum Flughafen versucht hat, einen neuen Weltrekord im schnellen Fahren aufzustellen, er hat auch noch die falsche Uhrzeit unserer Landung an unsere Eltern weitergegeben. Deswegen konnte uns leider niemand abholen. Uns, das sind übrigens mein Bruder Constantin und ich. Wir sind zu unseren Eltern nach Ägypten gereist, weil hier eine Pyramide entdeckt wurde, die eines Forscherteams bedarf. So stand es jedenfalls in der Zeitung. Was nicht in der Zeitung steht, ist, dass der leitende Verantwortliche hier ein alter Freund von Papa ist und ihn gefragt hat, ob er nicht Lust hätte, das Ganze zu übernehmen. Ich glaube, so etwas nennt man Vetternwirtschaft. Aber das sollte ich vermutlich nicht sagen, denn Fakt ist: Meine Eltern sind die Blackbirds, die großartigsten Forscher der Welt, und ich bin wirklich stolz, ihre Tochter sein zu dürfen. Auch wenn es manchmal ein bisschen anstrengend ist. Aber ich glaube, das gehört bei Eltern einfach dazu.

Jedenfalls müssen wir heute in einem Hotel übernachten, einem superschicken Hotel mit superschicken Möbeln und superschicken Knöpfen (von denen es viel zu viele gibt), und das Essen war wirklich großartig. Constantin hat Pommes gegessen und natürlich seine Lakritze, er ist ein bisschen furchtbar, was seine Essgewohnheiten angeht. Aber es ist lustig, hier allein mit ihm zu sein.

Ach ja, und wir haben eine Wüstenrennmaus gefunden. Constantin hat den kleinen Kerl Willi genannt und er ist bissig (Willi, nicht mein Bruder). Aber auch flauschig. Constantin wird ihn bestimmt vermissen, wenn wir losmüssen. Außerdem habe ich ein Geheimfach gefunden, aber ich verrate nicht wo, denn wenn

Sie einmal hier im Hotel sind, können Sie ruhig selber versuchen, es zu finden.

Ich glaube, das reicht für den ersten Ferientag. Morgen kommt Dylan und bringt uns raus in die Wüste zu unseren Eltern. Ich bin wahnsinnig gespannt, was uns erwartet und wie viel sie von der Pyramide schon freigelegt haben. Ob wir wohl reingehen dürfen?

Das war's für heute.

Tschüss, Tagebuch!

Scotty Blackbird

Den Bibelvers hatte Scotty nicht erwähnt, aber sie hatte ihn vorne auf die erste Seite des Buchs geschrieben, da, wo der Deckel ganz hart war und eine gute Unterlage bildete.

Als Scottys Magen knurrte, klappte sie das Tagebuch zu und setzte sich auf.

Ob Constantin wohl schon wach war? Er war ein ziemlicher Langschläfer und brummig, wenn man ihn weckte. Aber sie würden sich entweder auf die Suche nach dem Speisesaal begeben oder mit den Resten von gestern Abend vorliebnehmen müssen. Und der Gedanke an kalten Lachs zum Frühstück war sogar für Scottys experimentierfreudigen Magen ein bisschen zu viel.

Sie schwang die Beine aus dem Bett, grub die Zehen in den flauschigen Teppich und drehte darauf eine kleine Extrarunde, weil ihr das Gefühl so gut gefiel. Dann drückte sie die Tür zum Wohnraum der Suite auf. Ausnahmsweise war sie nicht die Erste. Ihr Bruder stand über seinen Koffer gebeugt und wühlte darin herum. Scotty konnte sein Gesicht nur von der Seite sehen, eine Seite, auf der ein riesiger Kissenabdruck prangte. Die Falten ließen ihn so aus dem Profil aussehen wie einen hundertjährigen Opa. Außerdem standen seine Haare in alle Richtungen ab und in seiner Stirnlocke hing eine weiße Feder.

»Hast du ein Huhn gerupft?«, kicherte Scotty. »Oder hat es auf deinem Kopf geschlafen?«

»Mhm?« Constantin drehte sich zu ihr um und geriet ins Taumeln. Er sah völlig verschlafen aus und trug zudem auch noch sein Shirt falsch herum. »Scotty«, nuschelte er. »Weißt du, wo ich die Nüsse hingetan habe? Ich glaube, Willi hat Hunger.«

»Die Knutschkugel hat gestern mehr gegessen als ich, die kann gar keinen Hunger haben. Wo lässt der das denn alles?« Sie hob die Hände. »Nein, bitte keinen weiteren Bio-Unterricht!«, fügte sie hastig hinzu. »Es ist schon fast neun, ich glaube, wir müssen mal zum Frühstücken runtergehen.«

»Wieso?«, fragte Constantin verwirrt.

»Na ja, weil es hier vermutlich, wie in so gut wie jedem Hotel, ein Frühstücksbüfett gibt, und ich weiß nicht, wie lange das geöffnet ist. Außerdem wird Dylan bald hier sein.«

»Oh.« Constantins blaue Augen wurden ganz groß und rund. »Du meinst, danach kriegt man nichts mehr zu essen?«

»Du bist ein wahrer Einstein«, lobte Scotty ihren großen Bruder und tätschelte seine Schulter. »Willst du vorher duschen?«

»Ich will schlafen«, jammerte Constantin. »Willi schnarcht.«

»Willi? Ernsthaft?«

»Es ist süß. Aber laut.« Stöhnend rieb Constantin sich über die Augen. »Kannst du die Nüsse suchen? Ich gehe duschen und dann ... dann gehen wir ...« Er stockte.

»Frühstücken«, half Scotty ihm auf die Sprünge. »Am besten wir besorgen dir Kaffee oder so was.«

»Oder so was«, nuschelte Constantin und schlurfte zu Scottys Zimmertür. Als er einen Schritt hineingetreten war, drehte er sich verwirrt um. »Das Badezimmer ist weg!«

Stumm deutete Scotty auf die gegenüberliegende Tür. Constantin folgte ihrem Blick und runzelte leicht die Stirn. »Oh.« Dann trottete er erneut los.

Kopfschüttelnd sank Scotty auf das Sofa. »Das kommt davon, wenn man den ganzen Abend nur Pommes futtert«, sagte sie zu niemand Bestimmtem. Unter ihrem Po raschelte es. Scotty rutschte zur Seite und fand eine Tüte mit Nüssen. *Mhm.* Zögernd sah sie zu Constantins offener Zimmertür und der Biss an ihrer Hand begann schmerzhaft zu pochen. Sie war nicht scharf darauf, noch einmal mit den Mausezähnen Bekanntschaft zu machen. »Reiß dich zusammen, Scotty Blackbird, das Tierchen ist nicht mal ansatzweise so groß wie du. Kein Vergleich zu dem fiesen Kläffer von Frau Mumpitz.«

Magdalena Mumpitz war die Nachbarin der Blackbirds und besaß einen Hund, der Scotty und Constantin schon den einen oder anderen Schreck eingejagt hatte. Er machte sich einen Spaß daraus, still hinter dem Zaun zu lauern und dann urplötzlich bellend hochzuspringen, sobald jemand genau davor vorbeiging. Der Mops trug den hochtrabenden Namen Sir Hugo, allerdings nannte ihn die gesamte Nachbarschaft einfach nur Monsterchen.

Entschlossen packte Scotty die Nüsse und ging in Constantins Zimmer. Er hatte die Vorhänge nicht zugezogen und die Sonne strahlte durch die hohen Fensterscheiben. Vorsichtig setzte Scotty einen Fuß vor den anderen, aus Angst, auf die Maus zu treten. Aber ihre Sorge war ungerechtfertigt, denn Willi saß auf Constantins Nachttisch und putzte sich gerade geschäftig sein ... Hinterteil.

»Na, dir auch einen wunderschönen guten Morgen«, meinte Scotty und riss die Tüte auf. »Hier, Frühstück. Aber nicht platzen, okay? Das gäbe eine ziemliche Schweinerei.« Sie war sicher, dass Willi ihr einen empörten Blick zuwarf, ehe er ihr demonstrativ den Rücken zuwandte und sich über die Nüsse hermachte, als wäre er schon seit Wochen auf Diät.

»Wäre vielleicht gar nicht so schlecht für dich, dann würdest du auch nicht mehr in irgendwelchen Löchern stecken bleiben.« Scotty streckte die Hand aus, doch Willis energisches Fiepen machte klar, dass Streicheln gerade nicht drin war. »Okay, okay«, murmelte sie und ihre Wangen wurden ganz warm. »Dann eben nicht. Verschluck dich nicht, du Vielfraß.« Grummelnd wandte sie sich zur Tür, durch die ihr Bruder gerade kam. Dank der Rekordzeit-Dusche sah er jetzt wesentlich munterer aus.

»Ich habe Hunger«, verkündete Constantin. »Können wir los?«

Scotty, die natürlich noch immer ihren Schlafanzug trug, verdrehte die Augen. *Jungs!*

Etwa eine Viertelstunde später öffneten sich die Aufzugtüren und entließen die Geschwister Blackbird in die Empfangshalle der *Lotusblüte*. Hier herrschte bereits ein geschäftiges Treiben, offenbar brach gerade eine ganze Gruppe von Touristen zu einem gemeinsamen Ausflug auf. Unwillkürlich sah Scotty sich nach dem Mann mit den farblosen Augen um, doch sie konnte ihn nicht entdecken. Irgendwie war sie darüber gleichzeitig beunruhigt und erleichtert. Constantin folgte ihr auf dem Fuß, eine Hand an die Brust gestützt, was irgendwie seltsam aussah, aber Scotty war zu sehr darauf konzentriert, sich zu orientieren, um sich mit der Seltsamkeit ihres Bruders zu beschäftigen. Das würde warten müssen, bis sie einen Teller mit Essen vor sich hatte. *Ob sie hier Pancakes haben? Das wäre der Wahnsinn. Mit Sirup. Und Blaubeeren! Schön knusprig am Rand und in der Mitte dann …*

»Hey, Träumerchen.« Constantin stupste sie mit der Schulter an. »Hast du vor, hier Wurzeln zu schlagen?«

Scotty lief rot an, als sie merkte, dass sie mitten in der Empfangshalle stehen geblieben war und auf eine Sofaecke starrte. Eine mit blaubeerblauen Sofas. »Meinst du, hier wachsen Blaubeeren?«, fragte sie, ohne groß darüber nachzudenken.

»Genau! Blaubeeren! Und eine magische Ranke zum Hochklettern ins Reich der Riesen, die uns dann ein riesiges Frühstück machen!« Constantin verdrehte die Augen.

»Besserwisser«, murmelte Scotty und drehte sich auf der Stelle. »Gibt's denn hier kein Schild? Die haben Geld für Tausende Knöpfe und Schalter, aber nicht für ein einziges Hinweisschild? Oh, ich könnte an der Rezeption fragen, aber der Mensch da telefoniert gerade so angeregt.«

»In diesem Fall gibt es wohl nur einen Weg.« Constantin stellte sich auf die Zehenspitzen, wankte und griff Halt suchend nach Scottys Schulter, die verdutzt zu ihm hochsah.

»Und der wäre?«

»Immer der Nase nach.« Und damit stiefelte er los, umrundete die Touristengruppe geschickt und steuerte einen hellen Seitengang an. Scotty hastete ihrem Bruder eilig nach, um nichts in der Welt wollte sie hier allein stehen bleiben. Nicht, dass Blassauge wieder auftauchte und sie böse ansah oder sie Constantin nicht wiederfand. Ein Rucksack tauchte plötzlich vor ihren Füßen auf und Scotty konnte sich gerade noch mit einem Hechtsprung retten, sonst hätten ihre Knie wohl unangenehme Bekanntschaft mit dem polierten Fliesenboden gemacht. Sie krallte die Finger in Constantins Hemd. »Wie willst du denn …?« Der Rest des Satzes blieb ihr im Hals stecken. Vor ihnen lag eine große gläserne Flügeltür und dahinter ein lichtdurchfluteter Speisesaal.

Constantin drehte sich um und grinste stolz. »Ich würde sagen, da hatte ich den richtigen Riecher«, alberte er. »Mama hätte es wohl noch schneller hinbekommen, bei diesem Kaffeeduft.«

Scotty sog prüfend die Luft ein. Tatsächlich lag ein deutlicher Geruch nach Brot, Kaffee und etwas Deftigem, vielleicht Ei, in der Luft. Allerdings hätte sie aus der Entfernung niemals sagen können, wo der herkam. »Ich bin beeindruckt«, sagte sie. »Und ein bisschen beunruhigt.«

Constantin zuckte mit den Schultern. »Eine meiner Superkräfte! Und jetzt komm, ich hab echt Hunger.«

Ein freundlicher Kellner mit schneeweißen Haaren führte sie an einen kleinen Tisch und nahm ihre Getränkewünsche – Kakao für Scotty, Apfelschorle für Constantin – sowie ihren Namen und die Zimmernummer auf, ehe die Geschwister das Büfett stürmten. Scotty fand ihren Teller riesig, aber schon nach wenigen Schritten war er so voll, dass nichts mehr draufpasste. Und dabei war sie noch gar nicht am Ende der gedeckten Tische angekommen. Aber es sah einfach alles viel zu gut aus. Das Obst leuchtete richtig, das Brot duftete, als wäre es eben noch im Ofen gewesen, es gab verschiedene Arten von Omeletts, von denen der würzige Geruch ausging, Speck, Spiegelei, Dutzende Sorten Aufschnitt ... Bis zu den süßen Sachen kam Scotty gar nicht mehr. Mühsam balancierte sie ihren Teller zurück zum Tisch, auf dem bereits ein großer Becher Kakao auf sie wartete. Das Sahnehäubchen war mit Streuseln verziert worden. Lecker! Constantin traf nur wenige Sekunden nach ihr ein, sein Teller war nicht weniger voll. Allerdings hätte ihre Auswahl nicht unterschiedlicher sein können. Während Scotty sich jede Menge Früchte genommen hatte, dazu Brot und verschiedener Aufschnitt mit etwas Ei, hatte Constantin sich für Muffins, Bacon und Omeletts entschieden.

»Du solltest Obst essen«, belehrte Scotty ihn. »Wir sind ziemlich weit draußen in der Wüste, wer weiß, wann wir das nächste Mal eine Ananas sehen.«

»Du klingst, als würden wir in ein Überlebenscamp ziehen.«

»Falls Tristan nicht da ist, um sich ums Essen zu kümmern, wird das wohl auch so«, kicherte Scotty. »Weißt du noch, als er krank war und diese Frau für ihn eingesprungen ist, Odettes Tante?«

»Erinnere mich bloß nicht daran!« Stöhnend grub Constantin seine Gabel in einen Muffin. »Diese Frau war besessen von Kohl. Egal, welche Farbe oder Sorte, Hauptsache Kohl. Gedünstet, gekocht, gebraten ... Ich hätte alles für ein Stück Fleisch gegeben.«

»Und als Dylan sie danach gefragt hat, ist sie fast tot umgefallen vor Schreck.« Scotty kicherte noch lauter und verschluckte sich beinahe an einem Stück Ananas.

Constantin grinste ebenfalls bei der Erinnerung. »Wo war das noch genau? Spanien, oder? Diese Ausgrabungsstätte, wo angeblich ein Geheimversteck von Francisco Franco hätte sein sollen?«

»Alles, was wir gefunden haben, waren Steine und dieses Katzenskelett.« Scotty schüttelte sich.

»Stimmt!« Constantins Augen leuchteten auf. »Wie konnte ich das nur vergessen, das war großartig!«

»Das war *ekelhaft*! Ich hab Albträume davon bekommen.«

»Es sind Knochen, Scotty. Die hast du genauso wie die Katze.« Constantin beugte sich vor, brach eine der Brotscheiben auf Scottys Teller durch und legte sie auf den Tischrand, neben eine fein bemalte Blumenvase.

Scotty sah ihm unter hochgezogenen Augenbrauen zu. »Was wird das denn jetzt?«

»Fütterungszeit.« Constantin warf einen kurzen Blick umher, dann schob er eine Hand in seine Hemdtasche, die er vorhin so komisch festgehalten hatte.

»Du hast diesen Nager mitgenommen?!« Scotty sah sich hastig um, unsicher, ob sie lachen oder schreien sollte. »Bist du wahnsinnig? Warum hab ich ihn denn dann gerade gefüttert?«

»Ich konnte ihn doch da oben nicht allein lassen. Das Zimmermädchen war schon auf dem Flur, was, wenn sie ihn gesehen hätte?«

»Weißt du, was passiert, wenn man ihn *hier* sieht?!« In Scottys Kopf spielten sich die verschiedensten Szenarien ab, aber in fast allen ging es um kreischende Menschen, die wild durcheinanderrannten, und die Seuchenschutzbehörde. Und Ärger. Mächtig viel Ärger.

»Ich pass schon auf, dreh du mal nicht so durch, das ist total auffällig.«

»*Ich* bin auffällig?!« Scotty holte tief Luft, um zu einer wütenden Erwiderung anzusetzen, aber da war die dicke

Fellkugel schon auf den Tisch geplumpst und sah sich aus schwarzen Knopfaugen um. Hastig schob Scotty ihren Becher neben die Vase, um den improvisierten Sichtschutz noch zu vergrößern. »Du bist es doch, der diesen Flohzirkus mit sich herumschleppt!« Sie hatte die Stimme zu einem Flüstern gesenkt, obwohl in ihrer Nähe überhaupt niemand saß. Der Raum war sowieso dabei, sich zu leeren.

»Er hat keine Flöhe, was erzählst du denn da?« Constantin runzelte missbilligend die Stirn und betrachtete die Rennmaus liebevoll, die gerade an dem Brotstück zu knabbern begann. »Hast du irgendwo Salat gesehen oder etwas Möhre?«

»Klar, an dem Teil des Büfetts, wo du dich nicht hintraust, wegen der Vitamine«, gab Scotty spöttisch zurück und beobachtete ein wenig neidisch, wie Willi sich von Constantin streicheln ließ. »Aber ...« Scotty horchte auf. Was war das gewesen? Hatte da nicht eben ...? Im nächsten Moment ertönte das Geräusch erneut.

»Da ist aber jemand wichtig«, meinte Constantin und drehte sich zum Fenster um. »Traut sich ja was, am frühen Morgen so rumzuhupen ...«

»Pscht.« Scotty beugte sich vor und lauschte konzentriert. Auch die übrigen Gäste drehten die Köpfe und über das empörte und verwunderte Getuschel hinweg war es gar nicht so leicht, etwas zu hören, aber ... Ein Grinsen breitete sich auf Scottys Gesicht aus. »Wir müssen los!«, rief sie und sprang so schnell auf, dass der Tisch wackelte und Willi erschrocken quietschte.

»Was?« Constantin riss die Augen auf. »Aber ...«

»Das ist kein einfaches Hupen, das sind die ersten Takte von der schottischen Hymne. Dylan ist da!« Und damit raste Scotty aus dem Speisesaal. Die Sonne blendete sie heftig, als sie ins Freie hinausstürmte, aber die riesige Gestalt, die eben die Tür eines altersschwachen Jeeps zuschlug, war kaum zu übersehen. Dylans Haarmähne leuchtete wie geschmolzenes Gold. Sein Gesicht und seine Arme waren völlig von der Sonne verbrannt und das Hemd, das er trug, war wohl mal weiß gewesen, jetzt konnte man es aber eher unter *wüstenstaubfarben* einsortieren. Er trug einen breitkrempigen Hut, unter dem Augen in der Farbe des Meeres hervorblitzten. Sein Blick huschte suchend über die große Hotelanlage.

»Dylan!« Scotty winkte mit beiden Armen, während sie eine ankommende Familie mit zwei jammernden kleinen Mädchen umschiffte. »Dylan!« Und dann sprang sie ihm schon in die Arme.

Lachend schwenkte der riesenhafte Mann sie herum und stellte sie schließlich auf die Füße. »Madainn mhath sionnach«, begrüßte er sie, was so viel hieß wie: *Guten Morgen, kleiner Fuchs.* »Ciamar a tha thu?«, *Wie geht es dir?*

»Sgoinneil«, erwiderte Scotty, stolz, die richtigen Vokabeln für *großartig* zu wissen. »Es ist schön, dich zu sehen, Dylan!«, wechselte sie zurück ins Deutsche, das Dylan dank einer deutschen Großmutter ebenfalls fließend beherrschte.

»Die Freude ist ganz auf meiner Seite.« Dylan verbeugte

sich formvollendet. »Wo ist dein Bruder? Hast du ihn schon gegen ein Kamel eingetauscht?«

»Nein, ich hab jetzt zusätzlich zu ihm sogar eine übergewichtige Fellkugel.« Scotty lachte über Dylans verwirrtes Gesicht. »Komm mit. Du siehst gleich, was ich meine.«

Kapitel 6

Das Zeltlager in der Wüste

Constantin

Die Fahrt war lang, der Weg holperig und Constantin spürte, wie ihm der Schweiß den Rücken runterlief. Der Jeep gehörte, wie er von Dylan wusste, zu der Ausrüstung, die die ägyptische Regierung für die Mission gestellt hatte, und war nicht gerade ein neues Modell. Laut Dylan gab er regelmäßig den Geist auf und das Schlimmste: Er hatte keine Klimaanlage.

»Scheint, als hätten sie diesen Opa aus dem Ruhestand geholt«, meinte Dylan und tätschelte liebevoll das Lenkrad. »Aber er hat trotz seiner Macken ein gutes Herz.«

Dylan liebte Autos. Er kaufte sie auf Schrottplätzen und schraubte sie neu zusammen, besser als sie jemals gewesen waren. Am glücklichsten war er in seiner Werkstatt, die Hände befleckt mit irgendwelchen Motorölen, mit lauter schottischer Musik im Hintergrund. Etwas, was Constantin absolut nicht nachempfinden konnte.

»Warum gibt uns die Regierung denn so einen alten Wagen?«, wunderte sich Scotty. »Hieß es nicht, sie wollten uns mit allem so gut wie nur möglich unterstützen?«

Dylan legte die Stirn in Falten. »Tja, diese Unterstützung ist nicht ganz, was wir erwartet hatten. Sie haben uns einen Beamten zur Seite gestellt, der ziemlich mit den Mitteln geizt und jede Finanzierung tausendmal durchdenkt. Wenn ich es nicht besser wüsste, würde ich sagen, er will es uns schwer machen und hätte lieber seine eigenen Forscher beauftragt. Ganz schön merkwürdig, der Typ, wenn ihr mich fragt.«

»Und warum haben sie dann Mama und Papa hergeholt und ich muss meinen Sommer in dieser Hitze verbringen?«, fragte Constantin. »Wenn sie eigentlich gar nicht wollen, dass wir diese Pyramide ausbuddeln?«

»Weil Mister Amsu Haddad bei all seinem Geld und seinem Stolz und seiner Hochnäsigkeit auch nur ein kleiner Beamter ist und gegen die großen Bosse nichts zu sagen hat«, erwiderte Dylan und warf einen mitleidigen Blick in den Rückspiegel. »Komm schon Constantin, das wird gut! Wir haben Kamele, die wirst du lieben.«

»Auf jeden Fall mehr als dieses Gehopse«, brummte Constantin missmutig und versuchte, eine bequemere Position zu finden, ohne sich erneut den Kopf zu stoßen. Leider gab es hier nun mal keinen »Hier geht's lang zur neuen Pyramide«-Weg und der Jeep suchte sich eine Strecke querfeldein.

»Und wie sieht es sonst so aus mit der Unterstützung?«, fragte Scotty neugierig. »Habt ihr alles, was ihr braucht?«

»Nur keine Sorge, kleiner Fuchs, ich lass dich schon nicht auf dem Boden schlafen. Wir haben gute Zelte bekommen, wobei deine Eltern natürlich den Palast mitgebracht haben.«

Der Palast war ein altes Zelt, das schon unendlich oft geflickt worden war, aber die Blackbirds konnten sich einfach nicht von dem Ding trennen und schleppten es überall mit hin.

»Wir haben Vorräte bekommen, Wasser, dann die Kamele, wobei die ehrlich gesagt noch nicht wirklich viel zum Einsatz gekommen sind. Es gab auch ein paar Grabungsgeräte, allerdings hat dein Vater viel eigenen Kram mitgebracht, wie immer. Er sagt, einen Marathon läuft man ja auch nicht in fremden Schuhen. Als würde der Kerl was von Sport verstehen, im Ernst.« Dylan lachte schallend los und der Wagen machte einen halsbrecherischen Schlenker.

Constantin glaubte kurz zu sehen, wie ein Schatten hastig davonhuschte, aber als er genauer hinsah, konnte er nichts mehr entdecken. Er hatte einiges darüber gelesen, was man in der Wüste an wilden Tieren so antreffen konnte, und vermutlich war gerade eines durch den Jeep aufgeschreckt worden. Die Aussicht, ein paar der Tierarten zu entdecken, würde seiner kleinen Schwester bestimmt nicht gefallen, aber er selbst war sehr gespannt darauf. Zu Hause hatte sein Biologielehrer bereits durchblicken lassen, dass ihm ein Vortrag oder eine Hausarbeit über dieses Thema sehr willkommen wäre und Pluspunkte bringen würde.

Dylan drehte das Radio laut, das zwar einen Wackelkontakt hatte und immer mehr rauschte, je weiter sie in die Wüste hineinfuhren, aber es spielte englische Lieder. Es dauerte nicht lange und Dylan begann, laut und schief mitzusingen. Kopfschüttelnd sank Constantin zurück in seinen Sitz und streichelte Willi, der in seiner Hemdtasche schlief und nur ab und zu blinzelnd den Kopf hob, wie um sich zu versichern, dass Constantin noch da war.

»Ach Willi«, murmelte er seinem kleinen Freund ins Ohr. »Worauf haben wir uns hier bloß eingelassen?«

Drei Stunden dauerte die Fahrt oder eher die *Tortur*, und als Constantin endlich aus dem Wageninneren kletterte, fühlte sich sein ganzer Körper an, als hätte man ihn in eine Waschmaschine gesteckt und den Schleudergang eingeschaltet. Jeder Knochen schien zu klappern.

Dylan hatte den Jeep am Rand des Lagers geparkt. Eine große Anzahl von Zelten schmiegte sich im Halbkreis an eine Senke, wo das Erdbeben den Sand so verschoben hatte, dass die Spitze der Pyramide hervorgebrochen war. Bei ihrer Freilegung hatte sich ganz offensichtlich niemand zurückgehalten, nur ein kleiner Teil steckte noch im Sand fest.

»Wie ein Stück Toblerone-Schokolade«, kommentierte Scotty und hüpfte gekonnt aus dem Jeep. Unter ihren Chucks wirbelte eine kleine Staubwolke auf.

Constantins Magen knurrte. »Keine Vergleiche mit Essen bitte. So ein paar Irre haben mich von meinem Frühstück weggezerrt.«

»Du hast Ewigkeiten gebraucht und nicht erlaubt, dass ich deinen Koffer packe.«

»Du hättest ihn nur unordentlich gemacht.«

»Ach ja, und jetzt herrscht in ihm natürlich auf gar keinen Fall das reinste Chaos.«

»Es ist mein Chaos, ich beherrsche mein Chaos.« Constantin machte einen Schritt zur Seite und versank fast knöcheltief im Sand. Angewidert zog er den Fuß wieder heraus und schüttelte ihn. Sand regnete in alle Richtungen, aber er konnte förmlich spüren, wie es ihm in die Socken rieselte. »Na großartig«, knurrte er. Er überprüfte kurz, ob Willi noch ruhig in seiner Hemdtasche schlief, ehe er seine Tasche vom Rücksitz holte.

»Ich fasse es wirklich nicht, dass du dieses Viech mitgenommen hast.«

»Dieses *Viech* hat einen Namen, du Maus-Banausin!«, neckte Constantin und versuchte, sie in den Schwitzkasten zu nehmen, aber Scotty entwischte ihm flink. Auf ihrer Flucht stieß sie fast mit Dylan zusammen, der gerade das Gepäck aus dem Jeep wuchtete. »Na, geht schon vor«, meinte der riesenhafte Schotte gutmütig. »Ich bring eure Sachen zum Zelt. Eure Eltern sind bestimmt an der Pyramide.« Er langte in den Wagen und drückte einmal kräftig auf die Hupe. Constantin zuckte unter dem lauten Ton zusammen. »Jetzt wissen sie, dass ihr hier seid«, lachte Dylan und fuhr mit dem Ausladen des Wagens fort.

Constantin warf seiner Schwester einen Blick zu, die aufgeregt herumzappelte, hin- und hergerissen zwischen dem Wunsch, Dylan zu helfen, und dem Drang, ihre Eltern zu sehen.

»Na komm, Schwesterchen.« Constantin schulterte seine Tasche.

Scotty hüpfte aufgeregt neben ihm her, als sie sich auf den Weg durch das Lager machten, vorbei am Zelt ihrer Familie, das aufgrund seiner farbenfrohen Flicken wirklich leicht zu finden war. Es lag außerdem recht zentral im Camp. Nicht weit entfernt konnte Constantin ein kleines Zelt erkennen, an dem ein bunter Schal lustig im Wind flatterte. Vermutlich war es das von Odette, der Assistentin von Evie Blackbird. Sie hatte eigentlich nur eine Hausarbeit über die berühmte Forscherin schreiben wollen und Evie und Nathan deshalb auf einem ihrer Abenteuer begleitet. Doch das war jetzt schon fast zwei Jahre her. Die Hausarbeit war längst fertig, aber Odette irgendwie nie wieder gegangen. Sie arbeitete jetzt mit den Blackbirds und Constantin wusste, dass seine Mutter ohne die treue Studentin wirklich aufgeschmissen wäre. Er mochte sie sehr. Odette hatte zu Hause schon ein paar Mal auf sie aufgepasst, wenn Evie und Nathan zu irgendwelchen Veranstaltungen gegangen waren. Aber er sah sie nicht als Babysitterin, das ging einfach nicht, wenn man zusammen auf der Couch saß, Pizza aß und Filme guckte. Sie war eine Freundin und ihre verrückt-fröhliche Art verlieh der Familie Blackbird einen bunten Farbtupfer, den niemand von ihnen mehr missen wollte.

Constantins Blick schweifte weiter und fand ein Zelt, vor dem eine mächtige schottische Flagge wehte. Er verdrehte die Augen. Typisch Dylan! Im nächsten Moment hörte er, wie jemand seinen Namen rief. Die Blackbird-Geschwister drehten sich um. Ihre Mutter rannte auf sie zu und fuchtelte wild mit den Armen. Die unzähmbaren rotbraunen Locken, die sie ihren Kindern vererbt hatte, wippten auf und ab und die Dreckspuren in ihrem Gesicht konnten das breite Lächeln kein bisschen trüben.

»Mama!« Im nächsten Moment sprang Scotty ihrer Mutter entgegen und fiel ihr um den Hals. Lachend taumelten die beiden durch den Sand und Evie Blackbird streckte einen Arm aus, um auch ihren Sohn an sich zu ziehen, aber der hielt lieber Abstand.

»Du bist voller Sand!«, beschwerte er sich.

»Ich arbeite ja auch in einem gigantischen Sandkasten«, grinste Evie Blackbird und schüttelte demonstrativ den Kopf, wobei kleine Sandkörner durch die Gegend flogen. Constantin machte sicherheitshalber noch einen Schritt zurück. Sand in den Schuhen war schon schlimm, aber in den Haaren oder im Kragen? Nein danke!

»Geht es euch gut? Es tut mir so leid, dass das gestern alles so schiefgegangen ist mit dem Abholen. Ich habe euren Onkel bereits angerufen, aber er war nicht zu Hause. Dafür ist auf seinem Anrufbeantworter jetzt eine nette Rede von mir, ich hoffe, er hört sie sich auch aufmerksam an.« Evie schürzte die Lippen und strich Scotty liebevoll über den Kopf. »War es sehr schlimm?«

»Gar nicht«, antwortete Scotty. »Es gab prima Essen und das Hotel war wirklich superschick. Das Bett war toll und die Aussicht!«

»Das klingt ja gut.« Evie wirkte erleichtert.

Constantin konnte die dunklen Schatten unter ihren Augen sehen und war sich sicher, dass seine Mutter in der letzten Nacht nicht sehr gut geschlafen, sondern darüber nachgegrübelt hatte, ob sie nicht doch einfach zu ihnen fahren sollte. »Schön jedenfalls, dass ihr endlich da seid. Ich hab euch vermisst. Wie war die Schule noch? Habt ihr eure Zeugnisse bekommen?«

»Nein, die sind dieses Jahr ausgefallen.« Constantin grinste frech. »Die Drucker waren kaputt.«

»Du bist deinem Onkel viel zu ähnlich.« Evie schnappte sich ihren Sohn und umarmte ihn, trotz Gegenwehr. »Ein süßes Gesicht und dann so vorlaut.« Seufzend ließ sie ihn los. »Na kommt, suchen wir euren Vater, den hab ich heute auch kaum ...« Sie brach mitten im Satz ab und ihre Augen weiteten sich.

Constantin sah erschrocken über die Schulter. Waren jetzt doch schon die Mumien los? Aber hinter ihm war nur ein Zelt. Er drehte den Kopf zurück.

Seine Mutter hob die Hand und deutete auf seine Brust. »Constantin ... dein Hemd ... wackelt ...«

Oh. Constantin sah an sich hinunter. Willi war aufgewacht und regte sich in der Hemdtasche. Schon ragten seine zuckenden Schnurrhaare über den Rand des Stoffes. Behutsam schob Constantin eine Hand unter das kleine Tierchen und hob es hinaus ins Freie. »Mama, das ist Willi. Der gehört jetzt zur Familie.«

»Dann trete ich aber aus, wenn dieser Flohzirkus mit im Zelt schläft«, lachte Scotty.

»Dann frag schon mal Dylan, ob er noch einen Platz frei hat«, gab Constantin schnippisch zurück. »Denn Willi und mich wird nichts trennen.«

»Jetzt mal eins nach dem anderen.« Evie hob eine Hand. »Constantin Gregory Blackbird, du willst mir doch nicht sagen, dass du eine Maus durch die ägyptischen Sicherheitsschleusen des Flughafens geschleust hast?!«

»Nein, hab ich nicht. Ich hab Scotty vor dem Gespenst in der Wand gerettet.«

Scotty versuchte, ihren Bruder zu kneifen, doch ihre Mutter gebot ihr mit einem funkelnden Blick Einhalt. Constantin erzählte die Geschichte in knappen Sätzen. Die Sorgenfalten in Evie Blackbirds Gesicht glätteten sich ein wenig. Willi war nicht das erste tierische Findelkind, das Constantin mit nach Hause brachte. »Pass nur auf, dass er dir nicht entwischt. Hier wirst du ihn niemals wiederfinden und ich habe keine Lust, mich aus Versehen auf ihn draufzusetzen, hörst du?« Sie streckte die Hand aus und tätschelte der kleinen Fellkugel den Kopf. »Süßes Kerlchen …«

Genau in diesem Moment ertönte von der Pyramide aus

ein gewaltiger *Rums* und eine dunkle Staubwolke wirbelte auf.

»Oh nein.« Evie wirbelte herum. »Was hat euer Vater jetzt wieder angestellt?«

Gemeinsam rannten sie auf die Pyramide zu. Willi quiekte, weil er in Constantins Hemdtasche wild hin und her geschaukelt wurde. Rufe ertönten, irgendwer rannte links von Constantin zwischen den Zelten hindurch. Dylan! Er kam ein paar Sekunden vor ihnen an der Pyramide an. Ganz in der Nähe standen mehrere Tische, die mit gefundenen Gegenständen, Gesteinsproben und Geräten bedeckt waren.

Hier kauerte Odette und wischte sich gerade hustend Sand aus dem Gesicht. Sie trug eine kreischend bunte Tunika und darunter bordeauxrote Leinenhosen, die bestimmt nicht dazu gedacht waren, mit robusten Stiefeln getragen zu werden, aber an ihr sah das einfach gut aus. Ihre blonden Locs hatte sie unter einem Tuch zusammengebunden und an ihrem Handgelenk trug sie mehrere geflochtene Bänder.

»Odette!« Scotty rannte zu ihr hinüber und half ihr auf die Beine. »Was ist passiert?«

»Ich weiß es nicht.« Wieder musste sie husten. »Dein Vater rief eben noch etwas und plötzlich gab es diesen Knall und ...« Sie sah ängstlich zur Pyramide. »Ich glaube, etwas ist eingestürzt.«

»Ist jemand verletzt?«, rief Dylan und zog den taumelnden Tristan beiseite, ehe dieser über einen Felsquader stolpern konnte. »Geht es euch gut? Hat jemand Nathan gesehen?«

»Nathan?« Evie eilte auf den Eingang zu, der zwischen zwei schmalen Wänden zu liegen schien. »Nathan, wo bist du?«

Constantin wurde ganz flau im Magen. Er ließ seinen Rucksack in den Sand gleiten und lief seiner Mutter nach, Scotty war ihm dicht auf den Fersen. Er schaute einer am Boden hockenden Gestalt ins Gesicht, doch es war Austin, einer der Mitarbeiter des Teams.

»Nathan!« Evie klang jetzt leicht panisch. Immer noch kam Staub aus dem Gang und brachte nun auch sie zum Husten.

»Hier bin ich!« Im nächsten Moment kam eine Gestalt aus der Staubwolke, hochgewachsen und breitschultrig, die kurz geschnittenen Haare staubbedeckt. »Ich habe da etwas ausgelöst!« Nathan Blackbirds tiefgrüne Augen blitzten vor Begeisterung. Er sah aus, als hätte man einen Sack voll Mehl über ihm ausgeleert. »Ich muss irgendwo einen Mechanismus berührt haben und plötzlich kam die Decke herunter. Also nicht die ganze, nur ein kleiner Teil. Es hat den Eingang verschüttet, scheint eine Diebesfalle zu sein.«

»Versteh ich das gerade richtig?« Kopfschüttelnd stemmte Evie die Hände in die Hüften. »Du stolperst durch *meinen* Ausgrabungsabschnitt, berührst unabsichtlich einen Mechanismus und der verschüttet *meinen* mühsam freigelegten Eingang und fast auch noch dich? *Und darüber freust du dich?!*«

»Schatz, du siehst das alles viel zu negativ.« Nathan wischte sich mit einem Taschentuch über die Augen und hatte plötzlich einen helleren Streifen im Gesicht.

Constantin kicherte. »Du siehst aus wie ein Streifenhörnchen.«

»Oh.« Nathan entdeckte Scotty und Constantin erst jetzt. »Evie, Schatz, sieh mal, unsere Kinder sind da!«

»Ich ...« Sprachlos warf Evie die Arme in die Luft und stürmte an Nathan vorbei Richtung Pyramideneingang. Erst in letzter Sekunde hielt sie inne und drückte ihrem Mann einen heftigen Kuss auf die staubigen Lippen. »Bei Tutenchamuns Spitzbart, ich habe mir Sorgen gemacht!« Und damit verschwand sie in dem Eingang.

Scotty und Constantin tauschten einen erleichterten Blick. Solange sie schimpfte, war sie nicht ernstlich böse. Schlimm war das eisige Schweigen mit zusammengekniffenen Augen. Wenn es so weit kam, war wirklich oberste Vorsicht geboten.

»Da versucht man die Welt zu retten und bekommt nichts als Ärger.« Seufzend trat Nathan Blackbird auf seine Kinder zu und streckte die Hände aus. »Wer kommt in meine Arme?«

»Keiner, du siehst aus wie ein Ferkel!«, polterte Dylan und hieb seinem Freund so fest auf den Rücken, dass der trotz seiner beeindruckenden Körpergröße beinahe nach vorne kippte. »Tu so was nie wieder, hörst du?«, drohte Dylan mit erhobenem Zeigefinger. »Ich hab dir gesagt, du sollst auf mich warten, ehe du weiter reingehst!«

»Ich bin schon in Tunnel gekrochen, da hast du noch brav in der Uni Bleistifte angespitzt«, konterte Nathan.

»Ja, und wer hat dich damals aus diesem Abflussrohr gezogen, von dem du dachtest, es würde in alte U-Bahn-Schächte führen?«

»Na ja, also im Endeffekt hat der Tunnel schon in einen alten ...« Ein Steinchen sauste durch die Luft und traf Nathan am Hinterkopf, der sich automatisch duckte und über die Schulter spähte.

Evie stieg aus dem Gang und klopfte sich unschuldig die Hände ab. »Alles verschüttet. Toll gemacht, Nathan. Jetzt dürfen wir den Rest des Tages Steine wegräumen.«

»Wenigstens können sie jetzt nicht mehr auf deinen hübschen, starrsinnigen Kopf fallen«, erwiderte Nathan gelassen und zog seine Frau an sich.

»Wenn du da irgendwas Wichtiges zermatscht hast, Nathan Blackbird, dann gnade dir sonst wer, denn ich werde ...« Die letzten Worte wurden von Nathan erstickt, der ihr blitzschnell die Hand auf den Mund presste. »Und Kinder«, fragte er betont fröhlich, »wie war euer Tag so? Irgendwas Spannendes passiert? Geheimgänge entdeckt, verdächtige Truhen oder Briefe? Nein?«

Mit einem Mal musste Constantin an den seltsamen Mann mit den blassen Augen denken, den sie das erste Mal im Flugzeug und dann später im Hotel getroffen hatten. Scotty war fest davon überzeugt, dass mit dem Fremden etwas nicht stimmte, aber die steckte ihre Nase in viel zu viele Abenteuerromane, da konnte so was schon mal vorkommen. Kein Grund, gleich paranoid zu werden. »Scotty hat in dem Hotel eine geheime Schublade in einem Tisch gefunden«, berichtete er stattdessen. »Eine Bibel lag darin.«

»Eine Bibel?« Nathan riss die Augen auf und durch die ruckartige Bewegung rieselte Staub von seiner Haut. »Verrückt.«

»Ein Vers war markiert.« Scotty zog die Stirn kraus. »Ich suchte den Herrn und er antwortete mir und aus allen ... ähm ... meinen ...?«

»Aus allen meinen Ängsten rettete er mich. Das steht in den Psalmen.« Nathan nickte. »Habt ihr ...?«

»Wir haben sie dagelassen. Für den nächsten Rätselliebhaber.« Constantin wünschte sich ein feuchtes Tuch für sein Gesicht – oder am besten gleich eine ganze Dusche. Es war einfach viel zu heiß hier! Er machte einen Schritt zur Seite, in den Schatten hinein. Besser. Die Pyramide war riesig. Selbst wenn er den Kopf in den Nacken legte, konnte er die Spitze von seiner Position aus nicht richtig sehen. Wie hatte so etwas Riesiges nur all die Jahre verborgen bleiben können? Dieses Erdbeben musste die Wüste ganz schön durchgeschüttelt haben. Hoffentlich folgte kein weiteres, er war wirklich nicht scharf darauf, verschüttet zu werden. Bei dem Gedanken lief Constantin eine Gänsehaut über den Rücken. Hastig konzentrierte er sich wieder auf die Worte seines Vaters.

»... jedenfalls ist das hier nicht der Haupteingang, der liegt dort vorne. Diesen schmalen hier haben wir vor wenigen Tagen gefunden und freigelegt, weil wir am großen

Tor überhaupt nicht weiterkamen. Unser Auftraggeber ist ziemlich sauer. Er wäre lieber schon seit vorgestern in der Pyramide.«

»Und würde gern säckeweise Gold hinaustragen«, sagte Scotty und schüttelte den Kopf.

Constantin verzog das Gesicht. Viel zu oft hatte er die Differenzen mitbekommen, die Gier, alles, was sich ergab, sobald etwas Wertvolles im Spiel war. Auch in der Schule hatte es dazu öfter Sprüche und Kommentare gegeben, ein Junge hatte seine Eltern sogar einmal als Grabräuber beschimpft. Aber das war nicht richtig. Constantins Eltern liebten die Geschichten, die sie fanden, die Abenteuer und dieses kleine Zucken im Bauch, wenn man etwas entdeckte, das seit Jahren als verloren galt. Es war ihnen nie um Geld gegangen.

Vorsichtig berührte Constantin die Außenwand der Pyramide. Der Stein war rau und von der Sonne aufgewärmt. Was sich wohl in seinem Innersten verbarg? Nein, es ging nicht um Geld. Aber na ja, um ehrlich zu sein, einen Schatz zu finden, das wäre schon ziemlich cool.

Kapitel 7
Lagerfeuer und Schwarzbrot

Scotty

Das Feuer flackerte fröhlich in dem säuberlich angelegten Steinkreis und das *Amen*, mit dem die Gruppe Nathans Tischgebet begrüßt hatte, verhallte in der Wüste. Scotty saß auf einer Wolldecke auf dem auskühlenden Wüstenboden. Der Himmel erstreckte sich scheinbar endlos über ihnen. Ein dicker Sichelmond hatte dort Stellung bezogen und sah auf das Ausgrabungslager der Blackbirds hinab. Er stand genau über der Spitze der Pyramide, die Scotty von ihrem Platz aus über die Zelte hinweg gut sehen konnte. Wie ein gewaltiges Geheimnis ragte sie in die Höhe. Stumm und uralt.

Den ganzen Tag hatten Constantin und sie geholfen, die Steine aus dem Gang zu tragen. Bald war die verborgene Kammer in der Decke zu sehen gewesen, die mit einem geheimen Mechanismus geöffnet und geschlossen werden konnte und von der die Steine herabgefallen waren. Noch hatten Nathan und Evie den Auslöser nicht finden können, aber morgen war schließlich auch noch ein Tag.

»Träumerchen.« Constantin warf ein Steinchen nach ihr. »Dein Brot wird schon schwarz.«

Hastig zog Scotty ihr Stockbrot aus den Flammen, die schon ihre heißen Finger danach ausgestreckt und dem Teig einen dunklen Rand verpasst hatten. Dylan hatte zur Feier der Ankunft der Kinder eine riesige Schüssel davon gemacht, Speckwürfel und Käsestreifen hineingeknetet und nach getaner Arbeit hatte sich das ganze Camp hier am Feuer versammelt, trank heißen Tee, briet Stockbrot und tauschte Geschichten aus. Sieben Mitarbeiter gehörten zum festen Team der Blackbirds: Evie und Nathan als Chefs, Dylan und Odette, Tristan – ein wahres Sprachengenie, Altertumsforscher und außerdem der beste Koch, dem Scotty je begegnet war – und dann waren da noch Alexa und Austin. Die beiden waren Zwillinge und sahen sich unglaublich ähnlich. Sie waren gelernte Zirkusartisten und Sportfanatiker und wann genau und warum sie eigentlich zum Team gestoßen waren, wusste niemand mehr so wirklich. Aber es gab keinen Berg und keine Wand, die die Zwillinge nicht hinaufklettern konnten, keinen Spalt, durch den sie nicht irgendwie schlüpfen konnten, und keinen Abgrund, der ihnen zu tief war.

Alle gemeinsam saßen sie im Kreis um das Feuer herum, die Gesichter müde, aber in ihren Augen tanzte die pure Freude über das gemeinsame Abenteuer.

Scotty seufzte glücklich und lehnte sich an ihre Mutter, die ihr prompt einen Arm um die Schultern legte. In der Hand hielt Evie einen großen Becher mit Kaffee. Scottys Geschenk hatte für großen Jubel und leuchtende Augen bei ihrer Mutter gesorgt, dicht gefolgt von einer Tirade darüber, dass es in dieser Wüste nirgendwo anständigen Kaffee gab.

Scotty liebte diese Abende, liebte es, im Kreise des Teams zu sein. Hier fühlte sie sich als Teil von etwas Größerem, akzeptiert und geliebt. Nicht wie in der Schule, wo sie mit gesenktem Kopf durch die Gänge schlüpfte und versuchte, nicht aufzufallen, bloß keine Aufmerksamkeit und damit womöglich Spott zu erregen. Sie und Constantin waren wegen der Auflösung ihrer alten Schule beide ans Gymnasium gewechselt, aber ihr Bruder hatte es dort viel leichter. Zum einen waren zwei seiner Freunde mit ihm gekommen, zum anderen war er offen, klug und witzig, die Leute mochten ihn. Aber bei Scotty war das anders. Sie fühlte sich in großen Menschenansammlungen oft unwohl. Als der Lehrer sie freundlich gebeten hatte, sich ihrer neuen Klasse vorzustellen, hatte sie kein Wort hervorgebracht. Zu allem Unglück war vor der Schule jemand in sie hineingerannt und Scotty hatte einen großen Kakaofleck auf dem T-Shirt gehabt, weswegen sie sich noch schrecklicher gefühlt hatte. Einer der Jungs hatte einen blöden Kommentar gemacht und die Mädchen hatten gekichert. Scotty wäre vor Scham am liebsten im Boden versunken. Niemand aus ihrer alten Klasse war mit ihr auf das Gymnasium gewechselt, sie war allein die Neue, die Komische, die nicht sprach und schmutzige Klamotten trug. In der Pause hatte eins der Mädchen versucht, mit ihr zu reden, aber Scotty hatte sich auf der Toilette versteckt und versucht, den Fleck herauszuwaschen – vergeblich. Seitdem nannten einige der Mädchen, die in der Klasse den Ton angaben, sie Fleckie oder auch Fleckchen. Scotty wurde jedes Mal knallrot, sie schaffte es einfach nicht, die ganze Sache mit einem coolen Spruch aus der Welt zu schaffen. Stattdessen zog sie sich in ihr Schneckenhäuschen zurück.

»Hey Töchterchen.« Evie stieß Scotty mit der Schulter an. »Bist du im Hungerstreik? So wird dein Brot nie was.«

Erneut schreckte Scotty aus ihren Gedanken hoch und ärgerte sich über sich selbst. Die Tagträume oder, wie in diesem Fall, Tag*alb*träume, ließen sie auch in der Schule oft alles um sich herum vergessen, was ebenfalls zu Gelächter seitens ihrer Klassenkameraden führte. »Ich war kurz abgelenkt«, nuschelte sie und hielt ihr Brot wieder zu den anderen über das Feuer.

Evie zog ihre Tochter ein bisschen enger an sich. »Vielleicht kannst du ja das nächste Mal in das Bogencamp fahren. Ich weiß, du hättest da gerne hingewollt, aber dieses Jahr war es einfach ungünstig. Du hättest erst ganz allein zu Hause bleiben müssen und Constantin wäre ohne dich hergeflogen und nach dem Camp hättest du alleine fliegen müssen und …« Evie zuckte hilflos mit den Schultern. »Ich weiß, du bist groß und ich kann mich auf dich verlassen, aber vielleicht bin ich ja einfach noch nicht so weit, so eine eigenständige Tochter zu haben, die mit elf allein durch die Gegend reist.«

Scottys Herz zog sich schmerzhaft zusammen. Schon seit Tagen schlug sie ihren Gedanken jedes Mal die Tür vor der Nase zu, sobald sie in eine bestimmte Richtung abglitten. Das Bogencamp.

Wenn es eine Sache gab, die Scotty an ihrer neuen Schule wirklich mochte, dann war es das große Freizeitangebot. Und die Spinatlasagne in der Kantine. Eines Tages hatte sie während einer Freistunde in der Pausenhalle gesessen und versucht, ihre Mathehausaufgaben zu lösen. Die meisten aus ihrer Klasse waren Eis essen gegangen, aber niemand hatte Scotty eingeladen und sie hatte sich nicht getraut, von selbst mitzugehen. Also saß sie dort und fragte Gott stumm, warum es an der Schule so schwierig sein musste und warum er ihr nicht endlich beistand.

Da öffnete sich eine Tür und jemand steuerte genau auf Scotty zu. Es war ein Mädchen mit schwarzen Haaren und dunklem Lippenstift. Scotty kannte sie vom Sehen – sie war eine Stufe über ihr. Sie grinste Scotty an und tackerte dann einen Flyer an das schwarze Brett. Scotty beobachtete sie über den Rand ihres Mathebuchs, und als dem Mädchen die restlichen Flyer herunterfielen, sprang sie auf und half beim Einsammeln. »Danke schön.« Die Fremde lächelte und offenbarte strahlend weiße Zähne. »Ich bin ein Tollpatsch, ich weiß.«

»Kein Problem.« Scotty versuchte, unauffällig auf einen der Flyer zu spähen. **Bogenschießen-Schnupperkurs. Am Donnerstag, den …**

»Interessierst du dich fürs Bogenschießen?« Das Flyermädchen hatte ihren Blick bemerkt.

Scotty fühlte sich ertappt und lief knallrot an. »Nein, ich ... ähm ... keine Ahnung ...«

»Solltest du aber, du hast gute Arme dafür.« Das Mädchen betrachtete sie mit einem prüfenden Blick. »Ja, wirklich, du solltest mal vorbeischauen. Bring deine Freundinnen mit, wenn du dich nicht alleine traust. Je mehr, desto besser.« Sie zwinkerte Scotty zu, die gar nicht wusste, was sie sagen sollte. »Wir sehen uns dann da, okay? Ich bin übrigens Vi. Eigentlich Vivian, aber wer möchte schon wie eine Farbe heißen, oder? Also, bis dann und danke noch mal!« Und damit war sie auch schon verschwunden.

Scotty hatte eine lange Zeit auf den Zettel gestarrt und ihn dann sorgfältig zusammengefaltet in ihrem Hausaufgabenheft versteckt. Zu Hause hatte sie ihn sich weiter angesehen, bis sie jeden einzelnen Buchstaben auswendig konnte. Sollte das etwa die Antwort auf ihre Gebete sein? Am Donnerstag war sie nach der letzten Stunde in der Schule geblieben. Sie hatte sich in die Bücherei gesetzt und gewartet, bis es fünfzehn Uhr war. Und dann war sie hinter die Sporthalle gegangen, dort, wo die Bäume so dicht standen. Und da waren sie gewesen, eine kleine Gruppe von Jungen und Mädchen, mit großen Bogen in der Hand. Lange hatte Scotty hinter den Bäumen gestanden und zugesehen, bis ...

»Scotty.« Dieses Mal war es Dylan, der sie aus ihren Erinnerungen holte. Mit einem Mal saß er auf ihrer anderen Seite und nahm ihr sanft den Stock aus der Hand, der bereits in Flammen stand. Von dem Stockbrot war nichts mehr zu sehen. »Weißt du, die Tradition der Brandopfer ist eigentlich schon länger abgeschafft.«

»Es tut mir so leid.« Zerknirscht sah Scotty auf ihren Stock. »Ich weiß auch nicht, was heute mit mir los ist.« Wie zur Untermalung ihrer Aussage knurrte ihr Magen gewaltig. Dylan lachte auf und reichte ihr sein eigenes Brot, perfekt durchgebacken und köstlich duftend.

»Vielleicht ein Jetlag? Hier, bevor du dir noch die Finger verbrennst oder das ganze Lager abfackelst.«

»Das kann ich nicht annehmen, Dylan, dann hast du ja nichts!«

»Oh, ich mache mir ein neues, keine Sorge, so aufopferungsvoll bin ich dann doch nicht.« Der Schotte grinste sie breit an und ließ sich dann von Evie die Teigschüssel reichen. Geschickt knetete er ein neues Brot zusammen, befestigte es an einem Stock und hängte es über die Flammen. »Also, kleiner Fuchs. Was geht dir durch den Kopf?«

Scotty lächelte unwillkürlich. Seit sie denken konnte, nannte Dylan sie so, wegen ihrer roten Haarmähne. Im Kindergarten hatte sie ein Junge immer als Feuerkopf verlacht. Irgendwann war es ihr zu viel gewesen und Scotty war weinend aus dem Kindergarten davongelaufen. Das ganze Dorf hatte sie damit in Panik versetzt und schließlich war es Dylan gewesen, der sie mitten im Wald in einem alten Jägerstand gefunden hatte. Zitternd hatte Scotty dort oben gesessen, hoffnungslos verwirrt, hungrig und verängstigt, weil sie wusste, dass es bestimmt Ärger für ihre Aktion geben würde. Aber Dylan hatte nicht geschimpft.

Er war die wackelige Leiter hochgeklettert und hatte sich neben sie gesetzt, wobei er seine langen Beine ganz schön zusammenfalten musste. Und dann hatte er begonnen, ihr von Füchsen zu erzählen. Kluge Tiere, die sich im Wald versteckten, listig und wunderschön. Und mit rotem Fell. Es hatte eine Weile gedauert, aber schließlich hatte er sie davon überzeugen können, dass Rot die allercoolste Haarfarbe der Welt war. Am nächsten Tag war Scotty wieder in den Kindergarten gegangen, begleitet von Dylan und mit hocherhobenem Kopf. Ein Blick des Schotten hatte genügt und der Junge, der Scotty geärgert hatte, war ihr nie wieder blöd gekommen.

»Ich hab nur grad dran gedacht, wie ich Vi kennengelernt habe«, meinte Scotty und brach ein Stück von dem Brot ab. Der geschmolzene Käse im Inneren zog lange Fäden. *Perfekt!*

»Deine Freundin mit den dunklen Haaren?« Dylan drehte seinen Stock professionell über dem Feuer. »Die den Pfeil auf mich geschossen hat?«

»Das war keine Absicht!« Scotty kicherte in sich hinein. »Sie wollte mir nur zeigen, dass ich den Bogen falsch halte.«

»Und deswegen schießt sie auf mich. Ah ja.« Dylan nickte. »Ergibt Sinn.«

Scotty stieß ihm in die Seite und versuchte, ihr Grinsen zu unterdrücken, aber es ging nicht. Das Bild, wie sie mit Vi Bogenschießen geübt hatte und Dylan dabei halsbrecherisch einem Pfeil hatte ausweichen müssen, war einfach zu köstlich. Doch im nächsten Moment wurde ihre Freude ein bisschen getrübt. Sie vermisste Vi. Scotty hatte ihrer Freundin nur ausweichend von ihren Sommerferienplänen erzählt. Sie hatte Angst gehabt, dass Vi es blöd finden würde, dass Scotty zu ihren Eltern reiste, um im Camp zu helfen, statt ins Bogencamp. Sie sprachen nie so wirklich über die Arbeit von Scottys Eltern und irgendwie ... irgendwie hatte Scotty lieber geschwiegen. Was ziemlich blödsinnig war, denn bestimmt würde Vi es aus der Zeitung erfahren. Vielleicht aber auch nicht? Vi las nämlich viel lieber Bücher als Zeitungen.

Scotty versuchte, die Gedanken wegzuschieben, nagte die letzten Brotstückchen von ihrem Spieß und sah sich nach der Teigschüssel um, um ein neues Brot zu formen. Doch stattdessen reichte Odette ihr augenzwinkernd eine Schale mit Chips. »Probier mal.«

»Oh, ich weiß nicht.« Scotty zögerte. Odette war dafür bekannt, einen überaus experimentierfreudigen Gaumen zu haben. Zwiebelketchupgeschmack passte jetzt eigentlich gerade nicht so sehr zu ihrer Stimmung. »Was für eine Sorte ist das?«

»Salt and Vinegar, die wirst du lieben. Vertrau mir.«

»Salz und Essig?«, übersetzte Scotty verwirrt. »Essig an Chips?«

»Vertrau mihihihihir«, sang Odette und schwenkte die Schale hypnotisierend vor Scottys Nase. »Du wirst mir dankbar sein, mich lieben und verehren für immer, weil ich dir diese Offenbarung habe zuteilwerden lassen.«

»Ich glaube, Odette hat sich heute irgendwo den Kopf

gestoßen«, flüsterte Dylan so laut, dass es alle hören konnten.

Gekicher brandete um das Feuer auf und Odette zog Dylan eine Fratze, ehe sie selbst anfing zu lachen.

In einem Anflug von Mut, gepaart mit ziemlich viel Hunger, griff Scotty zu und schob sich einen Chip zwischen die Zähne. Sie fühlte, wie ihre Wangen unter den gespannten Blicken der anderen ganz heiß wurden, und hätte sich am liebsten umgedreht. Hatten die denn alle nichts Besseres zu tun? Selbst diese verrückte Rennmaus starrte sie an. Nervös begann sie zu kauen und hätte sich fast noch auf die Lippe gebissen. Salz und der leichte Geschmack von Essigsäure explodierten auf ihrer Zunge und ... »Mhmm!«

»Ha, ich wusste es!« Odette reckte triumphierend eine Faust in die Höhe. »Ich bin ein Genie! Ich bin die Meisterin der Chips!«

»Ahhh, Hörschaden!« Dylan schlug mit verzerrtem Gesicht die Hände auf die Ohren, wobei ihm sein Brotspieß ziemlich im Weg war.

Odette ergriff jetzt wiederum ihren abgelegten Spieß und begann, damit auf Dylan einzuschlagen, der sich nach dem ersten Hieb hastig zur Wehr setzte.

Scotty drückte sich kichernd an ihre Mutter.

»Ich bin von Verrückten umgeben«, seufzte die und brachte ihren kostbaren Kaffee in Sicherheit. »Nathan, hol den Wasserschlauch, deine Angestellten haben einen Sonnenstich.«

»Warum sind es eigentlich immer *meine* Angestellten,

wenn sie *dir* auf die Nerven gehen, Liebling?«, ließ sich Nathan Blackbird vernehmen, der gerade ein gigantisches Stück Schokolade von einer Tafel abbrach und es sich genüsslich in den Mund schob. Seine Frau zog ihn immer gnadenlos damit auf, dass er, ohne zu zögern, durch den Amazonas schwimmen würde, wenn auf der anderen Seite nur die richtige Schokolade auf ihn wartete.

Evie blieb eine Antwort erspart, denn Odette setzte Dylan soeben ihren Stock auf die Brust und brüllte: »Und Sieg durch K. o., du vorlauter Kiltträger! Leg dich nicht mit mir an.«

»Kiltträger?«, gluckste Dylan. »Du hast mich ja überhaupt noch nie in einem Kilt gesehen.«

»Manche Dinge will sogar ich mir lieber ersparen«, gab Odette liebenswürdig zurück, ließ sich wieder auf ihren Platz sinken und angelte sich ihre Teetasse. »So, nachdem ich den Barbaren in seine Schranken gewiesen haben: Wer ist mit dem Geschichten-Erzählen dran?«

Oh ja! Scotty rutschte in eine bequemere Position und verlagerte die Chipsschale in ihrer Hand.

»Also, ich finde ja«, ließ sich Austin vernehmen. »Dass Scotty uns ihre Geschichte erzählen sollte.«

Scotty verschluckte sich an ihren Chips, von denen sie sich immer mehr in den Mund gestopft hatte, weil sie wirklich, *wirklich* lecker waren, und hustete erstickt. »Bitte was? Was denn für eine Geschichte? Ich weiß keine Geschichte, ich bin gar nicht ... ich meine ... ich habe ... also ...«

»Ich glaube, er meint die Geschichte eurer Ankunft hier,

mein Schatz«, raunte Evie ihrer Tochter ins Ohr. »Die Geschichte, wie ihr diese verrückte Fellkugel gefunden habt. Und mein werter Gatte hat mir auch etwas von einem Geheimfach erzählt, das du entdeckt hast. Ich vermute, diese Geschichte ist gewünscht.«

Scotty schluckte mühsam die letzten Chipskrümel hinunter und sah ein wenig verloren in die Runde. Alle blickten sie neugierig an. Constantin, der gerade die Hand in seiner Lakritztüte vergraben hatte, zwinkerte ihr aufmunternd zu. »Na los, Schwesterchen! Ich spring schon ein, wenn du die guten Sachen vergisst.«

Pah, als ob! Scotty schluckte schwer und wischte sich die Hände an ihrer Jeans ab. *Also schön.* »Eigentlich hat alles damit angefangen, dass Onkel C unsere Flugtickets gesucht hat …«

Kapitel 8

Ein nächtliches Abenteuer für Constantin

Constantin

Es war schon spät, als die Geschwister schließlich in ihre Betten krochen. Das Zelt der Blackbirds war in zwei große Räume unterteilt, die durch einen offenen Mittelteil verbunden waren. Hier standen ein klappriger Tisch, bedeckt mit Papieren und Büchern, Taschen mit Werkzeug und allerlei anderem Zeug. Die beiden verschließbaren Abteilungen dienten als Schlafzimmer, links für die Eltern, rechts für Scotty und Constantin. Dylan hatte ihre Koffer schon hergebracht, außerdem lagen zwei weiche Matratzen, Kissen und ihre Schlafsäcke bereit. Es gab sogar ein kleines Fenster, durch das man in den Himmel sehen konnte. Mit einem selbst genähten Vorhang ließ sich der Raum noch einmal unterteilen, wenn mal eins der Geschwister für sich sein wollte.

Misstrauisch starrte Constantin auf den bunten Teppich, unter dem der Wüstenboden mit all seinen feinen Sandkörnern auf ihn lauerte. Er vermisste das top gereinigte Hotelzimmer schon jetzt.

Scotty huschte an ihrem Bruder vorbei und schmiss sich mit Vollkaracho auf ihre Matratze mit dem (natürlich) grünen Schlafsack. »Hier bleib ich«, nuschelte sie in den Stoff.

»Mach das ja nicht noch mal. Ich höre mir dein Gejammer nicht an, wenn deine Matratze platzt und du auf dem Boden schlafen musst«, warnte Constantin und stiefelte zu seinem Bett hinüber. Aus dem Augenwinkel sah er, wie Scotty ihm die Zunge herausstreckte. Kleine Schwestern waren so was von frech!

»Sei nicht so ein Murmeltier.« Scotty gähnte herzhaft. »Du brauchst wohl jemanden, der dir mal einen ordentlichen Streich spielt.«

»Wag es bloß nicht.« Constantin konnte sich nur zu gut an die *Streiche* erinnern, die Scotty und er sich in all den Jahren gespielt hatten. Letztes Jahr war das Ganze ziemlich eskaliert und am Ende waren Vasen, Knie, Finger und Gefühle kaputt gewesen. »Wir können nicht das ganze Lager in Schutt und Asche legen. Um uns herum ist nichts, wo wir sonst überleben können. Das ist eine Wüste, nicht Zuhause. Und wieso überhaupt Murmeltier?«

»Okay.« Scotty lächelte versonnen und mit geschlossenen Augen. »Dann nur das halbe Lager.« Nur einige Momente später verrieten ihre tiefen Atemzüge, dass sie eingeschlafen war.

Kopfschüttelnd sah Constantin zu seiner kleinen Schwester hinüber. Willi reckte den Kopf aus der Hemdtasche und seine Schnurrhaare kitzelten Constantin am Hals. »Mädchen, Willi«, seufzte er. »Ich sag's dir, alle verrückt.« Er ging zu seinem Bett hinüber, klappte den Koffer auf und richtete sich im Licht seiner Taschenlampe ein wenig ein, ehe er ebenfalls in seinen Schlafsack schlüpfte. Für Willi hatte er eine kleine Obstschale aus dem Küchenzelt mitgenommen. Sie war aus Holz, breit und flach, sodass Willi ohne Hilfe hineinklettern konnte. Constantin hatte sie mit Taschentüchern und Sand ausgelegt, morgen würde er sehen, ob er noch etwas anderes fand, um es Willi gemütlich machen zu können. Still lag er in seinem Schlafsack und starrte an die Decke. Hier war er also, mitten in Ägypten in einem weiteren Blackbird-Familien-Abenteuer, von dem die Zeitungen berichteten. Natürlich hatte Scotty gespürt, dass etwas mit ihm nicht stimmte. Sie merkte es immer. Er hatte sie nicht vor den Kopf stoßen wollen, aber Fakt war, dass er lieber nicht hier wäre. Er brauchte das Abenteuer nicht. In dem Tierheim bei ihnen zu Hause war für die Ferien eine Stelle ausgeschrieben worden und Constantin hatte vorgehabt, sich dafür vorzustellen. Er hatte sich schon genau ausgemalt, was er sagen wollte, hatte alles bis ins kleinste Detail geplant und sogar seinen Biologielehrer um Rat und eine Empfehlung gebeten. Und dann war diese blöde Pyramide aufgetaucht und hatte all seine Pläne ruiniert.

Constantins Herz zog sich zusammen. Er liebte seine

Familie und er war froh und dankbar, sie zu haben. Aber er würde lieber zu Hause einen erschrockenen Hund beruhigen und Fressnäpfe auffüllen, vielleicht ein bisschen Gitarre spielen, als hier einen tausend Jahre alten Schatz auszugraben. Und das machte ihn wohl oder übel zu einem Verräter des Blackbird-Erbes.

Mitten in der Nacht wurde Constantin wach. Es dauerte einen Moment, bis er begriff, warum die Luft um ihn herum so kalt war und warum sich sein Bett so seltsam anfühlte. Das hier war nicht sein Zimmer zu Hause. Es war ein Zelt. Ein Zelt inmitten der ägyptischen Wüste, die nachts gar nicht mehr heiß war, sondern überraschend kalt. Und irgendetwas war nicht in Ordnung. Constantin konnte nicht sagen, was ihn geweckt hatte, aber er spürte, dass da etwas war. Vorsichtig richtete er sich auf. Silbernes Licht fiel durch das Fenster und tauchte das Innere des Zeltes in einen unwirklichen Schimmer. Constantin kniff die Augen zusammen und erkannte, dass Willi irgendwann neben ihm auf das Kopfkissen geklettert war. Ob er davon wach geworden war? Behutsam strich er über den weichen Mauserücken und rieb sich über die Augen. Vermutlich sollte er einfach versuchen ... Im nächsten Moment ertönte außerhalb des Zeltes ein Geräusch, es klang wie ein Scharren. Constantin war plötzlich hellwach. Er hatte sich nicht geirrt, da draußen war etwas. So leise wie möglich, um Scotty nicht zu wecken, schlug er den Schlafsack auseinander, schlüpfte in seine Schuhe und die Jacke. Willi nahm er mit, zum Glück gab der keinen Mucks von sich.

Vorsichtig öffnete Constantin den Reißverschluss des Zeltes und schlich nach draußen. Die kalte Luft ließ ihn unwillkürlich frösteln. Der Mond stand genau über ihrem Zelt. Ein paar dicke Wolken zogen über den nächtlichen Himmel und schienen mit dem Licht Fangen zu spielen. Constantin sah sich um.

Da! Wieder ein Geräusch.

Ob einer der Mitarbeiter nicht schlafen kann? Constantin ging in die Richtung, aus der er das Geräusch gehört hatte, aber da war niemand. Das ganze Lager lag schlafend da.

»Merkwürdig«, murmelte er und drehte sich einmal um sich selbst. Er war sich ganz sicher, etwas gehört zu haben. Ob er zurückgehen sollte, um Scotty zu wecken? Aber was sollte er ihr denn sagen? Sie würde ihn für verrückt halten und auslachen. Genau wie er ihr ja auch erst nicht hatte glauben wollen, als sie im Hotelzimmer die Geräusche in der Wand bemerkt hatte.

Langsam wurde ihm wirklich kalt, vermutlich holte er sich hier gerade die Grippe während dieser Gespenster-jagd.

»Was meinst du, Willi?« Constantin hob sich die Maus vor die Augen. »Bin ich verrückt geworden?«

Willi blieb stumm, alles andere wäre wohl auch sehr selt-sam gewesen, aber seine Schnurrhaare zuckten aufgeregt. »Du spürst auch, dass hier etwas vor sich geht, nicht wahr?

Na komm, wir klettern auf eine der Dünen, von dort sehen wir das ganze Lager und werden schon herausfinden, was für ein nächtlicher Unruhestifter hier am Werk ist.«

Gesagt, getan. Zwar verabscheute Constantin die Idee schon nach den ersten Schritten, als ihm der Sand in die Schuhe zu rieseln begann, doch er hielt den Aufstieg tapfer durch. Wenigstens wurde ihm so warm. Oben angekommen, kratzte er sich am Kopf. Nichts ... Da war einfach gar nichts, obwohl ... Bewegte sich da nicht doch etwas am Fuß der Pyramide?

Plötzlich spürte Constantin, wie ihm jemand eine Hand auf die Schulter legte. Im nächsten Moment erhielt er schon einen kräftigen Schubs und mit einem überraschten Aufschrei kugelte er die Sanddüne hinunter und blieb benommen liegen.

Kapitel 9
Ein neuer Freund

Constantin

Mit einem müden Lächeln erwachte die Sonne über der Wüste und schob ihre Strahlen langsam über die Sanddünen. Das Lager der Familie Blackbird lag still da, selbst für die Frühaufsteher war es noch viel zu früh am Morgen. Das Feuer im Steinkreis war erloschen und die Asche längst kalt geworden. Ein groß gewachsener Junge mit wirrem Haarschopf lag am Fuß einer der Dünen im Sand. Der Schatten eines Raubvogels streifte über ihn hinweg, einmal, dann ein zweites Mal, als das Tier neugierig kehrtmachte und tiefer flog. Doch da sauste ein Stein aus dem Nichts heran und mit einem wütenden Schrei ergriff der Räuber die Flucht. Die Beute war ihm verwehrt worden. Etwas Kleines, Pelziges wuselte heran und huschte über den Körper des Jungen. Schließlich ließ sich Willi, die Wüstenrennmaus auf dem Gesicht seines Beschützers nieder und kratzte ihn mit den kleinen Vordertatzen an der Nase.

Constantin schlug die Augen auf, schrak hoch und Willi purzelte ihm mit einem erschrockenen Quieken in den Schoß. Hustend wischte Constantin sich Sand und Mausehaare aus dem Gesicht und blickte sich verwirrt um. »Was ... Wo bin ich?«

Willi quietschte entrüstet und krallte sich in den Stoff von Constantins Schlafanzughose. Behutsam lockte Constantin die Maus auf seine Handfläche und hob sie hoch. »Entschuldige Willi, du hast mich erschreckt.« Er kratzte sich am Kopf und fühlte, wie ihm Sand aus den Haaren rieselte. *Bah!* War er jetzt etwa schlafgewandelt? Nein, Moment ... Da klebte eine Erinnerung in seinem Hinterkopf. Er hatte geschlafen und dann ...

»Ein sehr seltsames Tier hast du da. Als ich dir zu nahe kam, hat es mich gebissen«, sagte eine fremde Stimme.

Constantin fuhr erschrocken herum und drückte Willi schützend an die Brust. Da saß ein fremder Junge, nur ein paar Schritte von ihm entfernt, im Sand und sah ihn an. Er trug einen Turban, unter dem tiefschwarzes Haar hervorlugte, und weite, hellbraune Kleidung, die ihn hier wirklich gut tarnte. In seinen dunklen Augen lag ein belustigtes Funkeln und am Zeigefinger seiner rechten Hand zeigte sich tatsächlich eine kleine Blutspur. Hinter dem Jungen lag ein Kamel und döste mit halb geschlossenen Augen vor sich hin.

»Wer bist du denn?«, fragte Constantin völlig perplex.

»Und was machst du mitten in der Nacht hier draußen ganz allein?«

»Also Nacht ist es ja wohl kaum«, belehrte ihn der Junge und warf einen Blick zum Himmel. »Es ist schon nach sieben Uhr, würde ich sagen.«

»Immer noch keine Uhrzeit, um sich allein in der Wüste herumzutreiben.«

»Du bist doch auch hier. Liegst im Sand und schläfst wie ein Stein. Findest du das bequem? Mir wäre das ja zu kalt.« Das Kamel gab ein zustimmend klingendes Brummen von sich und öffnete das Maul zu einem Gähnen.

»Ich ... ich habe ja gar nicht geschlafen!« Mit einem Mal fiel Constantin alles wieder ein. Wie er wach geworden war, ein Geräusch gehört hatte und daraufhin aus seinem Zelt und durch das nächtliche Lager geschlichen war. Dann die Düne und schließlich ...

»Hier war jemand!«, rief er und sprang so schnell auf, dass Willi erschrocken quietschte und das Kamel ruckartig den Kopf hochriss. Constantin drehte sich einmal um sich selbst, als könnte er den geheimnisvollen Angreifer noch entdecken. Wie lange hatte er hier gelegen? Wo war der Fremde hin? Was hatte er gewollt? Und wer zum Kuckuck war das überhaupt gewesen? »Jemand war hier und hat mich die Düne hinuntergeworfen«, erklärte Constantin dem fremden Jungen, der ihn verblüfft ansah. »Warst du das etwa?«

»Was? Natürlich nicht! Warum sollte dich jemand mitten in der Nacht eine Düne hinabwerfen?«

Constantin hob die Schultern. »Woher soll ich das denn

wissen? Aber ich glaube, ich habe einen Schatten gesehen. An der Pyramide.«

»Gehörst du etwa zu diesem Forscherteam, von dem alle reden? Sie sollen von einem Schatzsucher begleitet werden, heißt es. Und von einem Riesen.«

»Na ja, ich werde wohl kaum hier mutterseelenallein in einem ganzen Camp für mich in der Wüste zelten«, meinte Constantin. »Der Schatzsucher wäre dann wohl mein Vater, Nathan Blackbird. Und der Riese ... meinst du vielleicht Dylan? Klar, er ist groß. Aber so groß auch wieder nicht.«

»Oh.« Der fremde Junge riss die Augen auf. Etwas lag in seinem Blick, was Constantin nicht recht definieren konnte. Schrecken? Nervosität? Es war auf jeden Fall nicht das übliche Erstaunen, auf das man als Blackbird hin und wieder traf. Er besann sich seiner guten Manieren, klopfte sich den Sand notdürftig von Händen und Kleidung und streckte dann die Hand aus. »Hi, ich bin Constantin Blackbird.«

»Yashar al'Ahirim«, erwiderte der Junge und stand ebenfalls auf. Er war ein paar Zentimeter kleiner als Constantin. »Freut mich, dich kennenzulernen. Ich habe schon von dir gehört.«

»Von mir?« Constantin zog die Brauen zusammen. »Wie denn das?«

»Na ja, von *euch*«, verbesserte Yashar sich. »In dem Dorf, aus dem ich komme, erzählt man viel von den Fremden, die gekommen sind, um die Pyramide zu erforschen, die das Erdbeben freigelegt hat.«

»Ach ja? Und was erzählt man sich da so?«

Yashar zögerte eine winzige Sekunde lang, aber dann sagte er: »Manche sagen, dass ihr hier auf Schatzjagd seid. Dass ihr die Pyramide aufsprengen und das ganze Gold stehlen wollt, um es mit in euer Land zu nehmen.«

Constantin schüttelte ungläubig den Kopf. »Was für ein Quatsch, das stimmt doch gar nicht. Wir sind keine Diebe! Sehe ich für dich vielleicht wie ein Dieb aus?«

»Keine Ahnung«, sagte Yashar unsicher. »Wie sieht ein Dieb denn aus?«

»Das weiß ich auch nicht so genau«, erwiderte Constantin nach einem kurzen Moment des Nachdenkens. »Aber ich bin auf jeden Fall keiner, das kann ich dir versprechen.«

»Ich will dir gern glauben. Mein Vater sagt, man darf die Leute nicht nach dem beurteilen, was man von anderen über sie hört. Man soll sie immer selber kennenlernen.«

»Ist er auch hier irgendwo?«

»Nein.« Über Yashars Gesicht flog ein Schatten. »Er ist ... unterwegs.«

»Und du? Was machst du hier?«

»Ich wollte sehen, ob es stimmt, was man sich erzählt«, sagte Yashar. »Pyramide und Schatzsucher und so, du weißt schon.«

»Na, mich hast du ja schon mal kennengelernt«, meinte Constantin belustigt und griff in seine Jackentasche. »Mann, auf den Schreck brauche ich erst mal ein Lakritz.« Er zog eine Tüte hervor, aus der er sich gleich zwei Lakritze in den Mund schob und sie dann Yashar hinhielt. »Willst du auch?«

Yashar legte den Kopf schief. »Was ist das?«

»Lakritz. Die beste Süßigkeit der Welt. Probier mal.«

Yashar schnipste ein paar Sandkörner von der kleinen schwarzen Lakritzkatze und schob sie sich dann in den Mund. Er nickte zufrieden. »Lecker! Soll ich dich über die Düne in dein Lager zurückbringen? Nicht, dass dich wieder jemand hinterrücks überfällt.«

Constantin warf ihm einen finsteren Blick zu. »Du glaubst mir wohl nicht, was?«

»Ich weiß es nicht. Es ist doch merkwürdig, dass dir irgendwer hier mitten in der Nacht auflauert. Meinst du, dir wollte vielleicht jemand einen Streich spielen?«, mutmaßte Yashar und versuchte verstohlen, mit der Zungenspitze den letzten Rest Lakritz aus seinem Backenzahn zu bekommen.

»Natürlich!« Constantin schlug sich mit der flachen Hand gegen die Stirn. »Scotty!«

»Was ist ein Scotty?«, fragte Yashar verdutzt.

»Nicht was, sondern wer«, knurrte Constantin. »Meine kleine Schwester. Ich wette, sie war es. Sie liebt es, mir Streiche zu spielen. Gestern erst hat sie davon gesprochen. Wobei ... das wäre schon etwas übertrieben ... Aber das finde ich heraus! Kommst du mit?«

Yashar grinste und schnalzte mit der Zunge, woraufhin sich das Kamel elegant erhob und die paar Schritte zu den Jungen herüberkam. »Ich glaube, das lasse ich mir nicht entgehen.«

»Na, dann los.« Constantin stürmte Seite an Seite mit seinem neu gewonnenen Freund zurück zum Lager der Blackbirds. Dieses Rätsel würde er lösen, das wäre doch gelacht!

Kapitel 10
Der Verdacht

Scotty

»Scotty, Schatz, bist du wach? Wir machen gleich Frühstück, aber du kannst auch noch etwas liegen bleiben, wenn du magst. Ich kann dir gerne etwas aufheben, gar kein Problem.«

»Ist schon gut, Mam.« Scotty drehte den Kopf zum Zelteingang, von wo ihre Mutter die Worte zu ihr hereingewispert hatte. »Ich komme gleich.«

»Oh, okay. Lass dir Zeit.«

»Evie«, dröhnte da die tiefe Stimme von Nathan Blackbird durch die Zeltwand. »Lass sie in Ruhe, sie hat Ferien. Nur weil ihre Eltern arbeiten müssen, heißt das ja nicht das Gleiche für sie.«

»Ich möchte bloß, dass sie sich wohlfühlt! Nur weil du so ein Rabenvater bist, der seine Kinder ganz allein ...«

»Unsere Kinder haben es gerade wochenlang ohne uns ausgehalten. Und siehe da: Sie haben noch alle Finger und Zehen!«

»Sie waren nicht allein, Nathan. Sondern zu Hause, und zwar unter Aufsicht.«

»Dein Bruder ist wohl kaum eine Aufsicht. Eher ein ...« Der Rest seines Satzes ging in einem Aufschrei und einem dumpfen Schlag unter und dann begann Evie, wütend auf ihren Mann einzureden, während dieser lachend vor ihr zu flüchten schien.

Kopfschüttelnd drehte Scotty sich auf die Seite und schrieb den angefangenen Satz in ihrem Tagebuch fertig.

... und dann habe ich die Geschichte am Lagerfeuer erzählt und Dylan hat mir noch ein Brot gebacken. Salt-and-Vinegar-Chips sind der Wahnsinn, aber ich habe zu viel davon gegessen und heute tun mir die Mundwinkel weh. Vielleicht ist das aber auch vom vielen Lachen. Später will ich mir die Pyramide näher ansehen. Vielleicht gelingt es uns ja doch, sie zu öffnen. Es muss einfach.

Mit einem Gähnen klappte Scotty das Buch zu, klemmte den Stift in die dafür vorgesehene Schlaufe und schälte sich aus ihrem Schlafsack. Wieder eine erste Nacht, in der sie erstaunlich gut geschlafen hatte, trotz fremder Umgebung. Obwohl, na ja, so fremd war dieses Zelt nicht und auch in dem Schlafsack hatte sie schon den ganzen letzten Sommer geschlafen. Aber es war trotzdem anders als zu Hause.

Sie warf einen Blick zu Constantins Schlafplatz hinüber, aber der hatte gestern Abend noch den Vorhang zugezogen und daher war weder von ihm noch von dieser verrückten Maus etwas zu sehen. Scotty klappte ihren Koffer auf, suchte sich Shorts und ein bequemes T-Shirt heraus, schnappte ihren Kulturbeutel, trat nach draußen und ihre Füße sanken in den noch ziemlich kühlen Wüstensand.

Scotty lief ein Schauer über den Rücken. Die Sonne war gerade erst aufgegangen, ihre Strahlen wirkten noch ein bisschen müde, aber sie eroberten Stück für Stück den wolkenleeren blauen Himmel. Bestimmt würde es ein superheißer Tag werden.

Vom Küchenzelt erklang ein lautes *Ping* und Scottys Magen rumorte zur Antwort. Sie kannte diesen Ton, es bedeutete, dass Tristan sein Waffeleisen mitgebracht hatte, ein uraltes, mehrfach repariertes Ding, das aussah, als würde es eher explodieren, als eine Waffel zu fabrizieren. Doch jeder, der schon einmal eins von Tristans Kunstwerken probiert hatte, schwor Stein und Bein, dass es nirgendwo bessere Waffeln gab.

Scotty wollte gerade das Waschzelt mit den Wasserkanistern ansteuern, um sich wenigstens das Gesicht zu waschen, als sie plötzlich aus den Augenwinkeln zwei Gestalten erkannte, die von der Wüste her auf sie zumarschierten. War das nicht Constantin? Tatsächlich, da kam ihr großer Bruder, in Schlafanzug und mit wilder Mähne und mit ... einem Jungen im Schlepptau. Einem Jungen, dem ein Kamel hinterherlief wie ein Hund. Constantins Schlafsachen waren zerknittert und sandig, selbst an seiner Wange klebten feine Sandkörner.

»Was ist denn mit dir passiert?«, fragte Scotty verdutzt. »Ich dachte, du würdest noch schlafen?«

»Sehr witzig«, erwiderte Constantin schwer atmend. »Los, gib es zu.«

»Was zugeben?« Scotty sah ihren Bruder verwirrt an. »Rieselt da Sand aus deinem Ohr?«

»Gib zu, dass du mir heute Nacht aufgelauert und mich von der Düne gestoßen hast! Wegen dir lag ich die ganze Nacht in der Kälte! Jetzt hast du es wirklich übertrieben, Scotty!«

Scotty sah ihn an, dann den fremden Jungen, dann wieder zurück zu Constantin, ehe sie anfing zu lachen. »Was soll ich gemacht haben? Spinnst du?«

Constantin lief rot an und presste wütend die Lippen zusammen. Zwischen seinen Fingern schaute Willi hervor, sogar seine Miene wirkte vorwurfsvoll. Was war das hier, eine Verschwörung?

»Du hast gestern noch davon geredet, mir einen Streich zu spielen, Scotty«, warf Constantin ihr vor.

»Was? Hab ich gar nicht!«

»Doch! Kurz bevor du eingeschlafen bist.«

»Constantin, ich weiß nicht mal mehr genau, wie ich gestern in mein Bett gekommen bin, so müde war ich. Und denkst du echt, ich fände es lustig, dich irgendwo runterzuschubsen und dann einfach liegen zu lassen? Denkst du wirklich so über mich?!« Scotty verschluckte sich fast an ihren eigenen Worten, so schnell kamen sie ihr über die Lippen geschossen.

»Ich glaub, sie war es wirklich nicht«, ließ sich da der fremde Junge vernehmen.

Scotty sah ihn verwirrt an.

»Du warst es wirklich nicht?«, hakte Constantin noch einmal nach. »Versprichst du es?«

»Nein, zum Kuckuck!« Scotty stampfte mit dem nackten Fuß auf. »Warum warst du überhaupt auf der Düne?«

»Ich bin heute Nacht rausgegangen und ... Au!«

Scotty hatte ihren Bruder auf den Arm geschlagen und funkelte ihn jetzt wütend an. »Du schleichst ohne mich nach draußen?«

»Ich hatte ein Geräusch gehört und ...«

»Ein Geräusch?«

»Ja.«

»Was für ein Geräusch?«

»Ein ... keine Ahnung, ein seltsames Geräusch, darum bin ich ja aufgestanden.«

»Du hörst ein seltsames Geräusch und weckst mich nicht?!« Erneut schlug Scotty ihrem Bruder auf den Arm. »Du Verräter!«

»Au! Hör gefälligst auf, mich zu schlagen!«

»Du hast unseren Kodex gebrochen!«

»Ihr habt einen Kodex?«, mischte sich der fremde Junge interessiert ein. »Was beinhaltet er?«

»Das geht dich überhaupt nichts an!«, wütete Scotty. »Wer bist du überhaupt?« Sie sah Constantin an und zeigte auf den Jungen, als wüsste er nicht selbst von seiner Anwesenheit. »Wer ist er? Und wem gehört das Kamel?«

»Yashar«, sagten die beiden Jungs gleichzeitig und der Fremde verbeugte sich leicht. »Freut mich sehr«, fügte Letzterer hinzu.

»Also mich nicht«, maulte Constantin und rieb sich den Arm. »Du hast es ganz schön übertrieben.«

»*Du* hast übertrieben.« Scotty war noch ganz und gar nicht besänftigt. Sie verschränkte die Arme vor der Brust. »Erst den Kodex brechen und mich dann auch noch übel beschuldigen! Und jetzt erzählt mir alles, und zwar *wirklich* alles.«

Grummelnd und seinen Arm reibend, berichtete Constantin seiner Schwester von dem nächtlichen Abenteuer. Deren Augen wurden immer größer und runder. Dann fügte Yashar noch seine Erzählung hinzu, wie er Constantin gefunden hatte.

»Wow«, meinte Scotty schließlich. »Das ist total verrückt. Habt ihr euch nach Fußspuren umgesehen?«

»Nein«, meinte Constantin. »Daran habe ich gar nicht gedacht.«

»Tja, fürs Denken hast du ja auch mich«, sagte Scotty gönnerhaft und klopfte ihrem Bruder auf die Schulter, nur um die Hand gleich schnell wieder wegzuziehen. »Uh, du bist echt sandig.«

»Was du nicht sagst«, brummte Constantin. »Also, ich für meinen Teil werde mich jetzt waschen gehen, danach frühstücken und dann dieses blöde Rätsel lösen.« Er warf

Yashar einen Blick zu. »Wenn du magst, kannst du gerne bleiben und mit uns essen.«

»Danke.« Yashar lächelte ehrlich erfreut. »Das würde ich wirklich gern.« Ein Knurren, das eindeutig aus seinem Bauch stammte, untermalte seine Zusage. »Ich muss aber Shaya noch irgendwo unterbringen. Sie braucht auch ein Frühstück.« Er tätschelte dem Kamel liebevoll die Nase.

»Wir haben auch Kamele«, sagte Constantin. »Wenn sie sich vertragen, können wir deins sicher zu ihnen stellen.«

»Ich komme auch mit«, verkündete Scotty. »Besser, jemand hat ein Auge auf euch. Wer weiß, wo du sonst noch runterfällst.«

Damit war es beschlossene Sache: Die Aufklärungstour zum geheimnisvollen nächtlichen Besucher war eröffnet.

Kapitel 11
Die besten Waffeln der Welt

Scotty

Das Küchenzelt war eigentlich kein richtiges Zelt, denn zwei seiner Wände bestanden aus Holzbrettern, die, nebenbei bemerkt, nicht sehr ordentlich zusammengehämmert worden waren. Darüber spannte sich ein großes grünes Zeltdach mit hellen Streifen und die Wände waren mit Plastikfenstern versehen, die bestimmt gerne mal wieder mit einem nassen Schwamm in Berührung gekommen wären. Durch die Ritzen der Holzwände krochen der Sand und die Wärme und niemand konnte sagen, was passieren würde, wenn ein Wüstensturm auf dieses Konstrukt traf. Aber um das noch zu ändern, war es zu spät, denn vor besagten Holzwänden standen bereits ein summender Kühlschrank sowie ein riesiges Brett, das von Kisten gestützt wurde und dadurch eine stabile Arbeitsfläche bildete. Darauf waren Messerblöcke, Geschirrboxen, Gewürzdosen und eine ziemlich mitgenommene Pfefferminzpflanze zu einem wohldurchdachten System angeordnet. Ein wackeliges Regal, gleich zwei Schritte weiter, war mit Konserven vollgestellt. Daneben zwei riesige Säcke Kartoffeln und eine Box, die mit Brot bestückt war. Die Süßigkeiten waren in einer kleinen blauen Schatulle unter den Kartoffeln zu finden – ein Geheimnis, das Tristan als Herr der Küche Scotty schon vor Jahren verraten hatte. Dort bewahrte er die guten Schokoriegel mit der Karamellfüllung oder mit leckeren Nüssen auf und die teilte er nicht mit jedem.

Ob er bei dieser Expedition wohl daran gedacht hat, einen Kühlakku dazuzulegen? Sonst ist da drin bestimmt schon alles Soße, dachte Scotty.

Der Kühlschrank war purer Luxus und wurde mit einem Generator betrieben, der dem Team Blackbird ebenfalls von der ägyptischen Regierung gestellt worden war. Anders als der Jeep war er gut in Schuss und schützte die frischen Vorräte zuverlässig vor der Wüstenhitze.

»Tristan, diese Waffeln sind der absolute Oberwahnsinn«, mampfte Scotty mit vollem Mund und verdrehte verzückt die Augen. »Die besten Waffeln der Welt.«

Tristan, der Koch, der eine Vorliebe für bunte Klamotten hatte (heute trug er ein neongelbes T-Shirt, auf dem stand: *Das Buch war besser*), strahlte seine jungen Frühstücksgäste an, die sich an dem großen Klapptisch versammelt hatten.

Anscheinend waren trotz der frühen Stunde schon alle anderen Mitglieder des Teams fleißig am Arbeiten. Tristan hatte die Kinder mit Waffeln und Kakao versorgt und Yashar freundlich begrüßt, wenn auch ein bisschen verwundert darüber, dass die Wüste ihn einfach so ausgespuckt zu haben schien. Scotty konnte es ihm nicht verübeln, sie hatte schließlich ähnlich reagiert.

»Freut mich, dass es dir schmeckt, Scotty. Es ist schön, eine Genießerin hier zu haben. Der Rest des Teams meckert dieses Mal ganz schön viel.« Er verneigte sich, sodass die Zipfel des Tuches, das er sich um den Kopf gebunden hatte, lustig hinter seinem Nacken hervorlugten. Tristans Großvater stammte von den Aborigines ab. Seinen Vorfahren verdankte er auch seinen Nachnamen: Alinta. Das bedeutete so viel wie »Flamme«. Er kannte unglaublich viele Geschichten von seinen Ahnen und Scotty liebte es, ihm zuzuhören. Mehr als einmal hatte sie davon geträumt, die Heimat der Aborigines zu besuchen und die Orte aus Tristans Geschichten zu sehen.

»Hey Tristan«, sagte Constantin. »Ist dir heute Nacht vielleicht irgendetwas Seltsames aufgefallen?«

»Etwas Seltsames?«, wiederholte der Hobbykoch und warf eine weitere Waffel auf den bereitstehenden Teller. »Wie meinst du das denn?«

»Er meint, ob du ihn heute Nacht von einer Düne geschubst hast«, antwortete Scotty, noch immer mit vollem Mund.

»Bitte?« Tristan sah verwirrt zwischen den Geschwistern hin und her. »Ihr habt wohl gestern ein bisschen zu viel vom Stockbrotteig genascht und Albträume bekommen, hm?«

»Also dir ist wirklich überhaupt nichts Komisches aufgefallen?«, hakte Constantin nach. »Dass irgendwer unterwegs war?«

Tristan hob die Schultern. »Keine Ahnung, ich hab nur die Zwillinge gehört, die sind heute Morgen schon früh los. Irgendwas von wegen Gelände erkunden … keine Ahnung.«

»Die Zwillinge«, wiederholte Constantin nachdenklich.

»Na also, dann fragen wir die als Nächstes, wenn wir vom Spurensuchen zurück sind.« Scotty jubelte leise auf, als Tristan eine Schale mit glänzenden Trauben vor ihnen auf den Tisch stellte.

»Genießt sie, das sind meine letzten. Wir brauchen dringend Obst und Gemüse. Hast du Lust, mit einkaufen zu kommen, Scotty? Ich könnte jemanden brauchen, der diese Bestie von Jeep besänftigt, wenn sie wieder Mucken macht.«

»Gerne.« Scotty nickte begeistert und auch ein kleines bisschen stolz, weil Tristan sie als Hilfe ansah. »Gibt es hier denn irgendwo eine Stadt mit einem Supermarkt, oder …?«

»Nicht so weit von hier gibt es einen Markt«, mischte sich Yashar ein. »Ich kann euch hinbringen, wenn ihr möchtet, und für euch dolmetschen.«

»Das klingt großartig«, stimmte Tristan zu. »Vielen Dank dafür, Yashar.«

Scotty versteckte ihr Grinsen hinter einem weiteren Stückchen Waffel. Tristan sprach vier Sprachen und das waren nur die, von denen sie wusste. Er fand immer einen Weg, um sich zu verständigen! Aber jemand Einheimischen dabei zu haben, war trotzdem ein riesiger Vorteil, den sie auf keinen Fall ausschlagen sollten.

»Was ist mit dir?«, fragte sie Constantin und stieß ihren Bruder unter dem Tisch mit dem Fuß an.

»Hm? Ja klar, bin dabei«, murmelte der missmutig und zerbröselte seine Waffel. Es machte ihm offensichtlich zu schaffen, noch keine Antwort auf sein nächtliches Abenteuer gefunden zu haben. Scotty überlegte, ihm tröstend eine Hand auf den Arm zu legen, traute sich aber irgendwie nicht, weil Yashar und Tristan ja auch noch da waren.

»Großartig, dann kann ja nichts schiefgehen.« Tristan lächelte in die Runde.

»Sind noch Waffeln übrig?« Odette war im Zelteingang erschienen. Sie trug eine weite Bluse, die reichlich staubig wirkte, und ihre Locs hatte sie hochgesteckt, allerdings hatten sich einige der Strähnen gelöst und klebten ihr verschwitzt im Nacken. Mit einem Seufzen ließ sie sich neben Scotty auf die Bank fallen. »Aber für den Anfang würde ich auch ein Wasser nehmen. Und ein Paar neuer Arme.«

»Muskelkater?«, fragte Scotty mitfühlend und bot Odette eine Traube an. Ihre Arme erinnerten sie auch noch ziemlich gut an das Geschleppe von gestern. Stärker war nur das Ziehen in ihren Oberschenkeln durch das viele Bücken.

»Ich bin weder Arnold Schwarzenegger noch The Rock. Ich bin Wissenschaftlerin! Ich bin Evelyn Carnahan-O'Connell aus *Die Mumie.* Musste die jemals Steine schleppen?«

»Ich glaub, im fünften Teil«, meinte Constantin und fing an zu lachen, als Odette ihn verwirrt anfunkelte. »Sorry.«

»Pass schön auf, junger Blackbird. Sonst gibt's beim nächsten Mal Babysitten nur Grünkohl.«

»Den Geruch würdest du ja selber nicht aushalten«, erwiderte Constantin gelassen.

Tristan kam kopfschüttelnd heran und stellte eine Wasserflasche vor Odette ab, die sie dankbar gegen ihren Kopf drückte.

»Odette, warst du heute Nacht wach?«, fragte Constantin unschuldig.

»Nur kurz, als Alexa wieder mal anfing, im Schlaf zu reden. Ich sag euch, die Frau ist die reinste Labertasche, sobald es dunkel wird.« Odette und Alexa teilten sich ein Zelt, und auch wenn sie öfter mal gegeneinander stichelten, so waren sie doch eigentlich ein Herz und eine Seele.

»Sonst gar nicht?«, bohrte Constantin nach, aber Odette schüttelte den Kopf. »Ich hab meinen Kopfhörer aufgesetzt und Musik angemacht, danach hab ich geschlafen wie ein Stein. Wieso? Ist was passiert?«

Scotty nickte und begann mit vollem Mund: »Constantin meint, dass ...«

»Ach, ist gar nicht so wichtig«, unterbrach Constantin seine Schwester. »Alles gut.«

»Schön.« Odette runzelte die Stirn und sah Yashar an. »Kenn ich dich?«

»Die Frage wird heute öfter gestellt«, bemerkte Scotty, noch immer verwirrt darüber, dass Constantin ihr ins Wort gefallen war. Warum fragte er Odette nicht, ob sie das auf der Düne gewesen war? Gut, es wäre nicht ihre Art, andererseits konnte man bei ihr nie wissen. Einmal, als Nathan und Evie Blackbird für zwei Tage auf einem Kongress gewesen waren, war eigentlich geplant gewesen, dass sie die Kinder mitnahmen, aber aus irgendeinem Grund, an den Scotty sich gar nicht mehr wirklich erinnern konnte, hatte es doch nicht geklappt. Sie war wütend gewesen, beleidigt und Constantin war es ebenso gegangen. Odette hatte mit allen Mitteln versucht sie aufzuheitern und war schließlich so weit gegangen, ihnen kleine Streiche zu spielen, wie Zahnpasta unter die Türklinken zu schmieren und Plastikobst unter das echte zu mischen. So hatte Constantin übrigens auch seinen linken Schneidezahn verloren, der aber zum Glück nur ein Milchzahn gewesen war. Seine Abneigung gegen Obst ließ sich aber durchaus auch auf diesen Moment zurückführen.

»Das ist Yashar«, erklärte Constantin. »Er stammt aus einem Dorf hier in der Nähe und ist hergekommen, um die Pyramide zu sehen. Außerdem wird er Tristan einen Markt zeigen, wo wir neue Vorräte herbekommen.« Er kratzte sich am Kopf und sah Yashar an. »Vermutlich sollten wir dir das auf ein T-Shirt drucken, dann hört die Fragerei auf.«

»Es ist ja wohl selbstverständlich, dass gefragt wird, immerhin ist er wie aus dem Nichts aufgetaucht.« Scotty stach mit ihrer Gabel in die Luft.

»Ganz recht«, bestätigte Odette. »Er könnte ein Dschinn aus der Wüste sein. Kannst du mir meine Essenswünsche erfüllen, Yashar? Der Service in diesem Laden hier ist gruselig.«

»Unglaublich witzig«, sagte Tristan trocken. »Willst du nicht mal wieder an die Arbeit gehen?«

»Sklaventreiber«, grummelte Odette, stand aber auf und lockerte ihre Schultern. »Wollt ihr mitkommen, Kinder? Es ist gerade unglaublich spannend.«

»Du brauchst doch bloß billige Arbeitskräfte«, kam es von Tristan. »Die Kinder haben Ferien.«

»Aber du nicht, also komm aus deiner Kombüse gekrochen und pack mit an. Wenn wir nicht bald diese Tür aufbekommen, werden wir vermutlich aus dem Land geworfen werden. Und zwar hochkant und ohne Business-Tickets für den Heimweg.«

Eine nervöse Aufregung packte Scotty und zog sie auf die Füße. Die Spurensuche war vergessen. »Wie wär's?« Sie sah auf Yashar hinunter. »Lust, eine Pyramide zu knacken?«

Kapitel 12
Müde Knochen und Schokoladenpudding

Constantin

Mit einem Stöhnen streckte Constantin seine müden Beine aus. Die Wärme des Lagerfeuers kroch angenehm durch den Stoff seiner Jeans und sickerte bis in seine schmerzenden Knochen. Wie gerne hätte er jetzt seine Gitarre. Die Atmosphäre hier lud einfach total zum Spielen ein. Allerdings würde er vermutlich nicht mal eine Saite anschlagen können. Jeden einzelnen seiner Muskeln glaubte er zu spüren, ganz zu schweigen von dem Sand und Staub, den er bestimmt niemals wieder vollständig unter seinen Fingernägeln wegbekommen würde. Scotty saß völlig apathisch neben ihm und starrte ins Feuer, eine Hand in einer Dose mit Keksen vergraben, jedoch offensichtlich nicht mehr in der Lage, sie in den Mund zu schieben. Ihre Augen waren schon halb geschlossen und Constantin hätte es nicht gewundert, wenn seine kleine Schwester gleich kopfüber in den Sand gekippt und eingeschlafen wäre. Es war ein harter Tag für sie alle gewesen.

Sie hatten die Pyramide nicht *geknackt*, wie Scotty so schön gesagt hatte. Stattdessen hatten sie den zweiten, kleineren Eingang endgültig freigelegt und nach einigen Stunden war es Nathan auch unter großem Jubel gelungen, die Tür zu öffnen. Leider führte die aber lediglich in einen weiteren, etwa zehn Schritte langen Gang, an dessen Ende sie eine neue, wesentlich kunstvollere Tür vorgefunden hatten. Es war zum Verrücktwerden. Natürlich hätten sie einfach mit Gewalt vorgehen können, aber die Gefahr, dadurch Fallen auszulösen und möglicherweise Wertvolles zu zerstören, war einfach zu hoch.

Evie Blackbird war hellauf begeistert, denn an den Wänden des neuen Ganges fanden sich Malereien und Gravuren, die noch erstaunlich gut erhalten waren. Im Nu hatte sie das Kommando übernommen und jedem, der nicht schnell genug die Flucht ergriffen hatte, einen feinen Pinsel in die Hand gedrückt, mit dem Auftrag, die Wände behutsam von Sand und Staub zu befreien. Zwar wirkte das auf den ersten Blick nicht so anstrengend wie das Steineschleppen, war es aber. Constantins Oberschenkel brannten von dem Am-Boden-Kauern und seine Schultern hatten es kaum zugelassen, dass er sich nach der Arbeit die Haare wusch, die vor Sand und Staub fast grau gewesen waren. Auch Yashar hatte mitgeholfen. Er war still wie ein Schatten, packte aber überall mit an und hatte sich als beneidenswert geschickt erwiesen. Nathan und Evie Blackbird hatten ihn freundlich willkommen geheißen. Sie freuten sich, dass ihre Kinder hier einen Freund gefunden hatten. Constantin war ebenfalls froh über diesen unerwarteten Besuch. Er mochte Yashar, besonders wegen der liebevollen Art, mit der er seine Kameldame Shaya behandelte. Das Tier war etwas kleiner und viel zierlicher als die Kamele, die man den Blackbirds geliehen hatte. Vielleicht könnte Yashar Constantin ja beibringen, wie man auf einem Kamel ritt. Dann könnten sie die Wüste erforschen und ...

»Ich muss jetzt gehen«, sagte Yashar in Constantins Gedanken hinein. »Bald ist es zu dunkel.«

Tatsächlich stand die Sonne schon recht tief am Himmel und ein kühler Wind strich über die Zelte. Der junge Ägypter hatte Shaya gesattelt und hielt sie am Zügel, während er ein wenig unsicher dastand.

»Vielen Dank für deine viele Hilfe, Yashar«, sagte Evie Blackbird und sah vermutlich zum ersten Mal an diesem Abend von dem Stapel Bücher auf, den sie mit ans Feuer genommen hatte, um über die Malereien nachzuforschen. »Das war wirklich toll.«

»Danke für das gute Essen«, erwiderte Yashar. Tristan hatte ihnen eine kräftige Fleischbrühe mit Fladenbrot zubereitet und zum Nachtisch tatsächlich Schokoladenpudding. Yashars Augen hatten vor lauter Glück fast Funken gesprüht, als ihn die Blackbirds gebeten hatten, zum Essen zu bleiben.

»Komm jederzeit wieder, du bist in meiner Küche sehr willkommen!«, rief Tristan von der anderen Seite des Feuers herüber.

Constantin erhob sich ächzend. »Ich komm noch mit.«

Die beiden Jungen gingen gemeinsam zum Rand des Lagers, dort schwang Yashar sich gekonnt in den Sattel.

»Kommst du wieder?«, fragte Constantin und versuchte, nicht allzu hoffnungsvoll zu klingen.

»Sehr gerne, jemand muss doch ein Auge auf dich haben.« Yashar grinste auf ihn herunter, hob die Hand zum Gruß und ritt in die Dämmerung hinaus.

Constantin sah ihm eine Weile nach, dann trieb ihn der Wind zurück zum warmen Feuer. Als er dort ankam, sah er, wie Scotty nachdenklich in die Richtung starrte, in der Yashar verschwunden war. Eine steile Falte stand auf ihrer Stirn, eine Falte, die sie immer hatte, wenn sie sich um etwas tiefe Gedanken machte. Sie sagte jedoch nichts, als er sich wieder neben sie setzte und die Lakritztüte hervorzog, die schon verdächtig leicht geworden war. Hoffentlich hielten seine Vorräte, bis er sich irgendwo Nachschub besorgen konnte! Wobei, da Yashar Lakritz vor heute Morgen offenbar nicht gekannt hatte, schwanden Constantins Hoffnungen diesbezüglich sehr.

»Also was denkst du, Evie?«, ergriff Dylan das Wort. »Warum zwei Gänge? Und gibt es noch mehr?«

Constantins Mutter sah von dem riesigen Buch in ihrem Schoß auf, schob ihre Lesebrille zurecht und nahm einen tiefen Schluck aus ihrem Kaffeebecher. »Ich vermute fast, dass es sich bei dem zweiten Gang entweder um eine Art Fluchttunnel oder einen Gang für die Bediensteten handelt. Manchmal wurde so etwas angelegt, damit Diener und Sklaven nicht mit dem höhergestellten Volk denselben Weg nahmen. Grundsätzlich sind mehrere Gänge und vor allem Ausgänge nicht unklug.«

»Sie bedeuten aber auch mehr Zugangsmöglichkeiten, die bei einem Angriff verteidigt werden müssen«, warf Scotty ein und erntete einen anerkennenden Blick von ihrem Vater und ein Nicken von Dylan.

»Sehr richtig, kleiner Fuchs. Evie, können wir schon sagen, um was für einen Pharao es sich hier wohl handelt?«

»Ich bin mir noch nicht sicher.« Nachdenklich starrte die Forscherin auf das Buch in ihrem Schoß. »Zeitlich kann ich es recht gut einordnen, die Bilder sind wirklich großartig erhalten und stellen die Kleidung gut dar, aber was wirklich hilfreich wäre, wären Inschriften, um hundertprozentig sicher zu sein.«

»Aber einen Verdacht hast du schon, oder Mam?«, fragte Constantin und nahm sich einen Keks.

»Ich vermute, dass es die Pyramide eines Pharaos namens Taharka ist. Man nennt ihn auch den Goldenen Pharao. Aber ich kann es wirklich noch nicht mit Sicherheit sagen«, fügte sie hastig hinzu, als Odette den Mund aufriss und tief Luft holte. »Wir sollten wirklich erst ruhig bleiben und weitere Beweise sammeln.«

»Ruhig bleiben?« Odettes Stimme war mehr ein Quietschen, bei dem Constantin reflexartig den Kopf zwischen die Schultern zog. »Evie, wenn wir hier wirklich einen Hinweis auf den Salomo von Ägypten entdeckt haben, dann ... Das wäre eine der großartigsten Entdeckungen in der Geschichte und ... oh du meine Güte!«

»Wir wissen nicht, ob es so ist!«, versuchte Evie ihre Assistentin zu beschwichtigen. »Wir wissen eigentlich noch gar nichts. Außerdem ist der Goldene Pharao in vielen Kreisen nicht mehr als eine Legende. Es ist wirklich alles sehr, sehr vorsichtig zu behandeln. Ich möchte keine falschen Schlüsse ziehen und keine Gerüchte in die Welt setzen, verstanden? Und selbst wenn er es wäre, würde das vielleicht noch mehr Fragen aufwerfen, denn über seine Person ist eigentlich nichts bekannt.«

»Aber es könnte stimmen! Du hast ein Gefühl und dein Gefühl hat dich noch nie getäuscht!« Odette wedelte so sehr mit den Händen herum, dass Dylan hastig in Deckung ging.

»Wieso Goldener Pharao?«, fragte Constantin verwirrt. »Und wieso Salomo, ich dachte er heißt Ta... wie auch immer.«

»Taharka«, mischte sich Nathan Blackbird ein. »Das ist auch sein Name. Aber man nannte ihn auch den Salomo von Ägypten.«

»So wie den Salomo aus der Bibel?«, wunderte sich Constantin. »Wieso das?«

»Weil es heißt, dass er wahnsinnig reich gewesen sei«, erklärte seine Mutter. »Es gibt nur ganz wenige Hinweise auf ihn, aber darin sind sie sich einig. Angeblich waren sogar die Wände seiner Schatzkammer aus Gold und er hatte so viele Schätze, dass er nicht mehr wusste, wo er sie vor seinen Feinden verstecken sollte.«

»Na, das sind Sorgen!«, lachte Constantin. »Mein Sparschwein ist schon wieder leer.«

»Weil du wieder alles für Lakritz ausgegeben hast«, sagte Scotty grinsend. »Selber schuld.«

Constantin streckte ihr die Zunge heraus. »Warum ist nur so wenig über ihn bekannt?«

»Das kann ich dir nicht beantworten, mein Lieber. Ich wüsste es selber gerne.«

»Salomo ...« Scotty legte die Stirn in Falten. »Er war einer der israelitischen Könige, oder?«

»Genau«, bestätigte Nathan. »Salomo war einer der reichsten Männer, von dem die Bibel berichtet. Sein Besitz muss absolut riesig gewesen sein. Daher dieser Vergleich.«

»War das nicht der mit den Wünschen?«, fragte Constantin und grübelte angestrengt nach. »Ich bin mir nicht ganz sicher.«

»Ja, er war ›der mit den Wünschen‹.« Nathan lachte. »Okay, ich würde sagen, das wird unsere Geschichte für heute Abend, okay? Ich erzähle sie euch. Wusstet ihr, dass Salomo in unserer Sprache ›der Friedliche‹ bedeutet? Als David, Salomos Vater, alt wurde, hat er seinen Sohn zum König bestimmt. In der Bibel steht, dass er ihm riet, seinen Weg als Mann zu gehen und auf Gott zu hören.« Nathan zwinkerte seinem Sohn zu. »Etwas, das ich dir auch rate, mein Junge. Also, Salomo wurde König über ganz Israel.

Er hat die Tochter eines Pharaos geheiratet und die Projekte seines Vaters weitergeführt. Eines Tages ist er nach Gibeon gereist. Das ist eine Stadt in Israel. Dort hat er zu Gott gebetet und dieser erschien ihm dann in einem Traum. Gott sagte zu Salomo: ›Bitte mich um etwas, das ich dir geben soll.‹« Nathan schaute seine Kinder an. »Nun? Was hättet ihr gerne bekommen? Ihr seid ein junger König, der über ein riesiges Volk herrscht. Worum würdet ihr bitten?«

»Sieg«, sagte Constantin sofort. »Ich würde unbesiegbar sein wollen. Damit meinem Volk nie etwas passieren kann.«

»Wenn man sich Frieden wünschen würde, müsste man nicht siegreich sein«, entgegnete Scotty. »Es würde einfach gar keinen Krieg mehr geben. Ich würde mir Frieden wünschen. Frieden auf der ganzen Welt. Man könnte sich darauf konzentrieren, dass alle Menschen genug zu essen und zum Anziehen haben.«

»Das sind gute Ideen!« Nathan nickte zufrieden. »Aber das alles hat Salomo sich nicht gewünscht. Salomo wünschte sich Weisheit. Er wollte klug sein, damit er seinem Volk trotz seiner Jugend ein guter Herrscher sein konnte. Und Gott gefiel das sehr gut und er sagte zu Salomo: ›Weil du um diese Sache gebeten hast und nicht darum, sehr lange zu leben, oder um viel Gold oder den Tod deiner Feinde, so habe ich deinen Wunsch erfüllt. Ich habe dir ein kluges und verständnisvolles Herz gegeben, so wie es das vorher noch nie gegeben hat. Und auch die Dinge, um die du nicht gebeten hast, will ich dir geben: Reichtum und Ehre, sodass du ein berühmter König werden wirst. Und wenn du wie dein Vater David mir gehorsam sein willst und mit mir als deinem Gott leben wirst, dann werde ich dir auch ein langes Leben geben.‹« So geschah es auch, Salomo wurde für seine Weisheit sehr berühmt und die Menschen kamen, um seinen Rat zu hören. Dafür lobte er Gott und lebte sein Leben nach seinem Willen.« Nathan legte einen Arm um seine Frau und blickte in die Runde. »Faszinierend, nicht wahr?«

Constantin sah in die tanzenden Flammen. Jetzt, wo er die Geschichte erneut gehört hatte, erinnerte er sich auch wieder an sie. Sein Vater erzählte oft Geschichten aus der Bibel, Scotty und Constantin waren mit dem Glauben ihrer Eltern aufgewachsen, die ihn offen an ihre Kinder und ihr Umfeld weitergaben. Auch Constantin selbst war davon überzeugt, dass es einen Gott gab, der die Welt und alles darauf geschaffen hatte, aber es fiel ihm nicht so leicht, offen darüber zu reden oder es mit einer solchen Überzeugung zu glauben wie sein Vater. Einmal hatte er sich im Religionsunterricht an seiner alten Schule dazu geäußert und hatte ziemlich mit dem Spott zu kämpfen gehabt, der darauf folgte. An der neuen Schule hatte er sich deshalb zurückgehalten.

Als hätte Willi gespürt, dass sein zweibeiniger Freund Kummer hatte, regte er sich in Constantins Tasche und streckte den Kopf heraus. Constantin nahm das kleine Tier auf die Hand und strich ihm liebevoll über das weiche Fell. »Solche Sorgen kennst du nicht, hm?«, flüsterte er ihm zu.

Willi zwickte ihn sacht in den Finger und blickte sich neugierig um.

Constantin gähnte. »Ich glaub, ich geh ins Bett.«

Hoffentlich würde es heute Nacht keine Zwischenfälle geben. Wenn Constantin ganz ehrlich zu sich selbst war, musste er zugeben, dass er inzwischen das Gefühl hatte, einem Gespenst hinterherzujagen. Er hatte fast alle aus dem Team gefragt, ob sie etwas mitbekommen hatten, und kam sich langsam richtig dumm vor. Er war sich sicher, dass ihn niemand von den anderen belügen würde, und eine andere Erklärung gab es nun einmal nicht. Der Gedanke, dass außer ihnen jemand da draußen im Nirgendwo umhergeisterte, war absurd.

Oder?

Kapitel 13
Ein Markt in der Wüste

Scotty

»Heute schaffen wir es, diese Pyramide zu öffnen.« Nathan Blackbird schmierte voller Zuversicht eine zentimeterdicke Schicht Black Honey auf sein Fladenbrot, eine Spezialität des Landes, in die er sich gleich am ersten Tag verliebt hatte. Kombiniert wurde das Ganze mit ein bisschen Sesampaste, die man hier *Tahin* nannte. »Ich bin mir ganz sicher.«

Scotty, Constantin, ihre Eltern, Dylan und Odette saßen dicht gedrängt um einen der wackeligen Tische im Küchenzelt und frühstückten gemeinsam.

»Hat dir der Pharao im Traum den Geheimcode für die Tür verraten?«, frotzelte Dylan vom anderen Ende des Tisches und entlockte Evie damit ein müdes Schnauben. Die Archäologin hing über ihrer Kaffeetasse und inhalierte gierig den Dampf, der daraus aufstieg, als würde nur das sie davon abhalten, im nächsten Moment schlafend vom Stuhl zu kippen. Immer wieder, wenn die Zeitungen ihre Mutter als einen der klügsten Köpfe der Welt bezeichneten, kam Scotty genau dieses Bild in Erinnerung, das sie von fast jedem Frühstück mit ihrer Mutter kannte, und sie musste sich ein Lachen verbeißen. Natürlich war ihre Mutter klug, aber ohne Kaffee war sie kaum lebensfähig.

»Nein«, gab Nathan zurück und biss genüsslich in sein Brot. »Ich habe da einfach so ein Bauchgefühl. Blackbird-Blut, wir wissen solche Dinge, nicht wahr, Kinder?« Er nickte Scotty zu und schlug Constantin neben ihm kräftig auf die Schulter, sodass der mit der Nase fast im Black Honey gelandet wäre.

»Klingt für mich eher nach Magenverstimmungen«, brummte Dylan. »Bisher sind wir nicht einen einzigen Schritt weitergekommen. Der alte Kasten ist so sicher verschlossen wie Fort Knox.«

»Willst du etwa aufgeben?« Nathan wedelte mit seinem Messer herum, kleine dunkle Tropfen spritzten durch die Luft und landeten zielsicher auf Scottys Käsebrot. *Na super.* Angewidert kratzte sie den süßen Aufstrich vom Käse und auf den Rand ihres Tellers. Im nächsten Moment huschte etwas Pelziges heran und schleckte die sirupartige Soße im Nullkommanichts auf.

»Constantin!« Scotty kreischte nicht, aber sie war kurz davor. »Nimm deinen Flohzirkus von meinem Essen!« Der Flohzirkus, auch bekannt als Willi, leckte sich mit seiner rosa Zunge über die Schnauze und nahm die Möhrenscheiben in Augenschein, die Scotty dekorativ auf ihrem Fladenbrot verteilt hatte. »Wag es ja nicht«, drohte Scotty. »Du kleines Ungeheuer!«

»Nenn ihn nicht so.« Constantin warf seiner Schwester einen vernichtenden Blick zu und hob Willi zurück neben seinen eigenen Teller, wo schon einige Nüsse lagen. »Er hat dir nichts getan.«

»Er hat auf meinen Teller gesabbert«, beharrte Scotty.

»Mäuse können nicht sabbern«, wurde sie prompt von ihrem großen Bruder belehrt. »Ihre Speicheldrüsen ...«

Weitere Ausführungen zu der Speichelproduktion von Nagetieren wurden Scotty zum Glück erspart, denn im nächsten Moment wurde die Zeltplane zurückgeschlagen und eine schlanke Gestalt trat mit einem deutlichen Zögern ein – Yashar. Er trug dieselbe Kleidung wie gestern und wirkte ein bisschen angeschlagen, als hätte er eine nicht so gute Nacht gehabt.

»Guten Morgen, Yashar.« Nathan hob grüßend seinen Kaffeebecher. »Du bist ja früh auf den Beinen. Setz dich doch zu uns.«

Scotty betrachtete Yashar, der sich, nachdem alle noch etwas dichter zusammengerückt waren, mit einem scheuen Lächeln neben Constantin setzte und von diesem per Handschlag begrüßt wurde.

Wo kommt er so früh her? Ist sein Zuhause denn so nahe, dass er einfach ... Der Gedanke verflog abrupt, als Tristan mit einem lauten Scheppern einen Teller vor Yashar abstellte und in die Mitte des Tisches eine Schüssel mit Heringen (die, mit denen man ein Zelt festmacht, nicht die Fische. Zum Glück!).

»Was soll das sein?«, fragte Dylan verdutzt und spähte in die Schüssel. »Meine Eisenwerte sind tipptopp, vielen Dank.«

»Euer Mittagessen, Abendessen und auch Frühstück, wenn ihr mir nicht bald den Jeep gebt, damit ich Vorräte kaufen fahren kann. Abgesehen davon haben wir nur noch getrocknete Tomaten.« Er streckte die Hand aus. »Also her mit dem Autoschlüssel!«

»Okay, okay.« Nathan hob die Hände. »Beruhig dich, Tristan. Hier hast du ihn. Wir können aber auch eine Nachricht an diesen Regierungsbeauftragten schicken und ...«

»Danke, aber ich komme schon klar«, wehrte Tristan ab und zeigte auf Yashar. »Der Junge hat von einem Markt erzählt. Ich ziehe mit ihm los und heute Abend mache ich euch was richtig Gutes zu essen.«

»Dein Essen ist doch immer gut«, sagte Dylan. »Soll ich mitkommen und dir helfen?«

Scotty schüttelte den Kopf. »Constantin und ich fahren schon mit. Damit ist der Wagen voll, die Einkäufe müssen schließlich auch irgendwohin.«

»Oh, ich weiß nicht.« Evie verzog das Gesicht. »Nur ihr Kinder ganz allein?«

»Ähm hallo, ich bin auch dabei?«, ließ sich Tristan sichtlich gekränkt vernehmen. »Ich bin ein prima Beschützer und Aufpasser. Und mit Yashar haben wir jemanden dabei, der sich auskennt. Das wird ein Klacks. Die Kinder sollen ja auch was vom Land sehen, jedenfalls mehr als diesen staubigen Kasten.«

»Von wegen *staubiger Kasten!*«, empörte sich Nathan und tätschelte seiner Frau den Rücken. »Keine Sorge, Liebling, unsere Kinder haben genug Erfahrung und außerdem eine ausgesprochen gute Erziehung genossen. Du musst dir keine Sorgen machen.«

Scotty und Constantin tauschten einen Blick. *Ausgesprochen gute Erziehung*? Was genau war denn bitte darunter zu verstehen?

Scotty spürte ein nervöses Kribbeln im Magen. Sie kannte Tristan schon seit vielen Jahren und vertraute ihm völlig, aber es war trotzdem etwas anderes, mit ihm in unbekannte Gebiete aufzubrechen, als mit ihren Eltern. Trotzdem war sie unglaublich neugierig auf diesen Markt und würde sich die Chance nicht entgehen lassen. Außerdem gab es dort vielleicht irgendwo Handyempfang und sie könnte Vi schreiben. Sie würde ihrer besten Freundin gern ein paar Fotos schicken und sie fragen, wie es im Bogencamp lief.

»Dann ist es beschlossen.« Tristan klatschte in die Hände. »Wir brechen in einer halben Stunde auf.« Dann wirbelte er schwungvoll herum und zauberte von irgendwoher eine Handvoll Dattelkekse mit Mandeln hervor, die er Yashar mit großer Geste auf den Teller legte.

Dylans Kinnlade klappte geräuschvoll herunter. »Ich dachte, wir haben nur noch getrocknete Tomaten?«

»Für nützliche Teammitglieder wird sich immer etwas

finden«, gab Tristan geheimnisvoll zurück. »Möchtest du auch etwas trinken, mein schweigsamer Freund?«

»Kann ich vielleicht einen Tee bekommen?« Yashars Stimme war so leise, dass Scotty regelrecht die Ohren spitzen musste, obwohl sie ihm gegenübersaß. Erst jetzt bemerkte sie die verkrampften Finger des Jungen, die er ineinandergeschlungen hatte, als ob ... als ob er frieren würde. Scotty runzelte die Stirn. Aber wie konnte das denn sein? Es waren bestimmt schon bald zwanzig Grad draußen. Seltsam. Sie versuchte den Blick ihres Bruders einzufangen, aber der war ganz mit seiner Wüstenrennmaus beschäftigt und bekam von der Welt um sich herum nichts mehr mit.

»Hast du gar keinen Hunger, Schatz?« Evie Blackbird beugte sich zu ihrer Tochter hinüber. »Du solltest lieber was im Magen haben, ehe ihr aufbrecht. Du bist doch nicht nervös, oder?«

»Nein, nein, mir geht's gut, Mama.« Scotty schüttelte abwesend den Kopf und beobachtete, wie Yashar mit einem dankbaren Lächeln einen dampfenden Becher von Tristan entgegennahm und die Finger darum schloss. Ihr Bauch sagte ihr, dass hier irgendetwas faul war, und sie würde auch herausfinden, was.

Kurze Zeit später traf sich das Essensbeschaffungsteam am Jeep. Scotty hatte die festen Arbeitsschuhe gegen ihre grünen Chucks eingetauscht und machte ein Foto davon, wie sie sich vor dem Sand abhoben. Aufregung vibrierte in ihren Knochen und das Bedürfnis, eine Runde um den Jeep zu hüpfen, um etwas Dampf abzulassen, war fast übermächtig.

Constantin, der schon mit einem fröhlich pfeifenden Tristan im Jeep saß, wirkte nicht ganz so begeistert. Er hatte sich eine Kappe über die wilden Locken gestülpt und die Brusttasche seines Hemdes wies eine unübersehbare Wölbung auf. Willi war also auch mit von der Partie.

Yashar verabschiedete sich noch von Shaya, dann stieg er ebenfalls in den Jeep und Tristan setzte den Wagen in Bewegung.

Sie fuhren schon ein ziemliches Stück, etwas mehr als zwei Stunden. Schließlich erreichten sie eine Straße und kurz darauf sahen sie die Silhouette eines kleinen Ortes. Er lag mitten in der Wüste, umgeben von ein paar Palmen und hohen Sanddünen. »Wir sind sehr weit im Landesinneren«, erklärte Yashar. »Deswegen gibt es hier nicht so viele Touristen, die sind eher am Meer anzutreffen. Aber Akanda, so heißt dieses Dorf, ist trotzdem für seine Märkte bekannt. Früher war hier ein richtiges Handelszentrum, wo sich alle Stämme trafen, um tagsüber Waren und Neuigkeiten und abends am Feuer Geschichten auszutauschen. Es war so etwas wie eine neutrale Zone. Es durften keine Streitigkeiten ausgetragen werden, alle mussten den Frieden halten.« Ein Hauch von Wehmut schwang in seiner Stimme mit und Scotty spürte, wie sie in ihrem Herzen widerhallte. Sie konnte sie förmlich vor sich sehen, die weisen Führer der

Beduinenclans und Wüstenvölker, die miteinander debattierten und die Geschicke des Landes lenkten.

Tristan lenkte den Wagen in die Nähe der niedrigen Mauer, die das Dorf umgab. Als der Motor erstarb, hörten sie die Stimmen, das Blöken von Ziegen und die Rufe der Kamele. Tristan drehte sich in seinem Sitz herum und sah jedem der Kinder in die Augen. »Wir bleiben zusammen. Wer sich verirrt, sucht die Dorfmauer und geht an ihr entlang, bis er den Jeep gefunden hat. Und ihr ruft mich auf dem Handy an, hier sollten wir Empfang haben. Lasst euch nicht beklauen, anquatschen oder etwas aufschwatzen, okay? Ich habe weder genug Geld noch ausreichend Kamele bei mir, um drei Kinder freizukaufen.«

»Wie beruhigend«, spottete Constantin. »Wonach riecht das hier?«

»Kamelfleisch mit Pfefferminzsoße«, antwortete Yashar. Er hielt seine ernste Miene angesichts Constantins geschocktem Gesicht genau drei Sekunden durch, ehe er zu lachen begann. »Das war ein Spaß! Wir essen doch die Kamele nicht, wir reiten auf ihnen. In der Wüste kommt man auf ihnen sehr viel weiter als mit Fahrzeugen.«

»Du bist ja ein richtiger Spaßvogel«, lachte Scotty, der der junge Ägypter schlagartig sympathischer wurde. »Also dann, auf ins Gefecht!«

Das Gefecht war eher ein Getümmel. Der Markt beschränkte sich nicht auf einen Platz, sondern schien sich über das ganze Dorf zu erstrecken. Überall zwischen den landestypischen kleinen Häusern mit dem Flachdach waren

Stände aufgebaut worden, wo Händler ihre Waren anboten. Die Luft war erfüllt von Stimmengewirr und den unterschiedlichsten Gerüchen. Scotty drehte den Kopf ununterbrochen von links nach rechts und hatte trotzdem das Gefühl, nicht alles sehen zu können. Da waren Tische, die sich unter dem ganzen Obst darauf bogen, Gewürze, die in kleinen Schalen zum Probieren einluden und einen verheißungsvollen Geruch verströmten. Frisch gepresster Saft, Holzschalen und Besteck, sogar Bücher gab es, mit faszinierenden fremden Schriftzeichen. Staunend wanderten die vier umher und Yashar raunte ihnen immer wieder Erklärungen zu. Tristan war ganz in seinem Element, hielt fröhlich riesige Melonen in die Höhe und feilschte mit den Händlern.

An einem Stand mit bunten Tüchern blieb Scotty stehen und ließ den Blick bewundernd über die feinen Stoffe wandern. *Das würde Vi mit Sicherheit gefallen. Ob ich ihr eins mitbringen soll?*

Bei dem Gedanken kramte sie hastig ihr Handy hervor. Tatsächlich, sie hatte Empfang und eine ganze Reihe von Nachrichten trudelten ein – die meisten davon von Vi. Sie schwärmte vom Bogencamp und hatte auch zwei Fotos geschickt, aber die waren dann doch zu viel für das Internet und wurden noch nicht richtig angezeigt. Vi fragte auch, wie es ihr gehe und warum sie sich nicht melden würde. Sie klang traurig und Scotty bekam ein schlechtes Gewissen. Schnell tippte sie ein paar kurze Sätze, dass es ihr gut ging und sie ihre Freundin ebenfalls vermisste. Sehr sogar. Sie überlegte, ob sie etwas zu der Pyramide schreiben sollte, entschied sich aber dagegen und tippte etwas Unverfängliches über das verrückte Wetter.

Wieder irrte Scottys Blick zu den Schals.

Ihr Vater hatte ihnen vor der Abfahrt noch Geld zugesteckt.

Ein alter Mann mit grauem Haar und faltigem Gesicht erhob sich von seinem Stuhl hinter dem Verkaufsstand. Er trug ein weißes Gewand, auf dem nicht der kleinste Fleck zu sehen war, und einen farblich passenden Turban. »Salam«, grüßte er und bedeutete Scotty freundlich, näher zu treten. Sie warf einen Blick zur Seite und sah, wie Tristan nur ein paar Schritte weiter einen Stand mit Gewürzen ansteuerte, dicht gefolgt von Constantin und Yashar.

Einen Moment kann ich schauen und dann die anderen einholen, dachte Scotty und trat an den Stand heran.

Der alte Mann legte ihr einen Schal in so vielen Brauntönen, dass er aussah wie frisch gefallenes Herbstlaub, in die Hände und Scotty staunte über den weichen Stoff. »Die sind wirklich wunderschön«, sagte sie.

Der Händler lächelte freundlich und erwiderte etwas auf Arabisch. Seine Stimme war rau, als hätte er sie in all seinen Lebensjahren schon sehr oft benutzt, und mit einer Geste, mit der er wohl um Geduld bitten wollte, begann er, in seiner Ware zu suchen.

Fasziniert betrachtete Scotty die Vielfältigkeit der Farben, bis der Händler plötzlich einen Schal hervorzauberte, bei dessen Anblick es ihr fast die Sprache verschlug. Er war waldgrün und schillerte ein bisschen in der Sonne.

»Oh, ist der schön!«, seufzte Scotty.

Der Händler redete weiter auf sie ein, beugte sich mit fragender Miene vor und schlang ihr behutsam den Stoff um die Schultern, ehe er einen kleinen Handspiegel hervorholte und Scotty in die Hand drückte. Begeistert sah sie hinein und strich über den Stoff. Das war eindeutig der schönste Schal, den sie je gesehen hatte. Der alte Mann sagte erneut etwas.

Scotty zuckte etwas hilflos mit den Schultern. »Ich kann Sie leider nicht verstehen.«

»Er sagt, deine Haare sind wie die flammende Wüstensonne«, sagte eine fremde Stimme.

Scotty drehte sich um. Hinter ihr stand ein junger Mann, mit dunklen Augen, die Lippen zu einem sanften Lächeln verzogen. Sein Kopf war unbedeckt und das schwarze Haar reichte ihm bis in den Nacken. Er trug keine traditionelle Kleidung, sondern Stoffhosen und ein Baumwollhemd darüber. »Und dass er so etwas noch nie gesehen hat«, fügte er hinzu und lächelte Scotty an. Auf seinen Wangen war der Schatten eines Bartes zu sehen und Scotty schätze, dass er ein paar Jahre älter war als sie. »Ich im Übrigen auch nicht.«

Unsicher zupfte Scotty an ihrem Zopf. »Tja, ich schätzte, hier werden eher selten rothaarige Babys geboren«, sagte sie und kam sich ziemlich albern dabei vor. Der Fremde sah unheimlich gut aus und sein Blick machte sie nervös.

»Sehr selten«, stimmte er zu und wandte sich dann wieder an den alten Mann, der eine Frage zu stellen schien. Kam es Scotty nur so vor oder lief der Fremde bei den Worten des Alten ein bisschen rot an? Er erwiderte etwas, woraufhin der alte Mann den Kopf schüttelte und dem Klang nach seine Frage wiederholte.

»Was möchte er denn?«, fragte Scotty und wünschte sich nicht zum ersten Mal die Fähigkeit, alle Sprachen der Welt verstehen zu können.

»Ich ... also ...« Oh ja, der Fremde wurde wirklich rot und fühlte sich sichtlich unwohl. »Er fragt ...« Der Fremde holte tief Luft. »Er fragt, ob es dir etwas ausmachen würde, wenn er dein Haar berührt.« Er trat von einem Fuß auf den anderen. »Rashid ist nicht verrückt oder so, musst du wissen«, fügte er hastig hinzu. »Er ... er ist einfach nur ein alter Mann.«

Scotty verbiss sich ein Kichern. Es war tatsächlich nicht das erste Mal, dass Leute danach fragten, ob sie ihre Haare anfassen dürften. Noch öfter kam allerdings die Frage, bei welchem Frisör sie sie hatte färben lassen. Scottys Haare waren sehr dick und das mochte sie schon, wobei es auch manchmal nervig war, wie sehr sich die Strähnen verknoten konnten. Aber die fuchsrote Farbe hätte sie nur zu gerne gegen etwas weniger Auffälliges eingetauscht. Vi zeigte ihr regelmäßig einen Vogel, wenn sie einen Kommentar in dieser Richtung fallen ließ. Kein Wunder, denn Scottys beste Freundin neigte dazu, die verrücktesten Dinge mit ihren Haaren anzustellen, egal ob frisieren, schneiden, färben ... Vivian Viola war zu allem bereit.

»Schon okay«, sagte Scotty zu dem Fremden, dessen Namen sie langsam gerne erfahren hätte, und beugte sich über den Tisch. Der alte Mann lächelte sie begeistert an und wenig später fühlte sie, wie er sanft über ihren Zopf strich und dann einen aufgeregten Wortschwall hervorstieß. Scotty trat einen Schritt zurück und sah ihren Dolmetscher fragend an.

»Rashid bedankt sich sehr bei dir. Er wird einen Schal anfertigen, in der Farbe des Feuers, dir zu Ehren. Er sagt, du hast wunderschöne Haare.« Der Blick des Fremden brannte sich in den von Scotty. »Er hat recht.«

Jetzt war es an Scotty, rot zu werden. Nervös senkte sie den Blick und strich erneut über den Schal.

»Bist du ganz alleine hier?«

Scottys Kopf ruckte nach oben. Oh nein! Wie lange stand sie schon hier? Ihr Blick flog zu dem Stand mit den Gewürzen, doch Tristan war fort. Hastig drehte sie sich einmal um sich selbst und überprüfte die Leute um sich herum. Doch Tristan, Constantin und Yashar waren verschwunden. Scotty wurde von blanker Panik erfasst, die ihr mit eiskalten Fingern über den Rücken strich. Sie hatte die anderen verloren, sie war ganz allein auf diesem Markt in einem fremden Land, dessen Sprache sie nicht verstand. Ein Sausen in ihren Ohren verdrängte die Geräusche des Marktes, während ein dumpfes Bohren sich in ihrem Magen bemerkbar machte.

»Oh Gott!«, flüsterte Scotty und presste die Hände auf den Bauch. »Bitte hilf mir!«

»Mädchen?« Der Fremde war näher gekommen. Erst jetzt wurde Scotty bewusst, wie groß er war, mindestens zwei Köpfe größer als sie selbst. Sie schluckte, aber in seinem Gesicht lag so viel Sorge, dass sie sich einfach nicht vor ihm fürchten konnte. »Was hast du denn plötzlich? Du bist ganz bleich geworden.«

»Ich bin nicht allein.« Scottys Stimme klang mit einem Mal ganz piepsig. »Aber ich kann meine Freunde nicht mehr sehen. Sie müssen weitergegangen sein.«

Der Händler sagte etwas, das wieder wie eine Frage klang, und der Fremde antwortete in schnellem Arabisch darauf, offensichtlich erklärte er die Situation. Scotty drehte sich inzwischen noch einmal um sich selbst und versuchte, irgendwo Constantins wilde Haarmähne oder Tristans breitschultrige Gestalt zu entdecken. Vergeblich. Ein leises Schluchzen drang aus ihrer Kehle.

»Hey,« der Fremde berührte sacht ihre Schulter. »Alles wird gut, ja? Mein Name ist Marik. Ich werde dir helfen, du brauchst keine Angst zu haben. Sagst du mir deinen Namen?«

»Scotty«, würgte Scotty hervor und versuchte, sich zu beruhigen.

Okay, ganz ruhig bleiben, ermahnte sie sich selbst. *Was hatte Tristan gesagt? Wer sich verirrt, geht zurück zum Wagen. Oder ruft ihn an.*

Mit zitternden Fingern kramte sie ihr Handy aus der Hosentasche.

»Kannst du jemanden anrufen?«, fragte Marik und wirkte erleichtert.

Scotty nickte und scrollte mit bebenden Händen, aber

neuem Mut durch ihr Telefonbuch. Da, Tristans Nummer. Sie drückte den Hörer und hielt das Handy ans Ohr, ließ es aber schon nach wenigen Sekunden enttäuscht wieder sinken. »Kein Netz. Dabei hat es eben noch funktioniert.«

»Ja, der Empfang ist hier sehr wackelig.« Marik biss sich kurz auf die Lippe. »Okay, keine Sorge, du wirst einfach hier bei Rashid bleiben und ich gehe los und suche ...«

»Scotty!«

Scottys Knie gaben beinahe nach vor Erleichterung, als sie Yashars Stimme hörte. Mit großen Schritten kam er auf sie zugestürmt. »Mensch, wir suchen dich überall.« Er blickte über die Schulter und fuchtelte wild mit den Armen herum. »Constantin! Ich hab sie gefunden!«

Dann war Constantin schon da, der Willi in der Hand hielt und für einen coolen großen Bruder viel zu besorgt dreinsah, und auch Tristan kam herbeigeeilt und schloss Scotty in eine Bärenumarmung.

»Zusammenbleiben, habe ich gesagt!«, brummte der Koch und schüttelte Scotty kurz. »Mädchen! Die grauen Haare auf meinem Kopf sind deine Schuld.«

»Es tut mir leid!« Scotty biss sich auf die Lippe und blinzelte gegen die Tränen an. »Ich wollte mir nur ganz kurz diese Tücher ansehen und dann gleich aufschließen.«

»Nächstes Mal gib gefälligst einen Laut von dir, dann hätten wir doch gewartet. Es sind einfach so viele Eindrücke und dann war da dieser Geruch und ich bin einfach weiter ...« Tristan raufte sich die Haare. »Tut mir leid, Kleines.«

»Mir auch«, murmelte Scotty und lehnte sich an Tristan,

der ihr auf den Rücken klopfte und sich dann nach seinen Einkäufen bückte, die er zu seinen Füßen abgestellt hatte.

»Tu das ja nie wieder«, brummte Constantin und wischte sich eine Haarlocke aus den Augen. »Willi war total in Sorge.«

»Ach Willi, ja?«, fragte Scotty und konnte schon wieder ein kleines bisschen grinsen. Da sah sie aus dem Augenwinkel, wie Yashar und Marik ein paar Worte tauschten. Aber nicht einfach nur ein höfliches Hallo, sondern ... mehr. Es sah fast so aus, als würde Marik Yashar für irgendetwas tadeln. Er machte eine Handbewegung zu Scotty hin und Yashar senkte kurz den Kopf, beinahe schuldbewusst. Was ging da vor? Kannten die beiden sich etwa? Doch gerade als Scotty etwas sagen wollte, war der Augenblick auch schon wieder vorbei und Marik wandte sich mit einem höflichen Lächeln ihr zu. »Das ist ja noch einmal gut gegangen.«

»Ja.« Scotty nickte. »Vielen Dank für deine Hilfe.«

»Ich habe ja gar nicht viel gemacht.«

»Ich denke, wir brechen jetzt mal auf«, mischte sich Tristan ein. »Wir haben fast alles und mir werden auch langsam die Arme schwer. Constantin wollte gerne etwas von dem frischen Hammelfleisch dort hinten probieren, hast du auch Hunger, Scotty?«

Nein, eigentlich hatte sie das nicht. Ihr Körper war mit Gefühlen so überfüllt, dass sie sich am liebsten irgendwohin verkrochen hätte. Ihr Herz klopfte noch immer viel zu hart und ihr Bauch hatte ein kleines Schleudertrauma. Scotty legte den Kopf in den Nacken und sah zum Himmel. »Danke Gott!«, flüsterte sie.

Es fühlte sich an, als würde die Sonne für einen kleinen Moment heller scheinen und als würden ihre Strahlen sanft über ihre Wange streicheln.

Scotty nickte. »Ja, essen klingt ganz gut.« Sie sah zu Marik, der sich leicht vor ihr verbeugte. »Ich wünsche dir noch eine gute Zeit im Land der aufgehenden Sonne, Scotty. Möge das Lächeln der Sonne dir stets auf deinen Pfaden folgen.«

»Danke schön, Marik. Hab ... du auch noch einen schönen Tag«, stotterte Scotty, ein bisschen überfordert mit der formellen Verabschiedung.

Tristan reichte ihr einen der Beutel und legte ihr einen Arm um die Schulter. »Du weichst nicht mehr von meiner Seite, verstanden?«

Sie winkte Rashid zu, während sie davonschlenderten.

»Ich gehe nirgendwohin, selbst wenn sie hier kostenloses Karamelleis hätten. Mit Krokant. Und handbemalten Löffeln.«

»Krokant und handbemalte Löffel? Jetzt kenne ich dein dunkelstes Geheimnis«, lachte Tristan auf.

Der Schal rutschte Scotty über die Schulter und ... Schal! Ruckartig blieb Scotty stehen. »Oh Mist!« Sie wirbelte herum und rannte zurück zum Stand des alten Händlers.

»Soraya Mary Blackbird!«, hörte sie Tristan hinter sich rufen, aber da war sie schon an dem Stand angekommen.

»Es tut mir so leid«, japste Scotty. »Ich wollte ihn nicht stehlen, wirklich nicht! Tut mir furchtbar leid!«

Der Händler schenkte ihr ein strahlendes Lächeln und

hob die Hände in einer abwehrenden Geste. Ein Wortschwall prasselte Scotty entgegen. Hilflos löste sie den Schal von ihrem Hals und reichte ihn über den Verkaufstisch, aber der Alte zog die Hände zurück und schüttelte den Kopf.

»Er sagt, du sollst ihn behalten«, hörte Scotty plötzlich Yashar sagen. »Er sagt, es ist ein Geschenk. Ein besonderer Schal für ein besonderes Mädchen. Das Mädchen mit den flammenden Haaren.«

Scotty fühlte, wie ihr Gesicht warm wurde. »Nein, das kann ich nicht annehmen.«

»Er wird sich nicht umstimmen lassen.« Yashar tauschte ein paar Worte mit dem Händler. »Nein, wird er definitiv nicht. Nimm es an Scotty, sonst beleidigst du ihn.«

»Aber ...« Unsicher drehte Scotty den Schal in den Händen. »Wirklich?«

»Wirklich.«

»Sag ihm bitte Danke, Yashar.«

»Das habe ich schon.« Yashar lächelte sie an. »Na komm, Tristan bekommt Schnappatmung.«

Auf der Rückfahrt hockte Scotty zwischen Taschen und Körben gequetscht mit Yashar auf der Rückbank des Jeeps und rieb über ihre Finger, die mit schwarzen Flecken verziert waren. Der Jeep hatte nicht anspringen wollen und Scotty hatte geschlagene zehn Minuten unter der Motorhaube verbracht, bis er endlich ein stotterndes Röhren von sich gegeben hatte. Ihr Kopf lehnte müde an der Kopflehne des Sitzes und ihre Gedanken schwirrten um die vergangenen Stunden. Das Gespräch der anderen rauschte an ihr vorbei und erst, als der Jeep stoppte und sie die Stimme ihrer Mutter hörte, öffnete Scotty die Augen. Über und über mit Staub bedeckt und mit völlig zerzauster Frisur rannte Evie Blackbird auf den Jeep zu.

Scottys Herz machte einen erschrockenen Satz, sie richtete sich auf und sprang aus dem Jeep. »Mam, was ist denn passiert?«

»Sie ist offen!« Mit glänzenden Augen fasste Evie die Hände ihrer Tochter und drückte sie fest. »Wir haben das Haupttor der Pyramide geöffnet!«

Kapitel 14
Im Inneren der Pyramide

Constantin

Die Einkäufe waren sofort vergessen. Evie versprach, sich um alles zu kümmern, dann stürmten Scotty und er zur Pyramide, dicht gefolgt von Yashar und Tristan. Dylan winkte ihnen von der riesigen steinernen Treppe, die genau auf der anderen Seite lag als der kleine Gang, an dem sie bisher gearbeitet hatten. Er trug eine brennende Fackel in der Hand und strahlte über das ganze Gesicht. »Wo wart ihr denn so lange? Ich dachte schon, ihr wärt wieder nach Hause geflogen.«

Constantin sah aus dem Augenwinkel, wie seine kleine Schwester schuldbewusst den Kopf einzog, und stupste sie sacht mit der Schulter an. Er hatte sich unglaubliche Sorgen gemacht und ungefähr zwei Stoßgebete pro Sekunde zum Himmel geschickt, aber er hatte auch die ganze Zeit gewusst, dass es Scotty gut ging und ihr nichts passieren würde. Außerdem war seine Schwester sehr viel besser darin, irgendwo zurechtzukommen, und mutiger als er. Das würde er zwar niemals laut aussprechen, aber das machte es nicht weniger wahr.

»Wir wollten euch etwas Zeit geben, damit ihr bei unserer Rückkehr auch was vorzuweisen habt«, gab er etwas flapsig zurück und Dylan hob erstaunt die Brauen, sagte aber nichts, sondern deutete mit einer leichten Verbeugung auf die riesige Flügeltür. Constantins Herz schlug schneller. Es war nicht die erste Pyramide, die er betrat, aber das hier war etwas völlig anderes als die für Touristen vorbereiteten Orte. Irgendwie echter.

Der Raum jenseits der Tür wurde durch Feuerschalen erhellt, die auf dünnen Beinen in den Ecken standen. Zwei gewaltige Statuen bildeten den Mittelpunkt des Raumes und blickten aus starren Augen auf die Eindringlinge herab. Das eine war eine schlanke barfüßige Frauengestalt in einem schlichten Gewand. Ihr Kopf war der einer Katze mit spitzen Ohren. Die Statue neben ihr zeigte einen Mann mit dem Kopf eines Falken.

»Bastet, die Göttin der Liebe und der Freude. Daneben Horus«, erklang Nathan Blackbirds Stimme. Der Forscher trat aus einer kleinen Nische, sein Gesicht bedeckt mit Staub und Schweiß, aber er strahlte ebenso wie Dylan vor Neugier und Aufregung. »Ziemlich beeindruckend, nicht wahr?«

»So kann man es auch sagen«, murmelte Constantin. Er

hatte das ungute Gefühl, dass die Statuen ihn direkt anblickten. Yashar hielt sich dicht neben ihm, seine Schultern wirkten angespannt, als fürchtete er, dass jede Sekunde etwas aus dem Schatten auf sie zuspringen könnte. Willi streckte kurz den Kopf aus der Hemdtasche, verschwand dann aber gleich wieder und stieß ein leises Fiepen aus.

Beruhigend streichelte Constantin über den Stoff. »Alles gut, Kleiner.« Er drehte sich einmal um sich selbst. Der Raum war gar nicht so groß, wie er auf den ersten Blick wirkte. Die Wände waren bemalt und es gab mehrere Säulen. Constantin legte den Kopf in den Nacken und sah zur Decke hinauf, die sich ziemlich weit über ihm spannte und ebenfalls bemalt war. Sie würden ein Gerüst bauen müssen, um die Bilder genau untersuchen zu können. Vermutlich waren die Zwillinge schon dabei, die konnte Constantin hier nämlich nicht entdecken. Dafür aber Odette, die mit einer Sofortbildkamera den Raum abschritt und ein Bild nach dem anderen machte, die sie dann sorgfältig in der Tasche ihres weiten Fransenrockes verstaute. Dabei murmelte sie unablässig vor sich hin. Irgendetwas huschte unter ihren Füßen davon und verschwand in einem winzigen Spalt. Die Luft war trocken, es roch nach Staub und Sand. Constantin hustete und Yashar zuckte unter dem Geräusch zusammen.

»Nervös?« Scotty tat ganz ruhig, aber Constantin entging das Staunen nicht, das darunter schimmerte. Und der leichte Hauch von Nervosität.

»Das ist ein alter Ort«, raunte Yashar. »Seit Hunderten

von Jahren war niemand hier. Niemand weiß, was hier ist. Oder ob es uns bestimmt ist, hier zu sein.«

»Hey, sag das nicht so.« Constantin zog die Schultern hoch. »Du gibst mir das Gefühl, dass hier gleich irgendwelche Fallen losgehen und Pfeile aus den Wänden geflogen kommen.« Nach der Erfahrung mit dem Einsturz war das vielleicht gar nicht so unwahrscheinlich.

»Oder eine riesige Kugel, vor der wir davonlaufen und dabei unseren Hut verlieren«, fügte Scotty hinzu.

»Hat Onkel C wieder mit euch *Indiana Jones* geguckt?« Nathan verdrehte die Augen. »Das wird eurer Mutter nicht gefallen.«

»Nur, weil sie findet, dass die *Die Mumie*-Filme besser sind und die beiden sich bei der Diskussion darüber jedes Mal in die Haare bekommen.« Scotty streckte die Hand aus, um eine der riesigen Statuen zu berühren.

Yashar sah aus, als wollte er sie davon abhalten, doch er sagte nichts. Constantin hatte das Gefühl, als würde ihn irgendetwas Großes, Altes beobachten. Vielleicht lag das nur an diesen Statuen. Sonst war hier nichts – gar nichts, um genau zu sein.

»Das kann doch nicht alles sein«, sprach er seine Gedanken laut aus. »Das ist nur ein Raum, aber ... aber das kann nicht sein. Es muss mehr geben. Gänge und ... und die Grabkammern.«

»Eins nach dem anderen, mein Sohn.« Nathan legte Constantin einen Arm um die Schultern. »Die Kammern sind zugemauert und dann wurden die Wandbilder darübergemalt. Auf den ersten Blick konnte ich sie nicht finden, aber das werden wir. Aber jetzt bin ich ehrlich gesagt am Verhungern. Habt ihr was Gutes zu essen mitgebracht?«

Als sie wieder ins Freie kamen, stand die Sonne schon überraschend tief am Himmel. Irgendjemand hatte das Lagerfeuer im Steinkreis entzündet und Tristan eilte ins Küchenzelt, um das Abendessen vorzubereiten. Yashar verabschiedete sich, dieses Mal, ohne die Einladung zum Abendessen anzunehmen. Tiefe Falten lagen auf seiner Stirn, als würde er sehr intensiv über etwas nachgrübeln. Constantin sah ihm ein wenig besorgt hinterher. Was bedrückte seinen neuen Freund so sehr? Wollte er nicht, dass die Pyramide erforscht wurde? Wusste er etwas darüber, was ihm Angst machte? Und warum sprach er es nicht einfach offen aus?

»Ich hoffe, er kommt wieder«, murmelte Constantin in Willis Richtung. Die Maus, die auf seine Hand geklettert war, stieß ein unbestimmtes Quieken aus und drückte ihren Kopf tröstend gegen seine Finger.

»Constantin!«, ertönte die Stimme von Nathan. »Komm endlich, bevor ich noch tatsächlich verhungere und ihr mich gleich neben den alten Pharao legen könnt!«

»Das ist wirklich unglaublich.« Evie blätterte enthusiastisch durch die geschossenen Fotos, der Teller mit ihrem Sandwich stand unberührt neben ihr auf der Decke. »Wirklich, das ist … Wenn ich das meinen Kollegen an der Uni zeige, die werden ausflippen! Wenn wir nur herausfinden könnten, wer diese Pyramide erbaut hat. Diese Bilder erzählen eine Geschichte, aber ich kann sie nicht ganz deuten … Odette, Liebes, da hätten wir doch ein Thema für deine Doktorarbeit. Damit überzeugst du jedes Gremium.«

Odette hustete in ihren Tee. »D-D-Doktorarbeit? Ich habe doch noch nicht mal alle Vorlesungen besucht!«

Evie zuckte mit den Schultern. »Na und? Du bist einer der klügsten Köpfe, die ich je unterrichten durfte.«

»Aber …«

»Ach was, *aber*.« Evie machte eine wegwerfende Handbewegung, bei der ihr eins der Fotos aus den Fingern flutschte und im Feuer gelandet wäre, wenn Odette es nicht blitzschnell aus der Luft geschnappt hätte. Evie merkte davon nicht das Geringste, ihr Blick klebte schon an dem nächsten der Bilder. »Natürlich wirst du deinen Doktor machen. Als ob das überhaupt eine Frage wäre.«

»Bevor das hier ausartet, geh ich mal den Nachtisch holen.« Tristan erhob sich mit einem Ächzen und blickte verheißungsvoll in die Runde. »Ihr werdet Augen machen, so was hat noch niemand mitten in der Wüste vorgesetzt bekommen.«

»Wenn er uns Heuschrecken mit Honig serviert, bin ich raus«, murmelte Dylan. »Ich bemitleide ja Johannes den Täufer, der keine andere Wahl hatte, als die zu essen.«

Constantin drehte sich der Magen um. Heuschrecken. Igitt. Da würde er wohl eher … Ein gellender Schrei unterbrach seine Gedanken. Mit einem schrillen Ton brach die Mundharmonika von Alexa ab und Dylan verschüttete seinen Tee.

Blitzschnell war Nathan auf den Beinen. »Tristan? Tristan!«

»Ja doch!«, erklang die Stimme des Kochs und dann kam er schon zwischen den Zelten hervor. »Ihr Spaßvögel. Glaubt wohl, ihr könntet euren Schabernack mit einem alten Mann treiben, was?«

»Was zum …?« Inzwischen war auch Dylan aufgesprungen. »Warum hast du so geschrien? Was ist denn mit dir?«

»Was mit mir ist? Was ist mit euch? Soll dieser Streich irgendwie witzig sein? Ich habe mich zu Tode erschrocken!!!«

»Was für ein Streich?« Nathan sah in die Runde, doch überall blickten ihm nur verwirrte Gesichter entgegen. »Niemand hat dir einen Streich gespielt.«

»Ach nein? Wie nennt ihr das dann?« Tristan hielt ein weißes Tuch in die Höhe, in das jemand zwei augenförmige Löcher geschnitten hatte. »Es hing im Küchenzelt. Das Ding ist mir fast ins Gesicht geflattert.« Mit zorniger Miene stemmte er die Hände in die Hüften. »Also, wer war so lustig? Denn eins ist klar: Heiße Schokolade bekommt der beim nächsten Mal nicht von mir!«

»Warte mal.« Scotty richtete sich langsam auf und Constantin sah ihre Denkerfalte auf der Stirn. »Also Constantin, Odette und ich waren das nicht. Wir waren die ganze Zeit zusammen.«

»Wir waren es auch nicht«, beteuerte Alexa und ihr Zwillingsbruder pflichtete ihr sofort bei: »Wir würden es uns nie mit dir verscherzen, Tristan. Wirklich.«

»Ich halte von diesem ganzen ›Streichespielen‹ nichts«, fügte Nathan hinzu, der seiner Frau beschützend eine Hand auf die Schulter gelegt hatte. »Also ...«

»Also war es niemand von uns.« Constantin lief ein Schauer über den Rücken. »Aber wie ist das möglich?«

»Dafür gibt es eine Erklärung.« Evie rückte ihre Brille zurecht, sichtlich darum bemüht, die Fassung zu wahren. »Wir beruhigen uns erst mal und essen Nachtisch. Alles wird gut.«

»Den könnt ihr euch selber holen.« Tristan ließ sich auf seinen Platz plumpsen und verschränkte die Arme. »Ich geh da nicht noch mal ins Dunkle, nicht heute Abend.«

»Ich gehe.« Constantin stand auf.

»Ich komme mit.« Scotty trat hastig an die Seite ihres Bruders und schnappte sich im Gehen die Taschenlampe vom Boden. Gemeinsam gingen die Geschwister zum Versorgungszelt, während hinter ihnen die Erwachsenen darüber zu debattieren begannen, ob sich eine der Planen des Zeltes gelöst haben und die Löcher Zufall sein könnten.

Constantin schlug das Herz bis zum Hals, Tristans Schrei hatte ihn bis ins Mark erschreckt, aber er versuchte, sich nichts anmerken zu lassen. Scotty ging so dicht neben ihm, dass sich ihre Schultern berührten, ihre Lippen waren fest zusammengekniffen und ihr Blick wachsam. Vorsichtig näherten sie sich dem Zelt, das so unschuldig dalag wie immer. Constantin ging als Erster hinein, dicht gefolgt von seiner Schwester. Sein Blick huschte über die Zeltwände … aber da war nichts. Scotty leuchtete umher, aber das Zelt war ganz normal – wie immer. Stirnrunzelnd sahen die Geschwister sich um.

»Er ist nicht hier«, murmelte Scotty. »Der Nachtisch, er stand hier auf dem Tisch, ich weiß es, ich habe Tristan doch dabei geholfen.«

»Dann hat ihn also jemand geholt und dafür das Tuchgespenst dagelassen?« Constantin schluckte.

Scotty sah ihn aus großen Augen an. »Aber das bedeutet …«

»… wir sind nicht allein.« Constantin trat an den Zelteingang und blickte mit mulmigem Gefühl im Bauch in die Wüste hinaus. »Irgendjemand ist noch hier draußen.«

Kapitel 15

Die Gefahr aus der Wüste

Scotty

Irgendetwas geht hier vor sich!
Hinweis 1: Bettlaken
Hinweis 2: verschwundener Nachtisch
Vielleicht ein Tier? Schakale? ~~Ein Kamel?~~ Quatsch!!!
Zelt nach Tierspuren durchsuchen!!!
Könnte es Yashar gewesen sein? Aber warum sollte er uns so erschrecken und etwas zu essen stehlen? Constantin lädt ihn doch immer ein. Aber wer war es dann? Und warum? Wer könnte noch hier draußen sein? Ist es eine Person oder sind es mehrere? Und was wollen die von uns?
Und was ist mit der Sache mit Constantin und der Düne? Hängt das zusammen? Eigentlich dachte ich ja, er wäre vielleicht geschlafwandelt oder so. Ich will nicht, dass da draußen jemand

ist, das ist gruselig! Tja, Frau Michels, womöglich werden Sie all das hier niemals lesen, weil wir alle von Wüstengespenstern verschleppt werden. Der Nachtisch ist nämlich nicht das Einzige, was fehlt. Ein Wasserkanister ist auch weg. Und Fladenbrot. Und das schließt eine tierische Lösung aus, oder?

Müde sah Scotty auf das Gekritzel der letzten Nacht und rieb sich die Augen. Sie hatte schlecht geschlafen und war immer wieder aufgewacht, weil sie glaubte, etwas gehört zu haben. Schließlich hatte sie sich dann mit ihrem Tagebuch ins Küchenzelt gesetzt. Ihr schwirrte der Kopf vor lauter Fragezeichen.

Sie griff nach dem Stift und schrieb weiter:

Ich habe Vi gestern Abend eine Sprachnachricht geschickt, aber die ist immer noch nicht gesendet worden. Hier draußen ist einfach kein Netz. Ich wünschte, sie wäre hier. Mit ihr wäre das alles viel einfacher zu bewältigen.
Ich sitze jetzt im Küchenzelt und versuche mithilfe von ägyptischem Chai-Tee (fast so süß wie Kakao!), meine Lebensgeister (schon wieder Geister) zu wecken. Hat bisher noch nicht so funktioniert. Ich sehe selber aus wie ein Gespenst. Sogar meine Sommersprossen sind blass und müde. Ich hoffe, Mam und Pa stehen bald auf und wir schmieden einen Plan. Irgendetwas muss passieren.

»Ach, du bist es!« Tristan war kurz erschrocken zusammengezuckt; so früh hatte er ganz offensichtlich noch niemanden hier erwartet. Er sah ebenso müde aus, wie Scotty sich fühlte.

»Keine Angst, ich bin kein Geist.« Scotty fand ihren eigenen Scherz eher lahm und klappte ihr grünes Notizbuch mit einem Seufzen zu. »Ist sonst noch niemand wach?«

»Zumindest Dylan habe ich gerade getroffen, er sieht unverschämt ausgeruht aus.«

»Also ich hab furchtbar geschlafen«, versuchte Scotty den Koch zu trösten. »Constantin glaube ich auch. Wobei das an der verrückten Rennmaus liegen könnte. Und Mam hab ich noch ewig gehört. Sie hat bestimmt mit diesen Fotos von der Pyramide in den Händen geschlafen, wenn überhaupt.«

»Hey ihr zwei.« Nathan streckte den Kopf ins Zelt. »Tristan, wir frühstücken heute später, ja? Wir wollen erst die Umgebung nach Spuren absuchen. Was ist Töchterchen, kommst du mit?«

Tristan zwinkerte Scotty zu. »Na, geh schon. Fang mir das Gespenst von letzter Nacht und richte ihm einen Gruß von mir aus.«

Grinsend salutierte Scotty und eilte hinter ihrem Vater hinaus.

Sie bildeten Teams. Dylan ging mit den Zwillingen los, Nathan mit seinen Kindern. Im Uhrzeigersinn wollten sie das Lager abschreiten und dann weiter in die Wüste hinausgehen. In der Zwischenzeit würden Evie und Odette das Lager durchkämmen, aber Scotty machte sich nicht viel Hoffnung – so eine Schüssel Obstsalat bekam schließlich nicht spontan Beine und versteckte sich irgendwo hinter einer Kiste, nur um dann spontan wieder aufzutauchen.

»Hier! Oh Mann! Ich glaub's ja nicht.«

Scotty, die durch ihre Träumerei vom wandernden Obstsalat kurz den Anschluss verloren hatte, holte hastig auf. Constantin und ihr Vater betrachteten etwas am Boden.

Scotty klappte die Kinnlade herunter. »Das sind …«

»Fußspuren!« Constantin nickte heftig. »Eindeutig. Sie führen zum Lager.«

»Und auch wieder zurück«, ergänzte Nathan und deutete auf einen weiteren Abdruck. »Na los, wir folgen ihnen!«

Sehr weit kamen sie leider nicht. Die Spuren waren sowieso schon nicht besonders gut zu lesen, aber je weiter sie kamen, desto undeutlicher wurden sie. Und als dann noch ein Wind aufkam, war es bald nicht mehr möglich, irgendeinen Hinweis zu entdecken.

»So ein Mist«, brummte Constantin und schob sich ein Lakritz in den Mund, während Willi den Kopf aus der Hemdtasche reckte. »Warum denn ausgerechnet jetzt?«

»Immerhin wissen wir eine ungefähre Richtung.« Scotty beschattete ihre Augen mit einer Hand. Vor ihnen erhob sich in der Ferne ein dunkler Schatten, der irgendwie kantiger wirkte als die umliegenden Dünen. »Was ist dort hinten, Pa?«

»Ein kleines Gebirge«, erklärte Nathan. »Es wird die Flüs-

ternden Steine genannt, denn manchmal, wenn der Wüstenwind über den Fels streicht, klingt es, als würde er flüstern. Frag die Zwillinge, die waren schon da. Dort sind wohl Malereien gefunden worden, die man den Wüstenvölkern zugeordnet hat. Ich würde sie mir gerne ansehen, aber ... na ja ich bin noch nicht dazu gekommen.«

»Verständlich«, meinte Scotty. »Du bist schließlich für etwas anderes hier. Und wir haben hier genug Geheimnisse zum Lüften. Fußspuren und die Sache von gestern Abend ...«

»Und die Sache mit der Düne«, warf Constantin gedankenverloren ein. »Meinst du, wer immer mich hinuntergeschubst hat, war vielleicht auch das mit dem Gespenst?«

»Wie war das bitte?«, meldete sich Nathan alarmiert. »Was meinst du damit, jemand hat dich von einer Düne geschubst? Und warum weiß ich nichts davon?«

Die beiden erzählten ihrem Vater die Kurzversion von den Geschehnissen und Nathan Blackbird wurde sehr, sehr nachdenklich, bis er schließlich sagte: »Hört zu, ich wollte euch das eigentlich nicht erzählen, weil ich nicht weiß, was ich davon halten soll, aber ... angesichts dieser Erlebnisse kann ich es euch nicht verheimlichen.«

Trotz der wärmenden Sonnenstrahlen bekam Scotty eine Gänsehaut. »Worum geht es denn, Pa?«

»In den Bergen, nicht weit von hier, lebt ein Beduinenstamm. Menschen, die nicht in der Stadt wohnen, sondern in der Wüste, in Zelten. Sie haben keinen festen Wohnsitz, ihre Kinder besuchen nicht die Schule in der Stadt und überhaupt bleiben sie lieber unter sich. In der Stadt heißt es, dass sie sehr kriegerisch seien. Viele Menschen fürchten sich vor ihnen. Keiner weiß wirklich, wo sie herkommen oder was sie tun. Man nennt sie die Könige des Sandes, weil sie dort draußen ohne Schwierigkeiten zurechtkommen. Nichts, was in der Wüste passiert, entgeht ihren Blicken. Angeblich sind sie nicht sehr begeistert davon, dass wir diese Pyramide untersuchen. Bisher hat niemand versucht, uns zu vertreiben, aber ...«

»Du meinst, sie haben unsere Vorräte gestohlen?« Scotty schüttelte den Kopf. »Vielleicht sind das, was die Leute über sie sagen, nur böse Gerüchte?«

»Wollen wir es hoffen«, sagte Nathan. »Genau wissen wir es nicht. Darum möchte ich, dass ihr aufeinander aufpasst, hört ihr? Und macht keine Dummheiten.«

»Würden wir doch niemals tun«, erwiderte Constantin und grinste breit, aber Scotty war sich recht sicher, hinter diesem Gesichtsausdruck einen Anflug von Sorge entdecken zu können. Willi versteckte sich in Constantins Brusttasche, bis nur noch eine dicke Beule zu sehen war.

So eine feige Maus!, dachte Scotty belustigt.

Der Hinweis auf die Beduinen war eine mögliche Erklärung für die Dinge, die hier geschahen. Aber ob es auch die richtige war? Oder nur ein Vorurteil über Menschen, die man nicht verstand? Scotty starrte in die Wüste hinaus und wünschte sich unwillkürlich ihren Bogen herbei. Mit dem Gewicht zwischen ihren Fingern und einem Köcher auf ihrem Rücken fühlte sie sich stark und selbstsicher.

Leider hätte sowohl die deutschen als auch die ägyptischen Sicherheitsbeamten vermutlich der Schlag getroffen, wenn sie so durch den Flughafen marschiert wäre. Sicher sähe sie so hier recht albern aus. Aber trotzdem ... die Worte ihres Vaters über diese Beduinen faszinierten sie. Mit einem Mal hatte sie Mariks Gesicht vor Augen, den jungen Mann, der ihr auf dem Markt hatte helfen wollen. Ob er etwas über die Beduinen wusste? Der alte Mann, der ihr den Schal geschenkt hatte, sicherlich. Vielleicht kam sie ja noch einmal in dieses Dorf und könnte ein paar Fragen stellen ... Allerdings bräuchte sie dann jemanden, der auch ihre Sprache verstand. Yashar zum Beispiel! Aber der hatte sich heute noch nicht blicken lassen. Wo er wohl steckte? Ob er vielleicht ...

»Scotty.«

Sie schreckte zusammen, als ihr Vater ihr einen Arm um die Schultern legte, und der Gedanke verpuffte. »Was siehst du denn da?«

Erst jetzt wurde ihr bewusst, dass sie immer noch in die Wüste hinausgestarrt hatte. »Gar nichts«, sagte sie. »Ich hab mich nur gefragt, wie es ist, da draußen zu leben.«

Als sie sich auf den Rückweg zum Lager machten, hielt sie noch einmal inne und drehte sich um. Unendlich weit schien sich die Wüste vor ihr zu erstrecken und am Horizont, wie ein dunkler Schatten, das Gebirge, von dem ihr Vater gesprochen hatte. Kurz glaubte Scotty eine Bewegung zwischen den Dünen gesehen zu haben, doch als sie genauer hinschaute, konnte sie nichts mehr entdecken.

Kopfschüttelnd wandte sie sich ab und beeilte sich, die anderen beiden einzuholen, während hinter ihr die Sonne den blauen Himmel eroberte.

»Und jetzt einfach ein Bein darüberschwingen.«

»Okay.« Scotty zog konzentriert die Unterlippe zwischen die Zähne, die Hand auf dem Höcker. Vor ihr kniete ein Kamel am Boden und kaute mit ziemlich gelangweilter Miene an einem Zweig. Nachdem alle von der Spurensuche zurückgekommen waren, hatte sich das Team wie verrückt in die Arbeit gestürzt. Die Zwillinge hatten sich mit ihrer Kletterausrüstung bewaffnet und das aufgestellte Gerüst erklommen, um an der Decke der Pyramide nach weiteren Hinweisen zu suchen. Scotty und Constantin hatten eine Weile zugesehen, bis Yashar aufgetaucht war und angeboten hatte, ihnen das Kamelreiten beizubringen.

»Irgendwie sah das gerade noch nicht so riesig aus«, murmelte Scotty und sah zweifelnd zu ihrem Bruder.

Er saß schon auf seinem Kamel und lächelte ihr in einer Mischung aus Aufmunterung und Nervosität zu, aber Constantins Beine waren auch sehr viel länger als ihre eigenen.

»Komm, ich helfe dir.« Yashar trat neben sie und streckte die Hände aus. »Stell deinen Fuß auf meine Hände und ich gebe dir Schwung auf drei. Bereit?«

Scotty nickte zögernd.

»Eins. Zwei. Und drei.«

Sie hatte so viel Schwung, dass sie fast auf der anderen Seite des Sattels wieder herunterrutschte. Yashar packte gerade noch ihren Knöchel und hielt sie fest. Lachend und mit heißen Wangen setzte Scotty sich richtig hin und sah zu ihrem Freund, der einen Schritt zurücktrat.

»So, seid ihr bereit, ihr beiden?«

»Also ich setze hier schon Spinnenweben an wegen unserer Slowly Scotty«, kam es von Constantin.

Scotty spürte, wie ihr Gesicht noch heißer wurde, und wünschte sich etwas herbei, das sie ihrem Bruder an den Kopf werfen konnte. Allerdings, selbst wenn sie etwas gehabt hätte, hätte sie sich wohl kaum getraut, die Hände vom Sattel zu lösen.

»Also gut«, sagte Yashar. »Ihr müsst euch festhalten. Die Tiere werden erst mit den Vorderbeinen aufstehen und dann mit den Hinterbeinen. Es wird ziemlich ruckeln. Lasst die Hände am Sattel und die Beine fest am Kamel, aber drückt nicht zu heftig, okay?« Yashar klatschte in die Hände. »Und hoch!«

Scotty stieß ein Quietschen aus, als ihr Kamel sich aufrichtete. Sie wurde im Sattel nach hinten gedrückt, doch gerade, als sie ihr Gleichgewicht gefunden zu haben glaubte, ruckte das Hinterteil des Tieres nach oben und warf sie in die Gegenrichtung. Und dann war es vorbei. Der Boden war jetzt sehr viel weiter entfernt.

»Wow«, hörte sie Constantin lachen. »Das war irre!«

»Du bist irre«, knurrte Scotty, deren Magen vor Aufregung auf und ab hüpfte. Sie war schon mehr als einmal auf einem Pferd geritten, aber das hier war etwas völlig anderes. Trotzdem hätte sie diesen Moment um nichts in der Welt verpassen wollen. Es war ein Abenteuer. Und den Blackbirds lag das Abenteuer im Blut.

»Schön!« Yashar grinste und bestieg Shaya mit wesentlich mehr Eleganz. »Constantin, setz dich gerade hin.«

»Oh ja, Mum«, frotzelte Constantin. »Soll ich mir auch noch den Kragen richten?«

»Auf jeden Fall solltest du deine Jacke schließen. Denn wenn wir erst einmal richtig schnell werden, holt dich der Wind sonst aus dem Sattel«, gab Yashar trocken zurück und Scotty kicherte. Es klang ein klein bisschen hysterisch. »Also, nehmt die Zügel auf und versucht, sie in Bewegung zu setzen. Aber behutsam. Nicht, dass es hier noch zu einer Kamelkarambolage kommt.«

Kapitel 16
Lichter in der Nacht

Constantin

Mitten in der Nacht wurde Constantin davon wach, dass Willi aufgeregt auf seiner Brust herumtrippelte.

»Willi?«, murmelte er verschlafen. »Alles okay bei dir?« Einen Moment herrschte Stille, dann schnaubte Constantin. »Na ja, wenn du antworten würdest, müsste ich mir wohl richtig Sorgen machen, was?«

Willi warf ihm einen etwas mitleidig wirkenden Blick zu und Constantin kicherte leise in sich hinein, während sich seine Augenlider schon wieder schlossen. Er war beinahe wieder eingeschlafen, als ... *patsch!* ... Willis Hintern genau auf seinem Auge landete. Constantin stöhnte und pflückte die Maus von seinem Gesicht. »Willi, ich bitte dich, es ist ...« Er warf einen Blick auf seine Uhr und stöhnte. »... ein Uhr nachts. Schlaf weiter!«

Aber Willi wollte nicht schlafen. Er krabbelte aus seiner Schüssel, in die Constantin ihn gerade gesetzt hatte, kletterte über den Schlafsack, Constantins Hals hinauf und zwickte den Jungen leicht in die Nase.

Seufzend setzte Constantin sich auf und betrachtete das kleine Tier. »So, ich bin wach. Und jetzt? Soll ich dir was vorlesen oder so? Mäuse brauchen keine Einschlafgeschichten. Glaub mir, ich hab eine Eins in Bio, da weiß man solche Dinge.«

Dieses Mal war sich Constantin sicher, dass Willi die Augen verdrehte, aber womöglich lag das auch am Licht. Apropos ... Licht. Was war denn das eben gewesen? Hatte es etwa geblitzt? Constantin spähte durch das kleine Fenster im Zelt hinaus in den Nachthimmel. Kein Unwetter zu sehen. Vielleicht war es eine superhelle Sternschnuppe gewesen?

Da – schon wieder!

»Tja«, sagte Constantin zu der kleinen pummeligen Rennmaus, die ihn aus aufmerksamen Knopfaugen anschaute. »Jetzt wo ich schon mal wach bin, können wir genauso gut nachschauen.«

Er warf einen Blick zu dem Vorhang hinüber, der seine Zelthälfte von Scottys trennte. Scotty hatte ihn zugezogen, weil sie ihn nicht stören wollte. In der letzten Nacht hatte sie schlecht geschlafen und immer wieder Licht angemacht, um zu lesen oder sonst was zu tun, wovon er wach geworden war. Er spielte mit dem Gedanken, sie zu wecken, damit sie nicht wieder auf ihn einprügelte (das letzte

Mal hatte ihm einen blauen Fleck beschert), ließ es aber. Sie schien heute Nacht besser zu schlafen und da wollte er sie nicht wecken.

Constantin schlüpfte in seine Jacke und setzte sich Willi auf die Schulter. Leise schlich er zum Zelteingang, schob den Reißverschluss nach oben und schlüpfte hinaus. Die Kälte der Nacht traf ihn mit voller Wucht und Constantin zog unwillkürlich den Kopf zwischen die Schultern. Vorsichtig schaute er nach links und rechts und versuchte, das ungute Gefühl in seinem Bauch zu ignorieren, das ihn beschlich, wenn er an seinen letzten nächtlichen Ausflug dachte. Aber er wollte ja gar nicht vom Zelt weg, sondern nur schnell einen guten Blick auf den Himmel erhaschen. Tatsächlich leuchtete in genau diesem Moment wieder etwas auf. Constantin legte den Kopf in den Nacken. Von wo war das gekommen? Der Himmel sah wunderschön aus mit all diesen Sternen und völlig wolkenlos. Aber als das Leuchten erneut auftauchte, kam es nicht von oben, sondern ... Constantin drehte den Kopf und ihm stockte der Atem.

Einige Sekunden stand er wie erstarrt da, dann wirbelte er herum, rannte ins Zelt und zerrte einen Augenblick später die völlig verschlafene Scotty nach draußen, die sich heftig gegen ihn wehrte.

»Spinnst du jetzt völlig?«, schimpfte sie und pustete sich ihre wilde Haarmähne aus dem Gesicht. »Uhhh, ist das kalt! Constantin, was hast du denn?«

Constantin sagte nichts, er ließ seine Schwester los und

deutete stumm in die Ferne. Einen Moment war da nichts, aber dann geschah es wieder und jetzt schnappte auch Scotty nach Luft. Irgendwo in der Wüste, dort, wo die Schatten sich verdunkelten, sandte jemand Lichtsignale in die Nacht hinaus.

Es war ganz schön schwer gewesen, nicht mitten in der Nacht loszustürmen und herauszufinden, was es mit diesen Signalen auf sich hatte. Eine ganze Weile hatten die Geschwister Blackbird darüber diskutiert, zitternd in der Kälte, aber unfähig, sich von dem Leuchten abzuwenden. Und dann, als sie gerade überlegten, ihren Vater zu wecken, hatten die Signale einfach aufgehört. Scotty hätte nicht gedacht, dass sie in dieser Nacht noch mal einschlafen würde, aber nach dem Kamelreiten und dem vielen Herumlaufen am Vortag war sie das dann doch. Sie hatten weiter die Wände der Pyramide untersucht und dann eine Menge Steine wegräumen müssen, als im zweiten Eingang erneut eine kleine Lawine davon runtergekommen war, dieses Mal über den Zwillingen. Sie waren mit einer Menge Staub in den Lungen und dem Schrecken davongekommen.

Scottys Arme schmerzten ziemlich vom Schleppen und geöffnet war der Eingang auch immer noch nicht. Aber das war ein Problem für einen anderen Tag, heute hatten die Geschwister eine Mission. Constantin war dafür zuständig, bei ihrer Mutter die Erlaubnis einzuholen, mit den

Kamelen einen kleinen Ausflug zu machen. Scottys Aufgabe war die Verpflegung. Unter Tristans wachsamem Blick machte sie Sandwiches und füllte zwei Feldflaschen mit Wasser. Noch zwei Äpfel und ihr Fresspaket war perfekt. Evie half ihnen bei den Sätteln und drängte ihnen beiden Hüte auf, um sich vor der Sonne zu schützen. Nathan war etwas skeptisch gewesen, sie allein losziehen zu lassen, doch als die Geschwister ihm versichert hatten, dass sie vorsichtig sein und nicht zu weit wegreiten würden, hatte er doch sein Okay gegeben.

Und dann ging es los. Scotty brauchte einen Moment, um sich an den schaukelnden Gang zu gewöhnen, aber dann genoss sie das Gefühl, so weit oben die Wüste zu durchstreifen, und fuhr fasziniert über das Fell ihres Kamels.

»Wir müssen ungefähr in die Richtung da.« Constantin studierte den Kompass, den er sich von seinem Vater geliehen hatte. »Ich bin mir sicher, dass die Signale von dort gekommen sind.«

»Warte mal, ist da nicht dieses Gebirge? Wie hat Pa noch mal gesagt? Die Wispernden ...«

»Flüsternden«, sagte Constantin. »Die Flüsternden Steine. Du hast recht. Hey, lass uns auf Spuren achten, okay? Nur, um ganz sicherzugehen.«

Den Boden im Blick zu behalten, war gar nicht so leicht. Die Hufe der Kamele wirbelten kleine Sandstürme auf und mehr als einmal musste Scotty ein Sandkorn aus ihren Augen blinzeln oder das Gesicht abwenden. Leider fanden sie trotz ihrer Bemühungen keine Spuren, nicht den kleinsten

Hinweis. Je näher sie den Schatten der Berge kamen, desto mulmiger wurde es Scotty zumute. Sie wollte keine Vorurteile gegenüber diesen Beduinen haben, denn sie kannte sie ja gar nicht. Aber irgendwas stimmte hier nun mal nicht und das machte ihr Sorgen. Plötzlich kam ihr die Bibel in den Sinn, die sie im Hotel gefunden hatte, und der Vers, der darin markiert worden war. *Ich suchte den Herrn und er antwortete mir; und aus allen meinen Ängsten rettete er mich.*

Scotty holte tief Luft und fühlte sich etwas leichter. Sie wusste, dass ihre Sorgen bei Gott gut aufgehoben waren, selbst hier, mitten in der Wüste.

»Hey, Schwesterchen.« Constantin trieb sein Kamel näher an sie heran. Schweiß glänzte auf seiner Stirn und seine Hemdtasche wies die übliche Beule auf, die verriet, dass Willi auch bei diesem Ausflug dabei war. »Tu mir den Gefallen und schau durchs Fernglas, ja? Vielleicht siehst du etwas.«

»Etwas, dem wir nicht begegnen wollen, wie einer Horde Mumien?«, scherzte Scotty und griff in ihre Satteltasche, um das Fernglas hervorzuziehen. Sorgfältig untersuchte sie ihre Umgebung, doch da war nichts. Nur die Felslandschaft erhob sich etwa zweihundert Meter vor ihnen aus dem Sand. »Sauber«, verkündete Scotty. »Keine Mumien, Pharaonen, Beduinen oder was auch immer. Höchstens ein paar Sandflöhe, aber die findest du vermutlich auch in Willis Fell.«

»Glaub mir, der ist reinlicher als du«, konterte Constantin und trieb sein Kamel an.

Scotty stieß einen empörten Laut aus. *Na warte!* Im nächsten Moment war ein Wettrennen im Gange, aus dem Scotty als Siegerin hervorging, aber auch nur, weil Willi das Geschaukel anscheinend gar nicht so toll fand und sich lautstark quietschend und strampelnd bemerkbar machte.

Ein wenig außer Puste hielt Scotty vor den Flüsternden Steinen an, ließ sich von ihrem Kamel gleiten und tätschelte ihm die Nase. »Gut gemacht«, lobte sie. »Denen haben wir es gezeigt.«

»Als ob.« Constantin stieg ebenfalls ab, den beleidigten Willi in der Hand, und lehnte sich an einen knapp hüfthohen Felsen.

Scotty sah sich um. Von Nahem sahen die Felsen größer und mächtiger aus als durch das Fernglas und reckten sich zum Himmel hinauf. Mächtiges Grau trotzte dem Sand, hier und da wuchsen sogar ein paar Pflanzen. Bewundernd glitt ihr Blick über Kanten und Ecken, Vertiefungen und dunkle Schatten, hinter denen sich womöglich sogar Höhlen verbergen mochten. Hatte ihr Vater nicht von Malereien erzählt? Wo die wohl zu finden sein mochten?

Constantin rutschte ein bisschen auf seinem Sitzplatz herum, der praktischerweise im Schatten lag, und ließ sich dann nach hinten sinken. »Wir rasten hier kurz, okay?« Seine Worte gingen fast in einem Gähnen unter. »Nur fünf Minuten.«

»Äh, und die Spurensuche?« Scotty sah ihn fragend an, aber Constantin reagierte nur halbherzig. »Siehst du welche?«

»Na ja …« Scotty drehte sich einmal um sich selbst. Eigentlich sah sie nur die Abdrücke der Kamele, die durch das Wettrennen ziemlich deutliche Spuren hinterlassen hatten. »Möglichweise sind wir ... darübergeritten?«

»Im Ernst?« Jetzt hob Constantin doch den Kopf, nur um ihn dann gleich wieder mit einem Stöhnen sinken zu lassen. »Superklasseprima.«

»Ich seh mich ein bisschen um. Vielleicht finde ich ja was.« Scotty überließ es ihrem Bruder, ein Auge auf die Kamele zu haben, und kletterte einen Ausläufer der Felsen hinauf. Sie spitzte die Ohren. Ob sie wohl das Flüstern hören würde? Sie zuckte leicht zusammen, als da plötzlich ein Schatten über ihr war, aber das war nur eine kleine Wolke, die sich schüchtern vor die Sonne schob. Überhaupt waren an dem noch immer strahlend blauen Himmel heute einige Wolken zu sehen, was die Hitze aber nicht davon abhielt, Scotty ins Schwitzen zu bringen. Sie ging weiter und fand tatsächlich etwas, das wie ein Fußabdruck im Sand aussah. Allerdings war es nur ein einzelner und auch schon ziemlich undeutlich.

»Heißt das, hier hüpft irgendwo ein einbeiniger Pirat herum und sendet Lichtzeichen, wenn er nicht gerade Jungs von Dünen schubst?«, murmelte Scotty und schüttelte gleich darauf den Kopf. Das alles war einfach zu merkwürdig. Sie streckte die Hand aus und berührte den rauen Stein. Was war das nur für ein Ort? Hatten hier vielleicht Menschen gelebt? Unwillkürlich tauchte ein Gesicht mit nachtschwarzen Augen in ihren Gedanken auf. Marik. Wo er wohl gerade war?

Ehe sie diesen Gedanken weiter folgen konnte, ertönte ein gefährliches Zischeln. Scotty erstarrte, wagte nicht, auch nur einen Muskel zu bewegen. Nur mit dem Blick versuchte sie herauszufinden, woher das Geräusch kam. Da! Kaum einen Schritt von ihr entfernt hob eine Schlange ihren schuppigen Kopf in die Luft. Ihre Haut war braun und schwarz und im Schatten gut getarnt. Scotty lehnte sich ein kleines Stück nach hinten, doch die Schlange zischte nur noch lauter und Scotty erstarrte wieder.

»Hallo?«, rief sie leise, aus Angst, die Schlange nur noch mehr zu reizen. »Constantin!«

Die Schlange legte den Kopf leicht schief, so als überlegte sie, was sie mit dem nervigen Zweibeiner vor sich anfangen sollte.

»Hilfe«, flüsterte Scotty, deren Herz vor lauter Panik wie verrückt klopfte. Wie hatte sie das Tier nur übersehen können? War sie wirklich so sehr in Gedanken gewesen? »Gott, hilf mir!«

»Scotty, was treibst du denn da hinten?«, hörte sie ihren Bruder rufen. »Komm her, ich hab Hunger. Und in welcher der Taschen ist unser Wasser?«

»Constantin!« Mehr brachte Scotty nicht über die Lippen. Endlich hörte sie die Schritte ihres Bruders im Sand. »Vorsichtig«, warnte sie. »Komm nicht zu nahe.«

»Was ist denn ...? Oh!« Jetzt hatte auch Constantin die große Schlange entdeckt. »Wahnsinn«, flüsterte er. »Das ist eine Echis carinatus. Ein ziemlich schönes Exemplar. Diese Größe ist wirklich ...«

»Constantin!«, zischte Scotty verzweifelt. »Ist das dein Ernst? Es ist mir egal, wie das Ding heißt, es will mich fressen!«

»Das wohl kaum«, erwiderte Constantin beruhigend. »Halt ganz still, okay? Das ist eine Sandrasselotter, die fressen keine Menschen. Ich schätze mal, du hast sie einfach beim Mittagsschlaf gestört und damit ihre Gefühle verletzt.«

»Ihre Gefühle???«

»Weißt du, ich glaube, genau das hat Papa gemeint, als er sagte, wir sollen uns nicht in Schwierigkeiten bringen.«

»Toll«, sagte Scotty, die immer noch nicht wagte, sich zu rühren. »Und jetzt?«

»Hm, also ich würde sagen ...« Weiter kam Constantin nicht. Im nächsten Moment sauste etwas durch die Luft, haarscharf an Scotty vorbei, und dann kippte der Kopf der Schlange zur Seite. Das Zischen erstarb und das Tier rührte sich nicht mehr. Hastig sprang Scotty in die Arme ihres Bruders, der sie ein gutes Stück von der Schlange wegzog, während sie sich gleichzeitig suchend umsah.

»Was war das denn?«, keuchte Constantin.

Da löste sich eine Gestalt von den Felsen über ihnen, ein Junge mit rabenschwarzen Augen und einem Turban.

»Yashar«, stöhnte Scotty, zum zweiten Mal innerhalb weniger Sekunden schwer erleichtert. »Warst du das?«

»Jep.« Yashar kam näher und kniete neben der Schlange nieder. »Die ist k. o., hast noch mal Glück gehabt, Scotty.«

»Das hat mit Glück gar nichts zu tun.« Schnell schickte

Scotty ein weiteres Gebet zum Himmel und dankte Gott für seine Hilfe.

»Netter Wurfarm«, sagte Constantin anerkennend. »Auf diese Entfernung …«

Wortlos hob Yashar eine kleine Schleuder hoch. Einen Moment war es still, dann fingen alle drei schallend an zu lachen, bis sie sich die Bäuche hielten. Mit Lachtränen auf den Wangen ließen sie die Schlange liegen und kletterten von den Felsen hinunter, zurück zu den Kamelen, die ihnen gelangweilt entgegensahen. Jetzt stand auch die Kamelstute von Yashar da.

Die Kinder setzten sich auf den von Constantin bereits erprobten Stein, packten ihre Taschen aus und teilten die mitgebrachten Leckereien, froh, dass die Sache noch einmal gut ausgegangen war.

Kapitel 17
Der Fluch der Wüste

Constantin

»Wollt ihr etwas sehen, das ein bisschen spannender ist als dieser Steinhaufen?«, fragte Yashar und in seinen Augen glitzerte es geheimnisvoll.

Sofort packte Constantin die Aufregung. »Gerne! Wo ist das denn? Wir haben versprochen, nicht zu weit vom Lager wegzureiten.«

Yashar winkte ab. »Keine Sorge.«

Scotty stimmte ebenfalls zu, noch ein wenig blass um die Nase, und wenig später saßen die Kinder auf ihren Kamelen. Die Blackbirds folgten Yashar in die Wüste hinein. Der trieb jetzt sein Kamel zu einem kleinen Galopp an und die anderen beiden taten es ihm nach. Scotty stieß einen Freudenruf aus. Die Angst, die sie eben noch in Atem gehalten hatte, schien von ihr abgefallen zu sein. Constantin hatte sich alle Mühe gegeben, es sich nicht anmerken zu lassen, aber der Schreck war ihm ordentlich in die Glieder gefahren. Sandrasselottern waren giftig und, soweit er wusste, auch recht angriffslustig. Gut, dass Yashar rechtzeitig aufgetaucht war!

Scottys erstaunter Ausruf riss Constantin aus seinen Gedanken.

Sie hatte ihr Fernglas an die Augen gedrückt. »Seht ihr auch, was ich sehe, oder ist das eine Fata Morgana?«

Constantin sah auch, dass da etwas vor ihnen war, aber er konnte es noch nicht genau erkennen. Doch je näher sie kamen, desto mehr Umrisse zeichneten sich ab. Er schluckte. Das sah ja fast so aus wie ... »Eine Oase!«, rief er laut und wollte sein Kamel noch ein bisschen mehr antreiben, doch das war gar nicht nötig, denn die drei Reittiere schienen ebenfalls zu wissen, was da vor ihnen lag, und rannten nun mit freudig vorgestreckten Köpfen auf den grünen Fleck zu. Wunderschöne Palmen streckten ihre Blätter in die Luft, kleinere Büsche und Gesträuch rankten sich drum herum wie ein natürlicher Zaun. Und in der Mitte, umgeben von strahlend weißem Sand, lag ein See mit tiefblauem Wasser.

»Ihr seht das aber auch, oder?«, vergewisserte sich Scotty. »Ich springe da jetzt nicht rein und lande in einer riesigen Sandmulde, oder?«

Die Antwort bekam sie von ihrem Kamel, das genüsslich den Kopf senkte und zu trinken begann. Scotty lachte laut auf und rutschte aus ihrem Sattel. Die Jungs folgten ihr, wobei Constantin ein bisschen neidisch zusah, wie elegant Yashar sich bewegte. Er selbst kam sich ziemlich unbeholfen vor; außerdem hatte er schon wieder Sand in seinen Schuhen und sein Hemd klebte ihm am Rücken. Constantin suchte einen Platz, wo er Willi absetzen konnte, dann beugte er sich vor und hielt die Hände ins Wasser. Oh, war das herrlich! Schnell spritzte er sich etwas davon ins Gesicht und wünschte, er könnte einfach hineinspringen. Die Rationen an Wasser im Camp waren sehr begrenzt und ... *platsch!* Kaltes Wasser schlug über seinem Kopf zusammen und raubte ihm für einen Moment den Atem. Es war nicht tief, unter seinen Knien spürte er bereits den Grund. Hastig kam er wieder hoch und entdeckte seine Schwester, die lachend dastand und sich den Bauch hielt.

»Ach, Bruderherz«, kicherte sie. »Du hättest dich sehen sollen. Du ...« Weiter kam sie nicht. Wie ein Panther hatte Yashar sich an sie herangeschlichen, hob sie auf die Arme und begleitet von einem lauten Kreischen flog Scotty durch die Luft und landete nicht weit von Constantin mit viel Gespritze im Wasser. Prustend tauchte sie auf, die roten Locken klebten ihr in Strähnen am Kopf wie Feuerwürmer. »Verräter!«, japste sie. »Du Schurke!«

»Gut gemacht!«, johlte Constantin dagegen und klatschte auf die Wasseroberfläche. »Wir Jungs müssen zusammenhalten!«

Yashar grinste seinen Freund an, hob entschuldigend die Schultern in Scottys Richtung und half ihnen dann beiden aus dem Wasser. Triefend standen sie da und hinterließen wundersame Spuren im Sand.

Constantin schlüpfte aus seinen Schuhen und band sie mit den Schnürsenkeln am Kamelsattel fest, ehe er sich aus seinem Hemd schälte und es zum Trocknen über einen Strauch legte. Yashar hatte eine Decke bei sich und darauf passten sie alle drei gerade so und konnten sich von der Sonne trocknen lassen. So lagen sie da und das Gespräch drehte sich um die geheimnisvolle Pyramide und was sich wohl in ihrem Inneren befand.

»Stell dir vor, da liegt wirklich dieser seltsame Pharao drin, für den noch niemand einen Beweis gefunden hat«, meinte Scotty. »Dann flippt Odette völlig aus! Darüber kann sie die coolste Hausarbeit aller Zeiten schreiben.«

»Lieber gleich ihre Doktorarbeit, damit Mam Ruhe gibt«, lachte Constantin und streichelte Willi, der zufrieden vor sich hin döste. »Ich hoffe nur, dass wir wirklich etwas finden. Sie wären so enttäuscht, wenn das Grab leer ist, weil uns Grabräuber zuvorgekommen sind.«

»Oh, das wäre wirklich furchtbar.« Scotty verzog das Gesicht. »Aber bisher haben wir ja keine Spuren gefunden und es scheint auch alles recht unbeschadet zu sein. Ich wüsste zu gerne, wann und wie die Pyramide verschüttet wurde, ihr nicht auch? Was damals wohl passiert ist? Überhaupt, so eine Pyramide ganz allein, das ist eigentlich ungewöhnlich, oder? Müsste es nicht ein Dorf oder eine Stadt in der Nähe geben? Vermutlich wurde der Ort auch verschüttet. Yashar, gibt es hier oft Erdbeben?«

»Meine Großmutter hat mir von einem erzählt, als sie ein junges Mädchen war. Sie sagt, die ganze Wüste habe gezittert, als würde ein Riese sie hin und her werfen.«

»Wow, wie unheimlich.« Constantin schauderte. »So etwas macht mir wirklich Angst.«

»Wohnst du bei deiner Großmutter, Yashar?«, fragte Scotty. Der dunkelhaarige Junge nickte, doch es wirkte ein bisschen zögerlich.

»Und macht sie sich gar keine Sorgen, wenn du so lange unterwegs bist? Was, wenn du vom Kamel fällst oder so?«

Yashar lächelte. »Meine Großmutter hat mir das Reiten beigebracht. Ihr Mann war ein großer Kamelreiter. Niemand konnte ihn besiegen, obwohl ihn Dutzende zu einem Wettrennen herausforderten. Die Familie meiner Großmutter besaß die kostbarsten Kamele in diesem Teil der Wüste. Er kam, weil er eins davon kaufen wollte, und blieb, um meiner Großmutter den Hof zu machen. Nach ihrer Heirat führten sie die Zucht fort. Sobald ich alt genug war, hat sie mich auf ein Kamel gesetzt. Alles, was ich weiß, weiß ich von ihr.«

»Wie cool!« Scotty klang begeistert. »Und sag mal, warum sprichst du so gut Englisch?«

Constantin war es ein bisschen unangenehm, dass seine Schwester so viele Fragen stellte. Auf der anderen Seite hatte er sich das auch schon gefragt.

»Das habe ich in der Schule gelernt«, erwiderte Yashar. »Findest du wirklich, ich spreche es gut?«

»Genauso gut wie wir«, nickte Constantin. »Wirklich.«

»Danke schön.«

Bei seiner dunklen Hautfarbe war das nicht so leicht zu erkennen, aber Constantin glaubte zu sehen, wie Yashar rot wurde. Scotty schien zur nächsten Frage anzusetzen, aber er grätschte hastig dazwischen, damit sein Freund nicht noch mehr in Verlegenheit gebracht wurde. »Also wegen der Pyramide und so ... Vielleicht ist das Dorf, in dem wir auf dem Markt waren, ja ein Überrest der damaligen Stadt und gehörte eigentlich dazu«, überlegte er laut, ehe er sich ein Lakritz zwischen die Zähne schob. »Ich verstehe aber immer noch nicht, wie dieser Pharao so geheimnisvoll sein kann. Es muss doch irgendwelche historischen Belege für ihn geben, oder?«

»Manchmal wurde ein Mensch aus der Geschichte gelöscht«, erklärte Yashar. »Sein Name wurde aus allen Denkmälern und Steintafeln herausgemeißelt und auf dem Papyrus unkenntlich gemacht. Das war die schlimmste Strafe, die es damals gab. Vergessen zu werden, war für die hohen Leute eine grausame Vorstellung.«

»Krass«, murmelte Scotty. »Aber das könnte es wirklich erklären. Nur warum sollte man ihn vergessen? War er so ein Blödmann?«

»Vielleicht. Oder sein Nachfolger war es, wer weiß.« Yashar richtete sich auf. »Wollen wir zurückreiten? Ihr wart schon eine ganze Weile weg, sonst machen sich eure Eltern Sorgen.«

Constantin hatte gar nicht gemerkt, wie spät es schon war, und sprang ein bisschen erschrocken auf. Kein Wunder, dass sein Magen schon wieder knurrte! Schnell schob er sich noch ein Lakritz in den Mund und holte seine Sachen, die mittlerweile gut getrocknet waren. Er schüttelte den Sand aus und schlüpfte hinein, während Scotty vergeblich versuchte, ihre wilden Locken zu bändigen.

Yashar begleitete sie beide ein Stück, dann, als die Pyramide in Sicht kam, trennten sich ihre Wege und er versprach, am nächsten Morgen wieder zu kommen. Constantin freute sich schon darauf, er genoss die Gesellschaft des anderen Jungen. Er wollte gern noch mehr über sein Leben hier in der Wüste hören. Scotty sah Yashar ein wenig seltsam hinterher, sagte aber nichts, als Constantin fragte, was los sei. Sie ritten zum Camp zurück und sahen schon von Weitem den fremden Wagen, der schwarz und glänzend in der Sonne stand.

»Besuch?«, fragte Scotty verwirrt.

»Sieht so aus«, erwiderte Constantin. »Los, schneller, vielleicht gibt es Neuigkeiten.«

Sie galoppierten in einer Staubwolke auf das Lager zu. In dessen Mitte hatte sich das Team der Blackbirds in einem Halbkreis versammelt. Nathan stand neben der Feuerstelle und sprach mit drei Männern. Einer von ihnen hatte einen teuren Anzug an und eine riesige Sonnenbrille, die beiden anderen trugen die traditionelle Kleidung des Landes.

Die Männer schenkten ihnen keine Beachtung, als Scotty und er sich näherten. Die Zwillinge aber lösten sich aus der Gruppe und kamen den Geschwistern entgegen.

»Dicke Luft«, murmelte Austin auf ihre fragenden Blicke

hin. »Die Typen gehören wohl zu unseren Auftraggebern, der rechts ist Mister Amsu Haddad, der Beamte, der für uns zuständig ist, und der im Anzug wohl ein Gutachter. Sind nicht gut drauf, sie wollen Fortschritte sehen und die Entdeckung der Halle reicht ihnen nicht. Sind mächtig sauer – etwas übertrieben, wenn ihr mich fragt.« Er zuckte mit den Schultern. »Keine Ahnung ... Euer Vater schlägt sich gut, aber ich fresse einen Besen, wenn dem nicht auch bald mal der Kragen platzt.«

Constantin musterte seinen Vater besorgt. Tatsächlich. Das höfliche Lächeln verbarg eine gute Portion Verärgerung über die Männer. Die wussten es nicht, aber Constantin hatte schon früh gelernt, im Gesicht seines Vaters zu lesen.

»Hey, Constantin«, sagte Scotty halblaut und stieß ihn in die Seite. »Kommt dir der Kerl nicht auch bekannt vor?« Ihr Blick hing an dem Anzugträger, der gerade sein Handy hervorzog und stirnrunzelnd auf das Display starrte, während einer seiner Begleiter weiter mit Nathan diskutierte.

Constantin legte den Kopf schief. Anzug, schlechte Haltung ... Er stockte. Moment. Stellte man sich den Typ ohne Sonnenbrille vor und möglicherweise mit sehr hellen Augen, dann ... »Oh«, murmelte er. »Du meinst ...«

»Ich bin mir nicht sicher.« Scotty klang angespannt. »Aber das wäre doch wirklich ein überaus merkwürdiger Zufall. Oder es ist eben *kein* Zufall.«

»Du meinst, Blassauge ist uns bis hierher gefolgt? Aber wieso sollte er?«

»In dieser Wüste liegen eine Menge Fragen herum«,

brummte Scotty. »Komm, ich will hören, was sie sagen. Aber vielleicht sollten wir lieber so tun, als würde er uns gar nicht weiter auffallen.«

»Meinst du nicht, du übertreibst etwas?«, meinte Constantin. »Vielleicht ist er es gar nicht, diese Sonnenbrille ist riesig, da könnte sich sonst wer hinter verstecken. Und selbst wenn: Bisher hat er nichts getan, außer unheimlich zu sein.«

»Trotzdem«, erwiderte Scotty. »Das *Wenn-er-es-ist* macht mir Sorgen. Mit dem Typen stimmt was nicht.« Damit stiefelte sie auf die kleine Versammlung zu, während die Zwillinge, froh über die Ablenkung, die Kamele fortführten. Constantin seufzte und folgte seiner Schwester. Scotty stellte sich neben ihre Mutter, die ein ganz schön besorgtes Gesicht machte. Constantin hielt sich etwas im Hintergrund und schob sich zur Beruhigung ein Lakritz zwischen die Zähne.

»Sie behaupten also«, sagte Amsu Haddad gerade, »dass man Sie bestohlen hat? Hier? Mitten in der Wüste?«

»Es fehlen Gegenstände«, beharrte Nathan. »Und Vorräte. Es war jetzt schon zwei Mal hintereinander. Außerdem waren da Fußabdrücke im Sand, auf der Rückseite unseres Versorgungszeltes.«

»Was?«, ächzte Scotty laut. »Es wurde noch mehr gestohlen?«

Der Kopf des Anzugträgers schnellte zu ihr herum. Irrte sich Constantin oder kniff er hinter der Brille argwöhnisch die Augen zusammen? Da begann das Handy des Mannes zu klingeln. Er hob es ans Ohr, meldete sich barsch und wandte sich ab, um auf die schwarze Limousine zuzuschlendern.

»Es wird der Fluch sein«, meinte Amsu Haddad gewichtig, ohne auf seinen Begleiter zu achten. »Ich hatte Sie ja gewarnt.«

»Der Fluch?«, wiederholte Evie Blackbird. »Was für ein Fluch?«

Dem Mann schien es sichtlich unangenehm, dass sie sich in das Gespräch einmischte, aber er erklärte herablassend: »Dieses Gemäuer ist von den Göttern verflucht. Es heißt, wer sich ihm unwürdig nähert, den wird der Fluch der Pharaonen treffen, und der Zorn des Osiris wird ihn verfolgen.«

»Sie meinen dieses Gemäuer?« Nathan zeigte auf die Pyramide. »Das, von dem bis vor zwei Wochen noch niemand etwas wusste?«

»Sie glauben mir nicht?«

»Nein.« Nathan Blackbird schüttelte mit einem milden Lächeln den Kopf und verschränkte die sonnengebräunten Arme. »Tue ich nicht.«

»Sie glauben also nicht an die Götter?«

»Ich glaube an den einen Gott, Jahwe, den Schöpfer aller Menschen, und an seinen Sohn, Jesus Christus.«

»Ein Christ?« Amsu Haddad wich einen Schritt zurück und spuckte auf den Boden.

Ein Raunen ging durch das Team der Blackbirds. Tristan machte einen Schritt nach vorne, aber Odette hielt ihn fest.

Erst jetzt bemerkte Constantin, dass Dylan fehlte. Er sah sich suchend um. Wo war der Schotte?

»Ich weiß nicht, was unsere Regierung sich dabei gedacht hat, *Sie* an unseren heiligen Orten forschen zu lassen«, mischte sich jetzt auch der andere Mann ein.

Der Anzugträger war verschwunden, vermutlich hatte er sich in den Wagen gesetzt. Constantin konnte sehen, dass bei dem glänzenden Gefährt eins der Fenster einen Spaltbreit heruntergelassen worden war.

»Sie brauchten jemanden, der Ihr Problem löst!«, platzte es aus Scotty heraus. Die Wut stand ihr ins Gesicht geschrieben. »Wir wurden hergebeten, wir haben uns nicht aufgedrängt.«

»Kleine Mädchen sollten lieber still sein an einem Ort wie diesem«, fauchte Amsu Haddad zurück und sah Scotty böse an. »Hier ist kein Platz für Kinder. Sie geraten nur in Schwierigkeiten. So eine Wüste ist gefährlich, Dr. Blackbird. Sie sollten lieber ...« Ein lautes Knacken unterbrach seinen Satz.

Alle Köpfe flogen zur Seite und sahen ... Dylan. Seelenruhig saß er auf einer der Kisten, in denen Ausgrabungsgeräte gelagert wurden, und lud ein großes Gewehr. »Entschuldigung, das musste nur mal wieder gereinigt werden.« Mit einem unschuldigen Lächeln ließ Dylan die Waffe sinken, ihr Lauf zeigte dennoch immer noch in Richtung der beiden Männer, die unter ihren Turbanen plötzlich blass geworden waren. Constantin spürte ein hysterisches Kichern in seiner Kehle aufsteigen und presste hastig eine Hand vor den Mund. Seine Mutter hatte schützend einen Arm um

Scotty gelegt und hinter ihr ragte drohend Tristan auf. Doch die Augen der Männer klebten nur an Dylan. Sie wechselten ein paar hastige Worte miteinander, dann wandten sie sich zum Gehen.

»Sie sollten hier nicht bleiben, Dr. Blackbird«, sagte Amsu Haddad noch. »Sie sind nicht willkommen und die Wüste ist gefährlich.«

»Danke für Ihre Sorge, aber wir sind nicht so leicht kleinzukriegen.« Nathan tippte sich grüßend an die Stirn. »Noch einen schönen Tag.«

In angespanntem Schweigen beobachteten die Campbewohner, wie die Männer in den Wagen stiegen und in einer Wolke aus Staub und Sand davonfuhren. Erst dann setzten erleichtertes Seufzen und aufgeregte Stimmen ein.

Nathan ging zu Dylan hinüber. »Du hast diese alte Kanone wirklich mit hergenommen?«

»Man weiß nie, wofür man in der Wüste so gewappnet sein muss.« Dylan tätschelte liebevoll das Gewehr. »Gertrud will schließlich auch was von der Welt sehen.«

Nathan lachte in sich hinein und fuhr sich über die Augen. Dann erst bemerkte er Constantin und legte ihm einen Arm um die Schultern. »Na, mein Sohn? Habt ihr auf eurem Ausritt ein Abenteuer erlebt?«

»Das ein oder andere«, sagte Constantin. »Aber ihr wart ja auch nicht gerade untätig. Was werden wir jetzt tun?«

»Das, wofür man uns hergeholt hat. Ich lüfte das Geheimnis dieser Pyramide; Geister, Diebe und Flüche hin oder her. Die sollen nur kommen. Die Blackbirds werden sie erwarten.«

Kapitel 18
Asyl bei den Pharaonen

Scotty

Es passierte am nächsten Tag, als Scotty gerade mit Tristan im Küchenzelt dabei war, einen kleinen Snack zur Stärkung für alle vorzubereiten. Schon seit Stunden war das Team in der Pyramide und untersuchte die Wände weiter nach einem verborgenen Durchgang.

Es begann als ein merkwürdiges Gefühl. Es war, als würde sich die Luft irgendwie zusammenziehen, als würde die Welt einen tiefen Atemzug nehmen. Plötzlich begannen die Kamele laute Rufe von sich zu geben. Scotty ließ ihr Küchenmesser fallen und eilte nach draußen. Die Tiere zerrten an den Stricken, mit denen sie festgemacht waren, und rollten mit den großen Augen, bis das Weiße deutlich zu sehen war. Scottys Blick huschte über den Sand. Hatte sich eine Schlange ins Lager verwirrt und versetzte die Tiere in

Panik? Oder vielleicht ein Skorpion? Bei dem Gedanken an schwarze Gliedmaßen und den spitzen Stachel wurde ihr ganz anders.

»Was ist los?« Tristan tauchte hinter ihr auf. »Haben sie sich erschrocken?«

»Ja, nur vor was?«, murmelte Scotty und sah sich weiter um. Im Lager war alles wie immer, die Fahne vor Dylans Zelt machte zuckende Bewegungen wie … *Oh!* Scotty riss den Kopf nach oben. Den ganzen Tag war der Himmel klar und blau gewesen, doch jetzt zierten ihn Wolkenbänke. Ein Windstoß trieb feinen Sand gegen Scottys nackte Unterarme. Ihr Blick huschte zum Horizont. *Oh nein!* »Pa!«, schrie Scotty aus voller Kehle. »Mam! Dylan!«

Beinahe augenblicklich tauchte ihr Vater am Eingang der Pyramide auf. Sie deutete nach Westen, auf die dunkle Wand, die sich vor dem Lager erhob und schon so nah war, dass Scotty beinahe glaubte, ihre Gewalt spüren zu können. Blitze zuckten über die schwarzen Wolken und ein heller Kegel wirbelte davor her. Da kam ein Gewittersturm auf sie zu, und zwar ein gewaltiger. Im nächsten Moment ertönte ein tiefes Grollen und ein heftiger Windstoß fegte durch das Lager, trieb Sand, spitz wie Hagelkörner, gegen die Menschen, ließ die Zeltplanen flattern und riss Dylans Fahne fast mit sich. Die Kamele wieherten schrill und bäumten sich auf. Das erste Seil riss und das Tier galoppierte in die Wüste hinaus. Tristan stürzte auf das zweite Kamel zu, fasste es am Halfter und versuchte, es zu beruhigen. Aber das Tier war einfach zu panisch. Mit weit aufgerissenen

Augen warf es sich herum, ein Huf traf Tristan am Kopf und er fiel wie ein gefällter Baum zu Boden. Scotty schrie auf. Sie wollte zu Tristan rennen, aber ihr Vater sprintete schon auf seinen Freund zu, der reglos neben den gefährlich stampfenden Hufen des Kamels lag.

Dylan war ihm dicht auf den Fersen. »In die Pyramide mit dir, kleiner Fuchs, na los!«, rief er noch, dann zog er sein Taschenmesser und schnitt den Strick durch, der das Kamel festhielt, während Scottys Vater sich schützend über Tristan warf. »Ho!«, brüllte Dylan. Das Kamel schrak vor ihm zurück und stürmte in die andere Richtung davon, ohne Tristan oder Nathan zu verletzen.

Nathan sprang auf, begutachtete Tristan und rief: »Ist nicht so schlimm, glaube ich. Evie, schick die Zwillinge raus. Wir müssen uns in die Pyramide zurückziehen. Sie sollen so viel Wasser hineinschaffen wie nur möglich.« Ächzend lud er sich Tristan auf die Schultern und wankte mit ihm Richtung Pyramide. »Scotty!«

Scotty zuckte zusammen – sie hatte wie erstarrt dagestanden.

Dylan strich ihr hastig über den Kopf. »Alles gut, Kleines. Los, ab in die Pyramide mit dir, hörst du?«

»Aber das Lager …«, murmelte Scotty. »Wir … es wird …«

»Scotty, tu, was ich dir sage. Du musst dich in Sicherheit bringen! Der Sturm ist fast hier. Gleich wird man nicht einmal mehr die Hand vor Augen sehen können! Ich muss ein paar Sachen sichern, okay? Lauf zu deinem Vater, los!«

Sie nickte. Ihre Gedanken klärten sich allmählich. Hastig sah sie sich um. Die Wolkenwand war fast da, der Wind wurde immer heftiger. Scotty rannte los. Sie sah gerade noch, wie zwei Gestalten, vermutlich die Zwillinge, mit den großen Wasserkanistern in der Pyramide verschwanden. Sand peitschte ihr ins Gesicht. Scotty senkte den Kopf und kämpfte sich verbissen vorwärts, während der Wind an ihrer Kleidung zerrte. Gleich war sie bei der Pyramide, gleich.

»Constantin!« Scotty hörte ihre Mutter schreien und riss den Kopf hoch. Ihr Bruder kämpfte am Eingang der Pyramide gegen den Griff ihrer Mutter an. Von der anderen Seite versuchte Odette, ihn festzuhalten. Scotty konnte nicht verstehen, was er sagte, aber sein Gesicht war von Panik verzerrt. Dann entdeckte er sie. »Willi!« Constantins Augen waren riesengroß vor Angst. »Er ist noch im Zelt!«

Scotty schluckte. Ihr Blick irrte zurück. Die Wolkenwand war fast da, die äußeren Zelte des Lagers trugen schon eine dichte Sanddecke. Scotty wirbelte herum und rannte los, ohne Odette zu beachten, die ihr nachschrie, sie solle sofort zurückkommen.

Zum Zelt der Blackbirds war es nicht weit und doch kam es ihr wie eine Ewigkeit vor, bis sie endlich den Reißverschluss mit zitternden Fingern nach oben zog und ins Innere schlüpfte. Augenblicklich wurde es etwas leiser, aber Scotty ließ sich nicht täuschen. Das Unwetter war da draußen und lauerte nur darauf, sie mit Sand zu überschütten. Hastig stürzte sie zu Constantins Bett. »Willi? Willi, wo bist du?«

Doch die kleine Schale, in der die Maus normalerweise schlief, war leer.

»Komm schon, Fellkugel!«, schrie Scotty. »Wir müssen hier raus!«

Kleine Knopfaugen lugten unter Constantins Kopfkissen hervor, ein paar zitternde Schnurrhaare folgten.

Scotty seufzte erleichtert auf. »Na komm schon, Kleiner. Wir verschwinden hier, okay?« Scotty nahm das Tier hoch und barg es an ihrer Brust. Willi zitterte.

»Keine Sorge«, flüsterte Scotty. »Das wird schon.« Hastig zog sie sich ihren Kapuzenpullover über und schob Willi in die weite Tasche. »Da drinnen passiert dir nichts«, versprach sie, schnappte sich zusätzlich noch ihren Rucksack, holte tief Luft und eilte wieder nach draußen.

Der Sturm hatte das Lager der Blackbirds fest in seiner Gewalt. Überall war Sand und Scotty konnte kaum noch etwas sehen. Sie zog die Kapuze über den Kopf und den Kragen so weit wie möglich hoch, um Mund und Nase zu schützen, dann eilte sie auf den riesigen verschwommenen Umriss der Pyramide zu. Der Wind war unglaublich laut, jaulte und toste um Scotty herum und sie spürte, wie die Angst langsam von ihr Besitz ergriff. Es war so unglaublich schwer, sich zu orientieren. Sie war doch schon mindestens tausend Mal von ihrem Zelt zur Pyramide gelaufen. Aber jetzt gerade schien die Welt um sie herum eine ganz andere zu sein als zuvor. »Gott!«, rief Scotty und sofort kam Sand in ihren Mund und ließ sie das Gesicht verziehen. *Vater im Himmel*, wiederholte sie in ihren Gedanken. *Ich brauche Hilfe. Hilf mir!*

Sie blieb stehen. Der dunkle Schatten der Pyramide war

verschwunden und Scotty hatte keine Ahnung, ob sie noch in die richtige Richtung schaute. Eine Hand hatte sie in der Beuteltasche vergraben, Willi saß ganz still zwischen ihren Fingern. Sein weiches Fell zu spüren, war irgendwie tröstlich.

Für einen winzigen Moment schloss Scotty die Augen und spürte, wie es in ihr ganz ruhig wurde, trotz des Sturms, der um sie tobte. Langsam zog sie die Luft ein, roch den Duft des Waschmittels und stieß sie wieder aus. Dann schlug sie die Augen auf. Ein Windstoß trieb den Sand für eine Sekunde beiseite, zeigte ihr den Umriss der Pyramide links von ihr. Entschlossen ging Scotty weiter, stemmte sich gegen den Wind und schrie vor Schreck auf, als plötzlich eine Gestalt vor ihr auftauchte und sie am Arm packte. Erst eine Sekunde später erkannte sie Dylan und lachte erleichtert und ein klein wenig hysterisch auf. Der Schotte packte sie so fest, dass es wehtat, und ruckte an etwas, das er um die Hüften trug. Ein Seil! Ein Seil, das sich jetzt straffte und sie Stück für Stück zur Pyramide führte, an deren Eingang Nathan stand, und die beiden mit sicheren Bewegungen ins Innere zog.

Scotty übersah eine der Stufen, stolperte in die Pyramide hinein und fand sich im nächsten Moment in den Armen ihrer Mutter wieder, deren Augen voller Tränen waren.

»Bist du denn noch zu retten?«, flüsterte Evie Blackbird und drückte Scotty so fest an sich, dass diese nach Luft schnappte.

»Ihr Blackbirds«, knurrte Dylan und schüttelte sich den

Sand aus den Haaren. »Nie einen klaren Kopf, immer stürzt ihr euch mitten in die Gefahr.«

»Als ob das bei dir anders wäre«, hustete Scotty.

Constantin trat vor, sein Gesicht war weiß wie ein Bettlaken. »Ich wollte nicht ...«, stotterte er. »Hast du ...? Er wird doch nicht ...?«

Scotty nahm die Hand aus der Tasche und reichte ihrem Bruder die Maus, die still auf ihrer Handfläche saß. Constantin sah aus, als würde er vor lauter Erleichterung gleich weinen, und Scotty hätte ihn gern geschubst, damit er aufhörte, so zu gucken, denn wenn er weinte, würde sie auch weinen.

»Wir Blackbirds lassen niemanden zurück«, krächzte sie und sah ihre Mutter an.

Evie warf hilflos die Hände in die Luft und deutete auf ihren Mann. »Das haben sie eindeutig von dir!«

Nathan half Dylan gerade, das Seil loszuwerden, und rollte es sorgfältig auf, ehe er seiner Tochter zuzwinkerte und ihr über den Kopf strich. »Alles in Ordnung, Kleines?«

»Ich fühl mich wie ein Sandfloh.«

»Das war sehr mutig, was du gemacht hast, und ich hätte wohl nicht anders gehandelt. Aber als der Erwachsene, der auf dich aufpassen muss, sage ich dir, deine Mutter hat recht. Das war unglaublich gefährlich, Scotty.«

»Ich konnte doch die Fellkugel nicht im Stich lassen.« Sie sah zu Constantin, dem Willi gerade liebevoll in den Finger zwickte. Langsam kam wieder Farbe in die Wangen ihres Bruders.

Nathan war ihrem Blick gefolgt. »Du hast deinem Bruder großen Schmerz erspart. Aber ich bin mir sehr sicher, dass er jede Maus der Welt für dich geben würde.«

Da fiel Scotty siedend heiß etwas ein. »Tristan …!«

»Es geht ihm gut. Sein Dickschädel ist unverwüstlich.« Dylan lachte auf. »Haha, habt ihr verstanden? Unver*wüst*lich.«

»Du hast sie doch auch nicht mehr alle.« Evie schüttelte händeringend den Kopf. »Sind denn hier nur Verrückte?«

»Und eine Wüstenrennmaus«, ergänzte Scotty und folgte ihrer Mutter zu der Pyramidenwand, wo Odette neben einer lang ausgestreckten Gestalt kniete.

Tristan war schon wieder bei Bewusstsein und blinzelte zu Scotty hoch, die Stirn unter einem dicken Verband verborgen. »Moin, Scotty, du hast nicht zufällig ein Aspirin dabei? Oder einen Eisbeutel?«

»Normalerweise in meiner Rocktasche, heute bin ich leider in Hose da.« Der Spruch kam Scotty eher kläglich über die Lippen. Blutflecken säumten Tristans Hemdkragen und verursachten ein unangenehmes Ziehen in ihrem Bauch.

Der Koch lächelte ihr zu. »Hey, alles gut, kleine Blackbird. Das ist bloß ein Kratzer. Odette meinte es etwas zu gut mit dem Verband. Du weißt doch, sie war damals Schulsanitäterin.«

Odette schnaubte. »Sei froh, dass dich das Kamel nicht etwas weiter unten erwischt hat, du Kamel. Dann bräuchtest du jetzt womöglich eine Augenklappe.«

Tristan grinste matt. »Ach Odettechen, du machst dir doch nicht etwa Sorgen um mich?«

Odette schnaubte erneut und wollte aufstehen, aber Tristan packte mit einem Lachen ihre Hand und hielt sie fest, wobei er bei der schnellen Bewegung ein wenig das Gesicht verzog.

Odette ließ sich mit einem Seufzen wieder neben ihm nieder und reichte ihm etwas Wasser. »Ruh dich aus, du großer Held. Fürs Erste sitzen wir hier ohnehin fest.«

»Fest?«, wiederholte Scotty. »Wir sitzen fest?« Erst jetzt wurde sie sich der hohen Wände um sich herum bewusst, durch die kein einziger Schimmer Tageslicht drang. Stattdessen tanzte der Schein von Fackeln über die Malereien und erweckten sie auf unheimliche Weise zum Leben. Das Tor, durch das sie und die anderen hereingekommen waren, hatte ihr Vater zugedrückt, damit der Sand ihnen nicht folgen konnte. Es gab kein Fenster, nicht die kleinste Ritze, um Luft hereinzulassen, und ...

»Hey, hey.« Constantin war neben sie getreten, Willi saß wohlbehalten in seiner Hemdtasche. »Ganz ruhig bleiben, Schwesterchen. Kein Grund zur Panik. Das ist ein riesiger Raum mit genügend Sauerstoff für uns alle, es muss sogar irgendwo kleine Löcher geben, damit der Rauch der Fackeln abziehen kann. Die kann man nur sehen, wenn Sonnenlicht hereinfällt, aber ich verspreche dir, sie sind da.« Er drückte ihr die Maus in die Hand. »Hier, Willi beruhigt super, besser als jedes Kirschkernkissen.«

Reflexartig begann Scotty, das weiche Fell zu streicheln,

und versuchte, den Kloß in ihrem Hals hinunterzuschlucken. »Gut so«, lobte Constantin. »Immer weiteratmen. Denk an den Vers, Scotty. Wie hieß der Vers, den du in der Bibel gefunden hast? In dem Geheimversteck im Hotel?«

»Aus den Psalmen«, würgte Scotty. *»Ich suchte den Herrn und er antwortete mir; und aus allen meinen Ängsten rettete er mich.«*

»Absolut richtig.«

»Es ist einer meiner Lieblingspsalmen.« Nathan brachte eine Decke und quetschte sich neben seine Kinder und seine Frau darauf. »David sagt darin sehr viel Wahres. Ich wünschte, ich hätte sein tiefes Vertrauen in Gott.«

»Na ja, gegenüber diesen Typen hast du dich ziemlich gut behauptet«, meinte Constantin und schnippte Sandkörner von seiner Hose. »Die waren mächtig sauer.«

Ein Heulen ließ das Team zusammenzucken. Der Sturm hatte sie jetzt mit seiner ganzen Kraft erreicht. Scotty dachte an ihre Zelte und all die Sachen, ihre persönlichen Gegenstände. Würde das alles noch da sein, wenn sie die Pyramide verließen? Was, wenn nicht?

»Ist es das?«, fragte Constantin leise.

»Ist es was?«, fragte Evie und legte einen Arm um ihren Sohn. »Was meinst du?«

»Der Mann sagte, dass der Fluch der Pharaonen uns treffen würde. Aber das ist Quatsch, oder? Das ist nur ein Zufall.«

»Ich glaube nicht an Zufälle«, sagte Nathan nach einem kurzen Moment des Nachdenkens. »Aber ich glaube auch nicht, dass irgendeine verrunzelte Mumie uns einen Sturm auf den Hals hetzen kann. Gott allein gebietet über das Wetter. Keine Ahnung, was er damit bezwecken will, aber wir können uns ja mal ein Beispiel an David nehmen und ihm vertrauen. Hier drinnen sind wir sicher, uns kann nichts passieren. Und wenn ich das richtig sehe, haben wir sogar was zu essen.«

»Genug, um einer Belagerung standzuhalten«, bestätigte Dylan, der gerade dabei war, ihre Vorräte zu sichten. »Und Wasser auch. Taschenlampen, ein paar Decken ... Das wird hier die reinste Übernachtungsparty. Wir sitzen diesen Sturm einfach aus. Mal sehen, was dieser angebliche Fluch dann ...«

Im nächsten Moment donnerte etwas an die verschlossene Tür. Odette stieß einen leisen Schrei aus. Scotty lief es heiß und kalt über den Rücken. Was war das? War etwas gegen die Tür geschleudert worden? Nein, in der nächsten Sekunde ertönte das Geräusch erneut und war da ... war da nicht eine Stimme?

»Wie sicher waren wir uns noch mal wegen Flüchen und Geistern?«, fragte Constantin, doch der Humor in seiner Stimme ging in ihrem leichten Zittern unter.

Nathan sprang auf und eilte mit großen Schritten zum Eingang. Dylan schloss sich ihm an, eine der großen Stabtaschenlampen drohend in der Hand.

Die Männer öffneten das Tor und ein Junge mit Turban stolperte hustend ins Innere und zog ein zierliches Kamel mit sich. Der schwere Hammer, mit dem die Zeltpflöcke in den Sand geschlagen worden waren und den er anscheinend als Türklopfer genutzt hatte, fiel polternd zu Boden.

»Yashar!« Scotty sprang auf und Willi, der unter ihren Streicheleinheiten leicht weggedöst war, zuckte erschrocken zusammen. »Wo kommst du denn her?«

»Der Sturm hat uns überrascht.« Der Junge zog Shaya mit etwas Mühe noch ein paar Schritte weiter. Das arme Tier zitterte am ganzen Leib, gab aber keinen Ton von sich, als wüsste es, dass es jetzt in Sicherheit war. Yashar sah reichlich zerzaust aus, Sand rieselte von ihm herunter und sammelte sich zu seinen Füßen.

Scotty tätschelte Shaya den Kopf und führte sie mit Yashar ans hintere Ende der Halle, wo sie sich hinlegte und erschöpft die Augen schloss.

Yashar streichelte ihr Fell. »Sie hat den Sturm gespürt. Ich wollte herkommen, um euch zu warnen, aber wir waren nicht schnell genug.«

»Ihr hattet Glück, dass der Wind euch nicht verschluckt hat.« Constantin schleppte mit Dylan eine Plane heran, in die sie Wasser gefüllt hatten. Shaya trank begeistert und gab danach einen lauten Kamelrülps von sich. Die Kinder lachten.

Danach herrschte ein lustiges Beisammensein im Auge des Sturms. Sie machten es sich, so gut es ging, gemütlich und Nathan machte es sich zur Aufgabe, eine Geschichte nach der anderen zu erzählen und das Gespräch am Leben zu erhalten. Er erzählte vom Volk Israel, das jahrelang durch die Wüste gereist war, und davon, was sie mit Gott erlebt hatten. Er zählte eine ganze Reihe von Personen auf, über die in der Bibel berichtet wurde, dass sie in der Wüste gewesen waren, selbst über Jesus gab es so eine Erzählung. Sein Plan funktionierte. Das Team beteiligte sich eifrig am Gespräch und auch Yashar füllte die Stille der Pyramide mit Geschichten aus seiner Heimat und seiner Kultur.

Irgendwann sackte Scotty satt und müde gegen die Steinwand und lehnte sich an ihre Mutter, die schon halb eingeschlafen war. Willi krabbelte auf ihr Bein und unter ihre Hand.

»Ihr zwei habt wohl Frieden geschlossen, hm?« Constantin grinste wissend.

Scotty war zu müde für eine spitze Erwiderung, also zuckte sie einfach nur mit den Schultern und streichelte Willis Kopf, während ihr Blick über die gegenüberliegende Wand glitt. Die kunstvolle Malerei zeigte eine Menschenmenge in einer Oase umgeben von Palmen. Scottys Augenlider flatterten. Ihr Kopf rutschte ein bisschen zur Seite und da ... veränderte sich etwas an der Wand. Scotty blinzelte. Sie hob den Kopf wieder, legte ihn erneut zur Seite und kniff die Augen zusammen. »Es ist ein Bild«, murmelte sie und wiederholte dann lauter: »Es ist ein Bild!« Ruckartig setzte sie sich auf. Willi brachte sich gerade noch rechtzeitig in Sicherheit und huschte zu Constantin hinüber.

»Brauchst du was, Liebes?« Evie regte sich verschlafen. Scotty wagte nicht, den Blick von der Wand zu lösen. »Ich kann es sehen! Das Grab!«

»Hast du dir da draußen den Kopf gestoßen?« Dylan warf ihr einen argwöhnischen Blick zu. »Trink mal bitte etwas.«

»Ich bin nicht verrückt!« Scotty wedelte aufgeregt mit den Händen. »Guckt doch. Es ist ein Bild in dem Bild. Da ist eine Sonne mit ungleichmäßigen Strahlen.« Behutsam erhob sie sich, ohne die Augen zu bewegen. Wie eine Schlafwandlerin ging sie auf das Stück in der Wand zu, ihre Finger wanderten über die Malerei und ... »Hier!« Ihre Stimme hallte laut in der Pyramide wider. »Eine Vertiefung! Nur eine ganz leichte, aber ...!«

Jetzt war auch Nathan auf den Beinen. »Ich hab sie! Sie verläuft in einem Bogen und ...« Nathans Bewegungen waren routiniert und ein Strahlen breitete sich auf seinem Gesicht aus. »Erkennt ihr das?«

Schon war Evie bei ihnen, ihre Müdigkeit war wie weggeblasen.

»Eine Tür!« Scotty stieß triumphierend eine Faust in die Luft. »Es sind Hinweise auf die Türen in den Malereien versteckt!«

»Und du hast sie gefunden.« Nathan hob seine Tochter von den Füßen und wirbelte sie einmal im Kreis herum. »Gut gemacht, Kleines! Das Blackbird-Blut ist stark in dir.«

»Ein *Star Wars*-Zitat, echt jetzt?« Scotty ächzte unter der festen Umarmung und wäre fast geplatzt vor Stolz. Vielleicht hatte sie wirklich einen wichtigen Hinweis gefunden, vielleicht befand sich hinter dieser Wand der legendäre Schatz des Goldenen Pharaos! Vielleicht waren sie fast am Ziel.

Kapitel 19
Eine Landschaft aus Sand

Scotty

Der Sturm war vergessen. Evie schnappte sich allerlei Pinsel und kleine Spachtel und alle, die Platz vor der Oasenmalerei fanden, untersuchten die Vertiefung, drückten und tasteten daran herum. Das Zusehen wurde den Kindern bald langweilig und Constantin war der Erste, der den Kopf aus dem Eingangstor streckte, als es draußen ruhiger zu werden schien. Hustend zog er den Kopf wieder zurück und wischte sich Sand von den Wangen. »Es lässt schon nach«, berichtete er. »Wie wäre es mit einer Runde ›Ich sehe was, was du nicht siehst‹?«

In einem Raum, der eigentlich nur aus riesigen bemalten Wänden, aufgeregten Forschern und ihrer Ausrüstung bestand, war das nicht gerade das perfekte Spiel. Aber Scotty fand in ihrem Rucksack ein paar Würfel, riss eine Seite aus ihrem Tagebuch und die Blackbirds brachten Yashar, unterstützt von einem mittlerweile wieder recht fitten Tristan, die hohe Kunst des Kniffelns bei. Als Constantin gerade seinen zweiten Kniffel warf und darüber in laute Freudenrufe ausbrach, hatte Scotty genug. Sie sprang auf, lief zum Eingang der Pyramide und schob die schwere Tür mit einiger Mühe einen Spaltbreit auf. Das Heulen des Windes war verstummt und auch ihre vorsichtig zusammengekniffenen Augen blieben von wild gewordenen Sandkörnern verschont. Der Sturm war vorbei. Scotty schob die Tür noch etwas weiter auf und trat nach draußen. Die Luft hatte sich abgekühlt, es roch nach Sand und Staub und die Welt vor ihr war eine andere geworden. Das Lager war nicht zerstört, aber doch arg mitgenommen. Zwei der Zelte, die sie von hier aus sehen konnte, waren eingestürzt, die übrigen mit einer dicken Sandschicht bedeckt, die Feuerstelle war verschwunden, die Stufen der Pyramide waren vom Sand verschluckt worden und dieser umschloss schon nach zwei Schritten auch Scottys Füße fast vollständig. Wohin sie auch sah, da war nur noch Sand, sogar der Jeep war kaum noch als solcher zu erkennen.

»Oh krass«, murmelte Constantin hinter ihr. »Das ist wirklich ganz schön viel Sand.«

»Euer Zelt hat überlebt«, meinte Yashar. »Bei den anderen müssen wir sehen, was weggeweht wurde – bei so heftigem Wind fliegt manches ganz schön weit. Sind eure Kamele fortgelaufen?«

»Ja, gleich als es losging.« Scotty beschattete ihre Augen mit einer Hand und suchte den Horizont ab. Die Sonne stand schon tiefer, es musste inzwischen später Nachmittag sein. »Ich hoffe, es geht ihnen gut. Wir müssen sie suchen, bevor es dunkel wird!«

»Shaya kann uns helfen, sie hat sich gut ausgeruht.«

Yashar flitzte wieder nach drinnen und Constantin machte sich daran, das Tor der Pyramide vollständig zu öffnen. Da glaubte Scotty plötzlich, in einiger Entfernung eine Bewegung zu sehen. Sie kniff die Augen zusammen, aber da war es schon wieder weg. Shaya kam an Yashars Seite ins Freie getrabt und schnaubte freudig, als wäre sie froh, der Pyramide entkommen zu sein.

»Sie kann uns nicht alle tragen«, sagte Yashar bedauernd.

»Dann nimm Scotty mit, mir ist nach dem Rumsitzen da drin auch eher nach etwas Bewegung – und zwar nicht diesem Rumgeschaukel«, meinte Constantin, sehr zu Scottys Erleichterung. Sie würde gern mit Yashar losziehen, hätte ihren Bruder aber auch nicht ausschließen wollen.

Yashar sattelte Shaya, stieg auf und Constantin half Scotty, sich hinter ihn zu setzen.

»Schön die Augen offen halten, Schwesterchen«, raunte er ihr noch zu und schob seinen Kompass in ihre Hand, dann saß sie auch schon weit über dem Sand und hielt sich an Yashars Rücken fest. Sie rief einen Gruß in die Pyramide, der von einem lauten Jubelschrei beantwortet wurde. Er galt allerdings wohl eher dem, was die Forscher da gerade fanden, und nicht der Kamel-Rettungsaktion.

Sie genoss den leichten Wind im Gesicht, als Shaya mit sicheren Schritten lostrabte. »Da entlang!«, rief Scotty und deutete nach Osten. »Ich hab gesehen, wie sich da etwas bewegt hat.«

Yashar gehorchte schweigend und die beiden ritten in die Wüste hinaus. Scotty behielt den Kompass gut im Blick, um den Rückweg jederzeit finden zu können. Ihre Zöpfe wippten lustig unter Shayas schaukelndem Gang und Scotty wünschte sich, Vi könnte sie jetzt hier so sehen. Sie musste ihr wirklich dringend eine E-Mail schreiben oder vielleicht eine Postkarte, wenn sie noch einmal in ein Dorf fuhren, um Vorräte zu kaufen. Von dieser Idee wanderten ihre Gedanken weiter zu dem Markt und zu Marik und Scotty spürte, wie ihr Herz einen kleinen Satz machte. Sie hatte noch oft über den Fremden nachgedacht, der so freundlich zu ihr gewesen war. Der geschenkte Schal lag sicher verwahrt in ihrem Koffer und Vi würde Augen machen, wenn sie ihn ihr zeigte und die dazugehörige Geschichte erzählte. Scotty schluckte. Sie vermisste ihre beste Freundin wirklich sehr und in etwas ruhigeren Momenten wie diesem spürte sie es besonders. Nicht, dass sie nicht schon öfter auf Abenteuerreisen gewesen wären, aber sie hatte doch immer wieder das Bedürfnis, bei all diesen seltsamen Dingen, die um sie herum geschahen, nach Vis Meinung zu fragen.

So tief, wie sie in ihren Gedanken versunken war, bemerkte sie erst verzögert, dass sie angehalten hatten. Sie richtete sich auf und folgte Yashars Blick zum Boden. Sie brauchte nicht lange, bis sie entdeckte, was seine Aufmerksamkeit auf sich gezogen hatte. Hufspuren.

»Sind die von unseren Kamelen?«, fragte Scotty aufgeregt.

Yashar schüttelte den Kopf. »Nur, wenn die unterwegs noch Freunde gefunden haben. Außerdem sind sie zu tief.«

»Was meinst du damit?«

»Dass die Kamele, die hier gelaufen sind, tiefere Abdrücke hinterlassen haben. Sie waren schwerer, weil sie Reiter getragen haben.«

Scotty lief ein Schauer über den Rücken und ihr Blick huschte nach Süden, wo die Umrisse des Gebirges zu sehen waren. »Die Beduinen. Du meinst, sie waren es?«

Yashar gab keine Antwort. Stattdessen hob er leicht die Zügel und Shaya setzte sich erneut in Bewegung, folgte den Spuren. Scotty schluckte. Ob das so eine gute Idee war? Andererseits brannte sie darauf, einen Blick auf die geheimnisvollen Reiter zu erhaschen.

Ein wenig später erhob sich vor ihnen etwas aus dem Sand.

»Ist das die Oase, in der du mit uns gewesen bist?«, wollte Scotty wissen und schaute prüfend auf ihren Kompass. Yashar nickte, seine Schultern wirkten irgendwie angespannt und Scotty wünschte sich, sie hätte statt des Kompasses lieber ihr Fernglas dabei. Bewegte sich da etwas zwischen den Palmen, die langsam immer besser zu erkennen waren? Ja, irgendwas war da! Scotty biss sich auf die Lippe, ihr Herz klopfte so doll, dass Yashar es bestimmt ebenfalls spüren konnte.

»Warte«, sagte Scotty. »Was, wenn sie uns angreifen?«

»Das werden sie nicht.«

»Aber ... woher willst du das wissen?«

»Ich weiß es einfach.«

Dann waren sie an der Oase. Doch statt einer Gruppe schwer bewaffneter Beduinen mit finsteren Gesichtern erwarteten sie zwei mit Stricken angebundene Kamele, die Scotty sehr bekannt vorkamen.

»Das sind unsere«, murmelte sie verwundert. »Aber ... warum sind die denn angebunden?«

Die Tiere sahen ihnen neugierig, aber auch sehr entspannt entgegen. Die Stricke waren lang genug, dass sie das Wasser erreichen konnten.

»Waren das die Beduinen?«, fragte Scotty sich laut, während Shaya sich hinlegte, damit ihre Reiter bequem absteigen konnten. »Warum sollten sie unsere Kamele einfangen und hier anbinden?«

»Vielleicht, weil sie helfen wollten?«, fragte Yashar. Ein feines Lächeln umspielte seine Lippen. Nachdenklich beobachtete Scotty, wie Yashar seine Wasserflasche vom Sattel nahm und sie an der Oase auffüllte. Er bewegte sich mit sicheren Schritten und schien nicht die leiseste Angst zu verspüren, so als fühlte er sich hier wie zu Hause. Ihr Blick wanderte über die Spuren, die die Oase an einer anderen Stelle wieder verließen, die Fußspuren, die verrieten, dass die Beduinen ebenfalls haltgemacht und ihre Wasservorräte aufgefüllt hatten. Dann blieb er an einem Stück Stoff hängen, das sich in einem der Sträucher verfangen hatte und dem der Hose, die Yashar trug, sehr ähnelte. Und tief in Scotty reifte der Verdacht, den sie schon seit einiger Zeit hegte, und wurde immer mehr zur Gewissheit.

»Was ist?«, fragte Yashar, der ihren prüfenden Blick bemerkt hatte.

»Ich glaube, dass du ein Geheimnis hast, Yashar, Wüstensohn von Irgendwo«, antwortete Scotty ehrlich.

Yashar verschloss bedächtig seine Wasserflasche, hängte sie wieder an den Sattel und drehte sich dann zu Scotty um. »Wärst du mir denn deswegen böse?«

Sie schüttelte den Kopf. »Nein, weil ich glaube, dass du unser Freund bist und dass du deine Gründe hast. Aber du kannst uns alles sagen – das solltest du wissen.«

Yashar nickte ganz leicht und strich mit den Fingern über das Fell seines Kamels. Dann nahm er mit wenigen Handgriffen den Sattel herunter und legte ihn einem der anderen Kamele an. »Du wirst dieses hier reiten, ich begleite dich, bis du die Pyramide nicht mehr verfehlen kannst.«

Scotty kletterte in den Sattel und das Kamel stemmte sich in die Höhe. Schweigend ritten sie nebeneinander, Yashar saß so sicher auf seinem ungesattelten Tier, dass Scotty ganz neidisch wurde.

Als sie die Spitze der Pyramide am Horizont sehen konnten, hielt er an und reichte ihr den Führstrick des dritten Kamels. »Hier trennen wir uns, aber ich komme morgen zu euch, um mir meinen Sattel zu holen. Grüß deinen Bruder von mir.« Yashar lächelte Scotty noch einmal an und rückte ihr Bein etwas zurecht, damit sie sicherer auf dem Kamel saß. »Du bist sehr klug, Scotty. Ja, ich habe ein Geheimnis und ich kann es noch nicht sagen, aber bald. Bald kann ich es euch erklären.« Er gab ein Schnalzen von sich, woraufhin Shaya freudig schnaubte und sich umwandte. Doch ehe er davonritt, drehte Yashar sich noch einmal um. »Und ich bin euer Freund, Scotty Blackbird. Daran wird sich nichts ändern. Niemals.«

Scotty kehrte, tief in Gedanken versunken, aus der Wüste zurück, gerade als aus der Pyramide laute Jubelschreie drangen. Hastig ritt sie darauf zu und sprang zu Boden, ehe das Tier sich richtig hingekniet hatte. Schnell schlang sie die Zügel der Kamele um einen der Zeltpfosten und rannte los. Im Inneren der Pyramide hatten sich alle vor einem schmalen Durchgang versammelt. Sie hatten die Grabkammer geöffnet!

Scotty vergaß alles, was sie Constantin eigentlich hatte berichten wollen, und drängelte sich bis nach vorne zu ihrer Mutter, die eben mit einer riesigen Taschenlampe bewaffnet als Erste die Kammer betrat. Der Raum war nicht groß und wurde von einem steinernen Sarkophag beherrscht. Symbole waren in den Stein geschlagen und an seinem Kopfende saß eine steinerne Katze, beinahe, als würde sie über die Person wachen, die hier ruhte.

Scotty sah sich verwundert um. Müssten hier nicht Schätze liegen? Womöglich waren sie ja in dem Sarkophag. Aber bei dem Gedanken daran, diesen zu öffnen, wurde ihr ganz mulmig zumute. Hinter ihr drängten jetzt auch ihr Vater und Odette herein. Scotty trat an die Wand und entdeckte die dort eingelassenen Nischen, in denen Vasen und andere Gegenstände standen. In der direkt hinter ihr saß eine weitere steinerne Katze und zu ihren Pfoten stand ein kleines Kästchen. Behutsam strich Scotty über den Deckel und blickte auf, als ihre Mutter neben sie trat.

»Was hast du entdeckt, Spatz?«

»Ich weiß noch nicht genau.« Vorsichtig öffnete Scotty das Kästchen. Darin lag ein Anhänger zwischen den Überresten eines ledernen Bandes. Mit spitzen Fingern nahm Scotty ihn heraus. »Er ist zerbrochen«, sagte sie etwas enttäuscht und blickte auf die etwa handtellergroße halbe Sonne. »Wo ist die andere Hälfte?«

»Nicht hier scheinbar. Vielleicht war es ein persönliches Schmuckstück, das kaputtgegangen ist.« Evie schloss Scottys Finger um ihren Fund. »Möchtest du darauf aufpassen? Lass Odette ein paar Bilder davon schießen und vor unserer Abreise müssen wir es zurückgeben. So lange überlasse ich es dir. Aber verlier es nicht, okay?«

Scotty lächelte dankbar zu ihrer Mutter auf. »Wirst du hier Antworten finden? Darauf, ob es sich um deinen mysteriösen Pharao handelt?«

»Na, das will ich doch hoffen. Obwohl ich glaube, dass hier eine Frau begraben liegt. Die Symbole am Sarkophag deuten darauf hin. Womöglich *seine* Frau? Wir werden es herausfinden.« Damit drückte Evie ihrer Tochter einen Kuss auf den Scheitel und rief die Anwesenden zur Ordnung.

Scotty starrte auf den Anhänger in ihrer Hand und barg ihn schließlich an ihrer Brust. Irgendetwas sagte ihr, dass sie einen wichtigen Fund gemacht hatte.

Kapitel 20
Noch mehr Mysterien

Constantin

Zerschlagen, zerkratzt und zerknittert, aber wenigstens frisch gewaschen wälzte Constantin Blackbird sich auf seinem Bett umher. Von der Anstrengung, das Camp wieder in einen bewohnbaren Zustand zu bekommen, tat ihm jeder einzelne Muskel weh. Mit einem Seufzen drehte er sich auf die Seite und entdeckte Willi, der friedlich auf dem Kopfkissen schlief. Constantin lächelte. Willi war ein wunderbarer Begleiter. Zu Hause würde er ihm ein gemütliches Heim bauen, in dem er alles hatte, was er brauchte.

Plötzlich ertönte ein schauerliches Heulen und jagte Constantin einen eisigen Schauer über den Rücken. Im nächsten Moment war es verstummt. Stocksteif lag er da und fragte sich, was jetzt schon wieder los sein mochte. Um ihn herum blieb alles still, als hielte die ganze Welt den Atem an, um zu lauschen. Nichts geschah. Gerade, als sich seine Nervenenden wieder entspannen wollten, erklang das Heulen ein zweites Mal, gefolgt von einem dumpfen Krachen. Constantin schrie beinahe auf vor Schreck, als sich etwas in seinem Sichtfeld bewegte, aber es war nur Scotty, die mit wirrer Lockenmähne und verschlafenem Blick zu ihm herübergekrochen kam. »Ny?«

»Anwesend«, japste er. »Nur kurz vorm Herzinfarkt.«

»Geht mir auch so«, flüsterte Scotty und kam näher. »Was ist das da draußen?«

»Ich weiß genauso viel wie du.« Constantin schälte sich aus seinem Schlafsack, bemüht, Willi dabei nicht aus Versehen platt zu drücken, der aufgeregt umherwuselte, und richtete sich auf. Aus dem kleinen Fenster konnte er ein Stück des Horizonts sehen. »Was flackert denn da?«, murmelte er und kratzte sich am Kopf. »Hat da jemand ein Feuer angezündet?«

»Ein Jemand, der dabei den Mond anheult?« Scotty krabbelte an seine Seite und legte den Kopf schief. »Das sieht für mich nicht wie ein Feuer aus. Vielleicht die Lichtsignale von neulich Nacht? Aber es ist viel heller.« Als das Heulen ein drittes Mal durch die Nacht gellte, zuckten die Geschwister zeitgleich zusammen. Es wurde immer lauter und kam anscheinend näher!

»Scotty, Constantin!«, hörten sie ihren Vater rufen. »Seid ihr wach?« Dann wurde der Reißverschluss mit einem Ratschen geöffnet und Nathan streckte den Kopf herein.

»Pa, was ist da draußen los?«, fragte Scotty mit einer Mischung aus Neugier und Angst in ihrer Stimme.

»Wissen wir nicht.« Nathan drehte sich kurz um und sagte etwas, das von jemand anderem beantwortet wurde. Ein Luftzug schlug den Zelteingang etwas auseinander und Constantin sah, dass sich das gesamte Team am Zelt der Blackbirds versammelt hatte.

Von unseren Leuten ist das also keiner, dachte er und ein ungutes Gefühl regte sich in seinem Bauch. *Diese Wüste ist doch verhext!*

Die Geschwister standen auf und traten zu den anderen, die allesamt angespannt und verschlafen wirkten.

Dylans Löwenmähe war an einer Seite platt gedrückt und stand an der anderen wild in alle Richtungen ab. Seine Miene war grimmig. »Dann nehme ich eben nicht den Jeep«, sagte er gerade. »Zu Fuß hören sie mich nicht kommen, wer auch immer da draußen ist. Ich schlage einen Bogen und dann ...«

»Du wirst nicht da rausgehen!«, befahl Constantins Mutter mit ihrer strengen Professorinnenstimme, die sie sich sonst nur für besonders nervige Studenten aufhob oder für ihre Kinder, wenn die versuchten, sich um die Hausaufgaben zu drücken. »Niemand wird das. Es ist viel zu gefährlich. Wir wissen nicht, wer oder was uns da erwartet.«

»Danach wissen wir es aber«, beharrte Dylan.

»Wenn dich ein Schakal frisst, wissen wir gar nichts!« Evie stieß ihm ihren Zeigefinger gegen die Brust. »Wir bleiben zusammen, verstanden?« Sie sah ihre Kinder an. »Nehmt eure Schlafsäcke, wir gehen in die Pyramide und verschanzen uns dort.«

»Auf gar keinen Fall!«, protestierte Constantin. »Ihr habt da gerade eine Leiche gefunden! Ich schlaf doch nicht in einem Grab!«

»Keine Sorge, ich passe auf, dass sie dich nicht beißt«, gab Tristan mit einem schiefen Grinsen zurück. Seine Stirn zierte ein riesiger blauer Fleck, aber ansonsten schien er den Kameltritt gut verwunden zu haben. »Was ich für das, was auch immer das da draußen ist, leider nicht versprechen kann.«

Wie zur Bestätigung war das Heulen im nächsten Moment erneut zu hören, gefolgt von einem seltsam hohl klingenden Knurren.

Constantin war von der Idee trotzdem alles andere als begeistert. Zwar faszinierten ihn alte Gemäuer und er hatte mit Scotty schon an so manchen seltsamen Orten übernachtet, wie in dem alten Schuppen auf der Wiese hinterm Wald, aber da waren keine Toten gewesen. Jedenfalls nicht, dass er wüsste. Constantin fröstelte in der kalten Nachtluft.

»Ich denke, deine Mutter hat recht«, ließ sich Nathan vernehmen und legte seinem Sohn eine Hand auf die Schulter. »Die Pyramide lässt sich im Ernstfall leichter verteidigen ...«

»Ich fühl mich wie in einem Karl-May-Roman«, knurrte Dylan. »Ernsthaft, lasst Gertrud und mich da rausgehen und ...«

»Nein«, sagten die Blackbirds einstimmig.

Brummend wandte Dylan sich ab. »Na gut. Dann zieht sich jetzt jeder warm an, nimmt, was er zum Schlafen braucht, und los. Gut, dass wir das Trinkwasser gestern in der Pyramide gelassen haben. Auf die Schlepperei hätte ich jetzt echt keine Lust.« Gähnend stiefelte er davon.

Die Geschwister Blackbird huschten zurück ins Zelt und packten ihre Sachen. Constantin zog seine Sweatjacke über und griff nach seinem Kopfhörer. Austin konnte gewaltig schnarchen, da ging er lieber auf Nummer sicher, wenn er heute Nacht Schlaf finden wollte – von dem Geheul in der Wüste mal ganz zu schweigen. Er trat in Scottys Bereich, die gerade einige letzte Dinge in ihren Rucksack stopfte, während sie immer wieder nervös aus dem Fenster sah. Aber was immer da draußen war, es zeigte sich nicht.

Willi in der Jackentasche, verließ er mit seinem Schlaf- und Rucksack nach Scotty das Zelt. Davor warteten schon ihre Eltern und gemeinsam eilten sie auf die Pyramide zu, wo Dylan bereits am Tor stand und mit finsterer Miene in die Nacht hinausstarrte. Es war ihm anzusehen, dass es ihm gar nicht passte, nichts tun zu dürfen.

Drinnen legte Constantin seine Sachen ab und trat dann neben den Schotten. »Teilen wir Wachen ein?«

Dylan grinste auf ihn herunter. »Hast auch schon Karl-May-Gefühle, hm?«

»Eher Ali-Baba-Gefühle«, erwiderte Constantin und sah ebenfalls in die Nacht hinaus. »Yashar ist vielleicht irgendwo da draußen.« Er schämte sich ein bisschen, dass er erst jetzt an seinen Freund dachte.

Dylan zögerte, doch dann sagte er: »Ich glaube, der Junge kann gut auf sich aufpassen. Und er weiß, wo er uns finden kann.« Er legte Constantin eine Hand auf die Schulter. »Alles wird gut, Constantin.«

»Okay.« Constantin nickte und trat zur Seite, als eine übermüdete Odette in ihrem blümchengemusterten Schlafanzug an ihm vorbei ins Innere der Pyramide hastete, dicht gefolgt von den Zwillingen.

»Alle da?« Dylan sah sich prüfend um. »Dann mache ich den Kasten jetzt dicht.«

Constantin starrte nach draußen, während Dylan das Tor langsam zuschob, das mit einem Kratzen über den Sand schabte. Die unheimlichen Laute waren immer noch da, genau wie das Flackern. Wieder konnte er nur hilflos zusehen, wie die Wüste ein weiteres Geheimnis verschluckte.

Kapitel 21
Ein Geheimnis weniger

Scotty

Hallo Tagebuch,
heute Nacht habe ich in einer Pyramide übernachtet. Einer Pyramide, in der mindestens ein toter Mensch liegt. In Mumienform. Das war wirklich unglaublich schräg. Ich sollte eine Liste mit den Top 10 der schrägsten Momente mit meiner Familie machen. Wobei das eher eine Top 100 werden würde.
Es ist seltsam, hier aufzuwachen, weil es kaum Licht gibt. Diesen Eintrag schreibe ich im Licht meines Handydisplays. Leider ist mein Akku fast leer.
Ich habe einen Moment gebraucht, bis ich wieder wusste, wo ich war. Alles ist still. Das Heulen, wegen dem wir uns hier reingeflüchtet haben, hat aufgehört. Ich habe ewig gebraucht, bis ich endlich eingeschlafen bin. Mir geht so viel im Kopf herum. Zum

Beispiel diese Drohung von dem Ägypter.

»Sie sind nicht willkommen.«

»Die Wüste ist gefährlich.«

Warum hat er das nur gesagt? Was hat er damit gemeint? Ich musste an meine Begegnung mit der Schlange denken.

Irgendetwas geht hier vor sich, ich werde das Gefühl einfach nicht los. Ich wünschte wirklich, Vi wäre hier. Mein Kopf wird vor lauter Fragen noch platzen. Und der Anzugträger ... war er der Mann vom Flughafen? Oder hat meine Fantasie mir einen Streich gespielt? Und dann ist da noch Yashar. Der stille, hilfsbereite Yashar, der immer einfach aus dem Nichts aufzutauchen scheint, als würde die Wüste ihn ausspucken. Er hat ein Geheimnis. Und ich glaube, ich habe es gelüftet. Jedenfalls fast. Für den Rest werde ich Constantins Hilfe brauchen. Ich hoffe, er macht mit, denn alleine traue ich mich nicht wirklich raus in die Wüste. Aber das muss ich, wenn ich die Wahrheit wissen will. Ganz egal, was da draußen ist, ich muss es tun.

Wünsch mir Glück, Büchlein!

Scotty klappte das Buch zu und schob es in ihren Rucksack. Der Anhänger aus der Pyramide, den sie jetzt an einer schlichten Lederschnur um den Hals trug, rutschte aus ihrem Kragen. Nachdenklich strich Scotty mit dem Finger darüber, ehe sie ihn zurück unter ihr T-Shirt schob. Leise richtete sie sich auf, kroch aus ihrem Schlafsack und zu Constantin hinüber. Er schlief noch fest, Willi schmiegte sich an seine Wange und blickte Scotty aus schwarzen Knopfaugen an.

»Hey Fellkugel«, sagte Scotty. Ihre Zuneigung zu dem kleinen Kerlchen war spätestens seit der Sache mit dem Sandsturm enorm gewachsen. Scotty stupste ihren Bruder an, der sofort die Augen aufriss und sie anstarrte, als erwartete er, eine Mumie über sich knien zu sehen. Scotty winkte fröhlich und Constantin seufzte.

»Steh auf«, flüsterte Scotty. »Und sei leise.«

»Warum flüstern wir?«, erwiderte Constantin, krabbelte aber brav aus seinem Schlafsack. Willi huschte auf seine Schulter und putzte sich die Schnurrhaare.

»Wir schleichen uns raus. Ich habe eine Theorie.«

»Du willst da raus? Hast du gar keine Angst?«

»Deswegen nehme ich dich ja mit. Aber da ist nichts, da wette ich mit dir. Überleg doch mal, welche mutierte Monsterwühlmaus soll denn bitte so einen Lärm von sich geben?«, zischte Scotty aufgebracht und aus Versehen viel zu laut, aber keiner der Schlafenden rührte sich.

»Scotty, Wühlmäuse ...«, setzte Constantin im Oberlehrertonfall an, doch seine Schwester fiel ihm ungeduldig ins Wort: »... heulen nicht, ja danke, ich weiß! Aber Schakale auch nicht, okay? Die kläffen! Überhaupt kein Wüstentier macht solche Geräusche, und schon gar nicht so laut. Und weißt du was? Es kam die ganze Zeit aus einer Richtung: von den Flüsternden Steinen. Aber da sind keine Tierspuren gewesen, als wir da waren. Aber dafür war da ...«

»... der Fußabdruck.« Constantin riss die Augen auf. »Du meinst ...«

»Ich meine, dass uns hier irgendwer gewaltig an der Nase

herumführt, und mir reicht es langsam. Ich glaube, ich weiß, wer hinter dem Ganzen steckt. Ich verstehe es zwar nicht, aber ich werde der Sache jetzt auf den Grund gehen. Entweder du kommst mit oder eben nicht.« Scotty sprang auf und huschte zum Eingang der Pyramide. Das Steintor war unglaublich schwer und kaum zu bewegen und außerdem gab es ein viel zu lautes Scharren von sich. Scotty zog mit aller Kraft und dann legten sich zwei Hände neben ihren um den Stein und mit Constantins Hilfe öffnete sie die Tür gerade so weit, dass sie hinausschlüpfen konnten. Draußen empfing sie das gewohnte Bild des Camps. Es war ziemlich kalt. Hastig schlüpften sie im Zelt in frische, warme Kleider und führten dann die Kamele aus dem Lager heraus. Erst etwas außerhalb stiegen sie auf.

Scotty blickte auf den Kompass, ihr Herz klopfte wie wild vor Entschlossenheit. »Mir nach!«

Im gestreckten Galopp ging es in die Wüste hinein.

Es dauerte eine Weile, doch dann tauchten die Palmen der kleinen Oase am Horizont auf. Im Dämmerlicht wirkte sie ganz anders als bei den letzten beiden Malen. Die Sonne begann gerade erst aufzugehen. Die Luft war fast schon eisig und prickelte auf Scottys Wangen. Sie trieb ihr Kamel noch ein bisschen schneller an. Sie mussten zurück sein, ehe die anderen ihr Verschwinden entdeckten und in Panik gerieten. Zu dumm, dass sie keinen Zettel dagelassen hatten!

Scotty bemerkte Constantins Verwirrung, aber er folgte ihr schweigend. Gut so, sie hatten jetzt auch keine Zeit für Erklärungen. Es war ein Verdacht, ein Gefühl gewesen. Doch jetzt sah sie es ganz klar vor sich, endlich ergaben all die kleinen Hinweise ein Bild. Und sie musste einfach wissen, ob sie wirklich richtiglag.

Sie galoppierte in die Oase hinein und hielt in einer Wolke aus aufgewirbeltem Staub. »Ich weiß, dass du hier bist!«, rief sie laut. »Komm raus, Yashar!«

Constantin stieß einen erstaunten Laut aus, aber Scotty beachtete ihn nicht. Ihr Blick huschte über Palmen und Gesträuch und suchte nach einer verdächtigen Bewegung. »Komm raus!«

Hinter dem Stamm einer Palme bewegte sich etwas, dann trat Yashar hervor. Sie hatten ihn geweckt. Seine Augen waren klein und von dunklen Schatten untermalt, als hätte er eine anstrengende Nacht hinter sich. Ohne seinen Turban sah er jünger aus, kleiner irgendwie. Sein schwarzes Haar war zerzaust und stand in alle Richtungen ab. Ein kleiner Zweig hing darin. Er trug keine Schuhe und rieb sich mit beiden Händen über die Augen, ehe er sagte: »Ich habe geahnt, dass du irgendwann darauf kommst.«

»War eigentlich ganz einfach.« Sie musterte den ein wenig resigniert dreinschauenden Jungen. »Du weichst fast allen Fragen aus. Du musst hier in der Nähe wohnen, wie könntest du sonst so oft bei uns sein? Du siehst oft verfroren aus, deine Augen haben dunkle Ränder, weil du schlecht schläfst, und du bist zu uns geflüchtet bei dem Sandsturm, was bedeutet, dass der Ort, an dem du lebst, nicht so sicher ist wie unser Lager. Aber du hast gesagt, dass die Familie deiner Oma Kamele züchtet, und zwar gute, und das bedeutet, sie wohnen nicht gerade in einer Holzhütte, oder?« Scotty ließ sich vom Rücken ihres Kamels gleiten und kam elegant im Sand auf. »Schläfst du hier in der Wüste? Die ganze Zeit?«

»Ich habe eine Familie und ein Zuhause. Ich kann nur …« Er senkte den Kopf. »Ich kann nur gerade nicht zu ihnen.«

»Warum nicht?«

»Das kann ich euch nicht erzählen.«

»Sehr vertrauenserweckend.« Scotty biss sich auf die Unterlippe. »Steckst du hinter dem Geheule heute Nacht?«

»Ich?« Yashar riss die Augen auf. »Nein!«

»Und du hast auch nicht unsere Vorräte gestohlen?«

»Nein!«

»Scotty, sei nicht albern!«, ging Constantin dazwischen. »Er war doch bei uns an dem Abend!«

»Nein, war er nicht«, beharrte Scotty und rang die Hände. Sie fühlte sich, als würde ihr Kopf jede Sekunde platzen. Nein, sie verdächtigte Yashar eigentlich nicht. Aber das hier war ihre einzige Spur gewesen und irgendwelche Fragen mussten doch endlich mal beantwortet werden. »Er ist vorher gegangen.«

»Aber ich war es nicht«, sagte Yashar und es klang verletzt. »Nichts davon. Weder die Diebstähle noch die Geräusche noch habe ich Constantin von der Düne geschubst. Ich war es nicht, Scotty. Wirklich nicht.« Er sah ihr offen ins Gesicht. Seine Augen waren müde, aber voller Ernst mit einer Spur Enttäuschung.

Wir sind Freunde und ich habe ihn gerade beschuldigt, uns verraten zu haben, dachte Scotty. Ihr schlechtes Gewissen schlug mit voller Wucht zu, wie eine riesige Welle. »Es tut mir leid, Yashar, ich wollte nicht ... Natürlich glaube ich dir. Es ist nur ... es ist alles etwas viel«, endete sie hilflos. »Ich hab das Gefühl, ich werde noch verrückt in dieser Wüste.«

»Das verstehe ich.« Yashar fuhr sich über die Augen. Er sah aus, als würde er gleich im Stehen einschlafen. »Ich ... ich bin hier, um diesen Geheimnissen auf den Grund zu gehen. Ich kann es nicht genau erklären, aber ... hier geht etwas vor sich.«

»Wissen wir.« Inzwischen stand auch Constantin im Sand. »Es hat schon am Flughafen angefangen.«

Yashar legte den Kopf schief. »Wie meinst du das?«

»Da war ein Mann. Ein sehr seltsamer Mann.« In kurzen Sätzen schilderte Constantin Yashar ihre Begegnung mit dem Blassäugigen.

»Meint ihr, er war da und hat mit eurem Vater gesprochen?«

»Wir sind uns nicht sicher.« Scotty hob die Schultern. »Aber das alles ist einfach zu merkwürdig. Der Mann kannte den Namen Blackbird. Was, wenn er wegen unserer Eltern hier ist? Vielleicht ein neugieriger Reporter oder ... oder Schlimmeres.«

»Wer er auch ist, wir finden es heraus, aber jetzt müssen wir zurück, bevor die anderen aufwachen und bemerken, dass wir weg sind.« Constantin klopfte seinem Freund auf die Schulter. »Komm, pack deine Sachen. Die nächsten Nächte musst du nicht hier draußen in der Kälte schlafen. Wir finden schon einen Platz für dich. Hier wird man ja zum Eisklotz.« Er zog schaudernd die Schultern hoch und Scotty lachte unwillkürlich. Es war ein gutes Gefühl. Sie sah nach Osten, wo die Sonne sich langsam über den Horizont hinaufarbeitete, und sog tief die Luft ein. Ihr Verdacht hatte sich nicht bestätigt, stattdessen hatte Yashar sich als echter Verbündeter erwiesen. Und sie war froh darüber, unheimlich froh.

Die Kinder sammelten Yashars wenige Habseligkeiten ein und auf einen Pfiff trabte Shaya heran. Zu dritt ritten sie zurück zum Lager, direkt in eine gewaltige Standpauke von Evie Blackbird hinein. Der Sandsturm war nichts im Vergleich zu einer wütenden Blackbird-Mutter. Als sie Yashars Geschichte erfuhr, erstarb ihr Wutgeschrei für einen Moment. Doch dann setzte es erneut an und sie schimpfte Yashar dafür aus, dass er nichts gesagt hatte und womöglich von einem Wüstenschakal hätte gefressen werden können. Irgendwann versagte ihr die Stimme und Nathan sprang ein. Er teilte sie zu Aufräum- und Putzarbeiten ein und trug Tristan auf, einen Schlafplatz für Yashar herzurichten.

Die Stimmung im Team war seltsam. Der Gedanke an die Diebstähle lag wie ein drohender Schatten über ihnen. Nathan würde heute in die nächste Stadt fahren und versuchen, polizeiliche Unterstützung anzufordern. Viel erhofften sie sich nicht davon, denn immerhin hatte ihnen ja nicht mal der für sie zuständige Beamte helfen wollen.

Scotty versteckte sich zwischen den Ausrüstungskisten, riss ein weiteres Stück Papier aus ihrem Notizbuch und kritzelte ein paar Zeilen für Vi darauf, die ihr Vater einsteckte, für den Fall, dass er ein Postamt fand.

Der Tag verstrich in angespannter Geschäftigkeit und irgendwann zogen sich alle in ihre Zelte zurück. Scotty lag da und starrte an die Decke. An Constantins tiefen Atemzügen vom anderen Ende des Zeltes hörte sie, dass er schon schlief, aber sie konnte einfach noch nicht die Augen schließen. Also stand sie auf, nahm ihren Pullover und ging nach draußen. Eine einsame Gestalt saß am Feuer, die Flammen ließen die Haare des Mannes aufleuchten und flackerten über die Buchseiten in seinen Händen. Scotty setzte sich neben Dylan, der ihr ein liebevolles Lächeln schenkte.

»Na, kleiner Fuchs, kannst du nicht schlafen?«, fragte er.

»Irgendwie nicht«, erwiderte Scotty. Sie sah auf das Gewehr, das neben ihm lag, und ein leichter Schauer lief ihr über den Rücken. »Was, glaubst du, geht hier vor sich, Dylan?«, fragte sie.

»Ich weiß nicht, kleiner Fuchs. Irgendwas ist da draußen und es kommt näher.« Dylan zog an ihrem Zopf und lächelte Scotty an. »Aber mach dir keine Sorgen. Ich pass schon auf.«

»Du und Gertrud?«

»Genau, ich und Gertrud.«

Kapitel 22
Ein nächtlicher Angriff

Constantin

Ein Zischen riss Constantin aus dem Schlaf und ein Krachen ließ ihn in die Höhe fahren. Lichter blitzten jenseits der Zeltwand, Funken stoben zischend ineinander.

»Ahoi, aufgewacht, ihr alle!«, hörte er Dylan brüllen. »Wir haben Besuch!«

Ein lautes Heulen folgte auf seinen Warnruf und etwas trappelte an Constantins Zelt vorbei. Im Nu war er auf den Beinen. »Scotty?« Aber das Bett seiner Schwester war leer. Constantin zerbiss ein Schimpfwort auf seinen Zähnen, für das seine Mutter ihn mindestens zwei Geldstücke ins Schimpfschwein hätte werfen lassen, und griff nach seiner Sweatjacke. Willi war ebenfalls wach und begann aufgeregt an seinem Hosenbein hochzukrabbeln. »Schon gut«, murmelte Constantin, hob ihn auf seine Hand und schob ihn in die Jackentasche. »Halt dich gut fest, okay? Keine Ahnung, was uns da draußen erwartet.«

Als Antwort verkroch Willi sich so tief in die Tasche wie nur möglich.

Constantin trat ins Freie und zuckte zusammen, als der Himmel über ihm in einem Funkenregen zu explodieren schien. Es dauerte einen Moment, bis er begriff, dass dies Feuerwerkskörper waren, die irgendjemand zündete.

»Merkwürdige Gespenster haben die hier«, knurrte er und lief weiter.

Im Lager herrschte Chaos, die beiden Kamele rannten aufgeschreckt umher, während Austin versuchte, sie zu beruhigen; Odette schrie irgendwo jemanden an und das unheimliche Heulen war auch wieder da. Gestalten stürmten durch das Lager. Aber sie wirkten irgendwie ... seltsam. Da waren spitze Ohren, wie bei einem Fuchs, lange Hundeschnauzen und ... hatte das Ding da vorne Flügel?

»Was beim sandigen Sandfloh ist denn hier los?«, murmelte Constantin und ging vorsichtig weiter. An der Feuerstelle loderten die Flammen hell und riesig und tauchten das Geschehen zusammen mit dem Mond in ein unheimliches Licht. Zwei Menschen rangen miteinander. Irgendjemand hatte Dylan gepackt und versuchte, ihn zu überwältigen.

Constantin überlegte nicht lange. »Willi, du bleibst hier und wartest, bis ich dich hole, okay?« Er setzte die Rennmaus auf einer der Kisten ab, die sie manchmal zum Sitzen benutzten, nahm Anlauf, rannte los und rammte den Fremden mit voller Wucht von der Seite, sodass sie beide hart zu Boden gingen. Sand spritzte auf. Blinzelnd rollte Constantin sich zur Seite weg, doch der Fremde klammerte sich an ihm fest. Constantin riss die Augen auf und blickte in die wutverzerrte Fratze von Anubis dem Totengott, der ihn aus rot glühenden Augen angaffte. Voller Schreck schrie Constantin auf, doch da war Dylan schon da, packte den Angreifer und schleuderte ihn mit der Kraft eines Bären zur Seite. Krachend schlug die Gestalt in eine Kiste mit Ausrüstungsgegenständen.

»Alles okay?« Dylan zog Constantin auf die Füße, ein blutiger Kratzer zierte seine Wange.

»Geht schon«, ächzte Constantin, dessen Rippen von dem Sturz schmerzten. »Willi!«

Die Maus saß mit zitternden Schnurrhaaren, wo er sie zurückgelassen hatte, und sprang mit einem dankbaren Quieken auf seine ausgestreckte Hand.

»Du musst dich in Sicherheit bringen, Constantin«, drängte Dylan. »Lauf zur Pyramide. Dorthin habe ich auch deine Schwester geschickt.«

»Scotty? Ich hab sie gesucht!«

»Sie war bei mir hier draußen, als es losging. Geh in die Pyramide, nimm Odette und deine Mutter mit, wenn du sie siehst, aber such nicht nach ihnen, hörst du? Das wird dein Vater schon tun.«

»Ich kann doch nicht einfach weglaufen!«, rief Constantin verzweifelt und zuckte zusammen, als eine Rakete genau über ihren Köpfen grellrote Funken versprühte. »Was ist hier überhaupt los?«

»Junge!« Dylan packte ihn an den Schultern. »Es gibt Zeiten, in denen man kämpft, und Zeiten, in denen man der Gefahr aus dem Weg geht. Geh und pass auf deine Schwester auf!«

Ein lauter Schrei gellte durch die Nacht und Constantin richteten sich die Nackenhaare auf. »Das ist Odette!«, stieß er hervor. »Wir müssen ihr helfen.«

»Ich gehe«, beharrte Dylan. »Du versteckst dich. Los!« Er gab Constantin einen Schubs in Richtung Pyramide, schnappte sich Gertrud vom Boden und rannte los.

Constantin biss die Zähne zusammen, am liebsten hätte er laut losgeschrien. Das war doch alles Irrsinn! War jetzt etwa die gesamte Wüste verrückt geworden?

Er machte sich auf den Weg zur Pyramide und versuchte, den Wesen auszuweichen, die mit wildem Geheul zwischen den Zelten hindurchsprangen. Einmal glaubte er seinen Vater zu sehen, doch als er ihm nachrennen wollte, fand Constantin sich plötzlich Auge in Auge mit einem Mann, dem der Kopf einer Eule auf den Schultern saß und von dessen ausgestreckten Armen sich Flügel spannten.

»Guten Morgen«, grüßte Constantin perplex. »Oder ... äh ... Abend? Nacht?«

Willi stieß ein schrilles Quieken aus und Constantin wollte sich umdrehen und fliehen, doch vor ihm war plötzlich eine Zeltwand. Sackgasse!

Im nächsten Moment sauste ein Stein durch die Luft und traf den Vogelmenschen mit einem satten *Pling* am Kopf. Die Gestalt geriet ins Straucheln, taumelte in das

Zelt und verschwand mit dem reißenden Geräusch von Zeltplane.

Moment mal – pling?, dachte Constantin verdutzt, trat einen Schritt näher und besah sich den Kopf der vermeintlichen Eule etwas genauer. »Masken!«, rief er laut und grinste vor Erleichterung. »Das sind nur Masken!«

»Ja, natürlich sind das Masken!« Scotty tauchte auf der anderen Seite des umgestürzten Zeltes auf und sah ihn an, als hätte er den Verstand verloren. »Du dachtest doch wohl nicht, dass Anubis und Horus wirklich hier durchs Lager tapern, und dann noch gleich mit ein paar Doppelgängern im Schlepptau?«

»Ist ja gut«, brummte Constantin. »Ist denn alles okay bei dir?«

»Nein, bei mir ist gar nichts *okay!«*, kreischte Scotty. Sie bot einen recht merkwürdigen Anblick in ihrer hellrosafarbenen Schlafanzughose, mit Dylans grünem Pullover darüber, auf dem irgendwas mit *Schwergewicht* und *Leichtsinn* stand. Ihre fuchsroten Haare waren ein totales Chaos. »Was sind das für Leute? Was wollen die? Und was sollen diese albernen Masken, ich hab mich fast zu Tode erschreckt! Ich habe Sommerferien, zum Geier noch mal! Ich hätte in das Bogencamp fahren sollen! Da könnte ich jetzt in meinem gemütlichen Bett liegen oder vielleicht ein Mitternachtsnutellabrot naschen und Vi würde ...«

»In Deckung!« Yashar sprang herbei und zog Scotty zur Seite. Irgendetwas sauste über sie hinweg und schlug krachend auf den Boden. Sand spritzte, Funken sprühten und der Rest einer Rakete wirbelte durch die Luft. Scotty schrie vor Wut und Angst, während Constantin den Kopf einzog und die Hände auf die Ohren schlug. Yashar hielt Scotty fest und in der freien Hand seine Schleuder. Erst jetzt wurde Constantin bewusst, dass sein Freund ihn vor dem Vogelmenschen gerettet hatte.

»Hey, danke Yashar!«, rief er. »Du hast dem Vogelding gut eine verpasst! Wer immer er auch ist.«

»Horus, der Himmelsgott.« Yashars Blick glitt suchend umher. »Los, wir müssen hier weg, kommt!« Er zog Scotty einfach mit sich, die endlich aufgehört hatte zu schreien. Constantin schob die Hand schützend um Willi, der noch immer in seiner Tasche hockte, und rannte den beiden nach. Bei der Pyramide gingen sie in Deckung und beobachteten das Chaos. Eins der Zelte hatte Feuer gefangen und die Flammen schlugen meterhoch.

»Die wollen euch vertreiben«, stellte Yashar fest. »Diebstähle und gruselige Geräusche haben nicht gereicht. Ich glaube, das hier ist Plan C.«

»Oder D, vergiss die Beamten nicht, die neulich hier waren und uns was von diesem Fluch erzählt haben«, knurrte Scotty. »Seht mal da. Hauen sie ab?«

Tatsächlich schienen die Angreifer sich zu sammeln. Pferde standen bereit, auf die sie sich mit einiger Mühe schwangen, besonders die mit den Flügeln hatten es nicht so leicht, in die Sättel zu kommen.

Plötzlich trat Nathan Blackbird in den Lichtschein des Feuers. Sein Hemd war zerrissen und hatte Brandlöcher.

Constantin sah an den hervortretenden Kiefermuskeln, dass sein Vater mächtig sauer war.

»Wer seid ihr?«, donnerte er, so laut, dass die Kinder zusammenzuckten. »Mit welchem Recht kommt ihr hierher und verwüstet unser Lager?«

»Wir sind die Könige des Sandes!«, antwortete einer der Vermummten. Seine Stimme klang dumpf hinter der Horusmaske hervor und Constantin lief ein Schauer über den Rücken. »Die Wüste gibt uns das Recht, denn wir sind ihre Herren. Ihr seid in unser Land eingedrungen und versucht, die Schätze zu stehlen, die unserem Volk gehören. Der Fluch der Pharaonen wird euch treffen. Flieht, Ungläubige! Ehe ihr in der Wüste euer Ende findet.«

Und damit wendeten die unheimlichen Gestalten ihre Pferde und jagten davon.

Nathan starrte ihnen nach und trat mit dem Fuß wütend gegen einen kleinen Sandhügel. »Ans Lagerfeuer!«, rief er. »Los, kommt alle zusammen!«

Innerhalb weniger Augenblicke sammelte sich das Team der Blackbirds. Alle wirkten erschöpft. Tristan, der gemeinsam mit Nathan versucht hatte, das Feuer zu löschen, hatte schwarze Schlieren im Gesicht und Odettes Augen waren rot vom Weinen. Aber wenigstens war niemand verletzt worden. Ein Zelt war schwer beschädigt, aber alles Wichtige hatte Tristan daraus retten können. Evie schloss ihre Kinder fest in die Arme und wollte sie gar nicht loslassen, während Nathan und Dylan sich leise berieten. Ihre Mienen waren besorgt. Schließlich trat Nathan vor. »Ihr alle habt gehört und gesehen, was passiert ist. Wer nach Hause möchte, dem steht es frei zu gehen. Die Beduinen wollen uns hier nicht und ich weiß nicht, was sie als Nächstes tun, wenn …«

»Das sind keine Beduinen!«, fiel Yashar ihm ins Wort. »Sie haben gelogen.«

»Was?« Nathan betrachtete Yashar stirnrunzelnd. »Aber Junge, sie haben doch gesagt …«

»Ich weiß auch, was sie gesagt haben. Aber es ist nicht wahr. Das alles hier …« Yashar machte eine verzweifelte Geste. »Es ist ein Spiel, verstehen Sie?«

»Ein Spiel?« Dylan schüttelte den Kopf. »Es tut mir leid, aber ich glaube nicht, dass …«

»Er hat recht!«, platzte es aus Scotty heraus. »Es ist ein Trick. Und dieser Kerl hängt da total mit drin.«

»Kerl?«, echote Evie und schaute auf ihre Tochter hinunter. »Welcher Kerl?«

»Der Blassäugige. Er war hier, ich habe ihn gesehen! Er stand bei dem, der die Raketen gezündet hat. Er war es! Ich habe durchs Fernglas geschaut.«

»Der hat mich am Flughafen umgerannt und war später auch im gleichen Hotel wie wir«, erklärte Constantin. »Er hat sich total seltsam benommen. Ihr hättet sehen müssen, wie er uns angestarrt hat, und …«

Nathan beugte sich vor. »Was sollte der hier denn machen?«

»Ich habe keine Ahnung, Pa. Aber das alles ist doch seltsam. Irgendwas stimmt hier nicht.«

»Süße, es ist nicht das erste Mal, dass Leute wie wir von den Einwohnern verjagt werden«, meinte Odette bedauernd. »Die Menschen fürchten sich, dass wir sie ausbeuten.«

Constantin sah seine Schwester an und erkannte, dass sie zum gleichen Entschluss kam wie er. Sie würden ihnen nicht glauben. Nicht ohne Beweise.

»Also«, nahm Nathan den Faden wieder auf. »Möchte jemand von euch gehen? Es wäre okay, wirklich.«

Niemand meldete sich.

Scotty stampfte zufrieden mit dem Fuß auf. »So ist es richtig! Wir laufen nicht davon, wir sind Blackbirds. Wir stellen einfach in den nächsten Tagen Wachen auf. Ich kann die späten übernehmen, mir macht das nichts, wenn ich …«

»Scotty, du und dein Bruder, ihr werdet morgen den ersten Flug nach Hause nehmen. Ich werde euren Onkel gleich noch anrufen. Yashar, für dich kann ich auch ein Flugticket besorgen, wenn du das möchtest. Dann kannst du den Sommer mit Scotty und Constantin bei uns zu Hause verbringen. Dort seid ihr in Sicherheit. Ich bräuchte nur die Erlaubnis deiner Familie.«

»Was?«, ächzte Constantin. »Wir sollen nach Hause? Wieso das denn?«

»Es ist hier zu gefährlich geworden.« Evie tätschelte ihrem Sohn den Kopf. »Das können wir nicht verantworten.«

»Aber wir können nicht gehen! Scotty …« Hilfe suchend wandte er sich an seine Schwester, aber die stand völlig sprachlos da und starrte ihren Vater nur an. Constantin sah zu Yashar, aber der blickte ins Feuer, während Enttäuschung, Zorn und Hilflosigkeit über sein Gesicht huschten. Constantin seufzte. Diese Diskussion konnte er nicht gewinnen. Aufgeben würde er trotzdem noch lange nicht!

Nur wenig später wurden die Kinder ins Bett geschickt. Stumm gingen Constantin und Scotty zu ihrem Zelt, verschlossen den Eingang und stiegen in ihre Schlafsäcke. Doch sie schliefen nicht, sie legten sich nicht einmal hin. Still saßen sie in der Dunkelheit, hörten entfernt die Stimmen der Erwachsenen und brüteten über ihren Gedanken. Willi schlief auf Constantins Knie, der kleine Kerl war völlig erschöpft.

»Es geht nicht«, sagte Scotty irgendwann in die Stille hinein. »Wir können nicht fort. Auf keinen Fall!«

»Ich weiß. Aber was sollen wir tun? Wie können wir sie überzeugen?«

»Wir brauchen einen Beweis, den sie nicht kleinreden können. Irgendetwas, was sie umstimmt.«

»Wenn wir das Geheimnis nur lüften könnten! Irgendwie hängt alles zusammen mit ...«

»... den Flüsternden Steinen.« Scotty nickte. »Ja, das glaube ich auch. Wir müssen da noch einmal hin.«

Ehe Constantin etwas darauf sagen konnte, flüsterte jemand vor dem Zelt ihre Namen.

»Das ist Yashar!« Constantin sprang auf und öffnete den Reißverschluss.

Lautlos schlüpfte Yashar hinein. »Ihr seid noch wach.«

»Als könnten wir nach dieser Ankündigung schlafen.« Constantin setzte sich auf seinen Schlafsack und winkte Yashar heran. »Setz dich.«

»Ihr wollt nicht abreisen, nicht wahr?«, sagte Yashar. »Und ihr habt es auch nicht vor.«

»Nein«, sagte Scotty. Constantin konnte förmlich sehen, wie der Plan in ihrem Kopf Gestalt annahm. »Wir gehen nicht. Erst sehen wir uns die Flüsternden Steine an. Ohne Erlaubnis.«

»Wir schleichen uns raus«, führte Constantin den Gedanken seiner Schwester fort. »Morgen früh, wenn die Sonne aufgeht. Wir nehmen die Kamele.«

»Und finden heraus, was dort vor sich geht.« Scotty nickte. »So machen wir es.« Sie beugte sich vor und streckte die Faust aus. »Gemeinsam.«

Constantin lächelte in sich hinein, ballte die Faust und drückte sie gegen die seiner Schwester. Yashar, in dessen Augen pure Hoffnung loderte, tat es ihm gleich. Das Versprechen war besiegelt, der Plan stand fest.

Morgen würden sie das Rätsel lösen.

Kapitel 23
Das Geheimnis der Flüsternden Steine

Scotty

Im Morgengrauen des neuen Tages schlichen drei Gestalten im Schatten der Zelte durchs Lager. Constantin hatte sogar vorgeschlagen, die Hufe der Kamele mit Stoffen zu umwickeln, aber Yashar hatte ihn darauf hingewiesen, dass die im Sand sowieso keine besonders lauten Geräusche machten.

Die Kamele waren nach dem Schreck der letzten Nacht nicht begeistert, nun schon wieder aufgescheucht zu werden, doch die Kinder lockten sie mit Streicheleinheiten und lobenden Worten hinaus in die Wüste und dann ging es auch schon im fliegenden Galopp hinauf zu den Flüsternden Steinen.

Still und unschuldig lagen sie da und doch glaubte Scotty einen Hauch des Geheimnisses zu spüren, das hier verborgen lag. Ein leichter Wind strich über die Steine und brachte das Flüstern hervor, dem die Felsen ihren Namen verdankten.

»Irgendwie magisch«, murmelte Scotty und umklammerte den Anhänger, den sie wieder unter ihrem T-Shirt trug.

»Eher unheimlich«, brummte Constantin, schulterte seinen Rucksack und schob sich ein Lakritz zwischen die Zähne. Scotty schauerte. So früh Lakritz, bäh. Ein Karamellbonbon, ja, das hätte sie jetzt gerne gehabt. Aber Lakritz?

»Und was nun?«, fragte Constantin reichlich undeutlich. Es klang eher wie: *Uh waschuh?*

»Ich glaube, dass es hier Höhlen gibt. Die Zwillinge haben mir das bestätigt. Da müssen wir rein.« Scotty sah sich nervös um. Sie dachte an ihren ersten Besuch hier und an die Begegnung mit der Schlange. Nur gut, dass Yashar und seine Schleuder bei ihnen waren.

»Fein, dann geh ich da jetzt rein. Mir reicht's nämlich langsam mit diesem ständigen Aus-dem-Schlaf-gerissen-Werden. Komm Willi, auf ins Abenteuer!« Constantin tätschelte die Maus, die abenteuerlustig die Zähne zeigte, und stiefelte auf die Felsen zu. Sehr weit kam er nicht. Die gesuchten Höhlen waren nämlich auf den ersten Blick gar nicht so gut zu entdecken.

Schließlich standen Scotty und Constantin vor einer soliden Steinplatte, die zwar wirklich gut getarnt war, aber ganz sicherlich keinen natürlichen Ursprung hatte.

»Die hat jemand hier hingebaut«, knurrte Constantin. »Wetten, dass dieser Jemand ein Horus-Kostüm im Schrank hat und damit gerne Leute erschreckt? Aber wie kommen wir da rein?«

»Probier's mal mit *Sesam öffne dich*«, schlug Scotty mit einem Grinsen vor.

»Sehr witzig«, sagte Constantin und trat genervt gegen den Stein. »Das ist doch ...« Ein lautes Knirschen ertönte, die Geschwister zuckten zusammen und starrten gebannt auf die Steinplatte, die sich wie von Geisterhand gezogen zur Seite bewegte. Constantins Kinnlade klappte herunter, während Scotty von einem Lachanfall geschüttelt wurde. Da hatte ihr Bruder doch gerade echt den Öffnungsmechanismus ausgelöst! Vorsichtig spähten sie in das dunkle Loch, das ins Innere hineinführte. Sah nicht sehr vertrauenserweckend aus.

»Sicher, dass ihr da reinwollt?« Wieder einmal war Yashar, der die Gegend nach Spuren abgesucht hatte, völlig lautlos hinter ihnen aufgetaucht. »Angeblich lauern da drin Gespenster und Schlimmeres.«

»So was gibt's nicht«, sagte Constantin. »Und gegen alles andere hilft uns deine Schleuder weiter. Du kommst doch mit rein, oder?«

Yashar nickte stumm. Ein leises Lächeln umspielte seine Lippen und Scotty spürte ihn schon wieder, den Hauch eines Geheimnisses. Ein Windstoß ließ das Flüstern für einen Moment lauter werden, fast so, als raunten die Geister der alten Pharaonen ihnen eine Warnung zu. Scotty schüttelte den Gedanken ab. Sie waren nicht so weit gekommen, um jetzt wegen ein paar eingebildeter Stimmen wieder umzukehren. Sie schulterten ihre Rucksäcke fester, kontrollierten noch einmal, ob die Kamele auch richtig angebunden waren, schnappten ihre Taschenlampen und betraten die seltsame Höhle.

Die Luft war trocken und ein bisschen stickig. Die Lichter ihrer Lampen malten seltsame Schatten auf die Wände und der Gang war nicht sehr hoch – als Constantin den Arm ausstreckte, konnte er schon mit den Fingerspitzen die Decke berühren. Alles war still. Unheimlich still.

»Seht mal«, flüsterte Scotty und deutete auf den Boden. »Fußspuren. Jemand war schon vor uns hier.«

»Hoffen wir nur«, gab Constantin ebenso leise zurück, »dass die jetzt nicht mehr hier sind.«

Willi hatte ängstlich den Kopf eingezogen und spähte nur noch aus der Hemdtasche hervor.

Scotty fragte sich, ob sie hier nicht gerade eine riesige Dummheit begingen. Vielleicht sollten sie doch ihre Eltern holen? Aber das Ganze war ihre eigene Idee gewesen, sie konnte jetzt nicht kneifen! Also ging sie weiter, während ihr eine Gänsehaut über den Rücken lief.

Bald schon gabelte sich der Weg und drei weitere Gänge, die genau gleich aussahen, taten sich vor ihnen auf.

»So ein Mist«, sagte Scotty. »Ich hab das Seil vergessen. Jetzt können wir unseren Weg nicht markieren.«

»Doch, ich habe Kreide mit«, sagte Constantin und wollte schon in die Tasche greifen, aber Yashar hielt ihn auf.

»Keine Kreide, dann sehen die, die diese Fußspuren hinterlassen haben, doch, dass wir hier waren. Und das würde ich lieber vermeiden. Jedenfalls, bis wir wissen, mit wem wir es hier zu tun haben.«

»Ein sehr guter Einwand«, gab Constantin zu. »Aber wie sollen wir dann bloß den Weg markieren? Irgendetwas müssen wir machen, sonst finden wir nicht zurück. Am besten legen wir eine Spur mit ... hm ... vielleicht mit Steinen?«

»Hier sind keine, nur Sand«, sagte Scotty und grübelte über eine Lösung nach. *Es muss doch einen Weg geben ... ja!* Sie schnipste begeistert mit den Fingern, ging zu ihrem Bruder und begann, in seinem Rucksack zu kramen.

»Was tust du denn da?«, fragte Constantin verwirrt und dann entsetzt, als er die Tüte in Scottys Hand sah. »Oh nein! Nein, nicht meine Lakritze!«

»Stell dich nicht so an«, sagte Scotty. »Du isst sowieso zu viel davon. Wir legen damit eine Spur. Die Dinger sind so klein und dunkel, dass es auf den ersten Blick nicht auffällt. Aber wenn man weiß, wonach man suchen muss, geht es ganz leicht.«

»Na, hoffentlich futtern die Gespenster, die hier angeblich hausen, sie uns nicht vor der Nase weg«, brummte Constantin.

Scotty machte sich unter seinem wehmütigen Blick daran, mit seinem geliebten Lakritz eine Spur in den linken Tunnel zu legen.

Immer tiefer drangen die drei Kinder in das Gewirr von

Gängen vor. Immer mehr Lakritze wurde verteilt und immer wieder gabelte sich der Weg. Auch die Malereien, die Nathan Blackbird erwähnt hatte, entdeckten sie hier und da, doch es blieb keine Zeit, um die Spuren der Vergangenheit zu bewundern. Bis sie schließlich in einen großen Raum gelangten, bei dessen Anblick Constantin geräuschvoll nach Luft schnappte.

»Na, ich schätze, wir haben unsere Sachen gefunden«, sagte Scotty trocken.

Tatsächlich stapelten sich in dem Raum allerlei Geräte. Schaufeln, Harken, Seile, Eimer, Siebe, Wasserkanister, Truhen und Kisten …

»Das ist ja mehr als in so manchem Supermarkt«, murmelte Scotty. »Das ist gar nicht alles unser Zeug.«

»Wofür brauchen die denn bitte den ganzen Kram?«, fragte Constantin.

»Um den Schatz zu finden«, sagte Yashar grimmig. »Den Schatz von Taharka, dem Goldenen Pharao.«

Scotty und Constantin tauschten einen Blick und drehten sich dann synchron zu Yashar herum.

»Du weißt von dem Schatz?«, fragte Constantin.

»Woher kennst du den Namen des Typen?«, kam es von Scotty.

Yashar hob die Schultern. »In der Wüste kennt jeder die Geschichte von Taharka und Nesrin. Sie ist so alt wie die Wüste selbst. Der Goldene Pharao hatte mehr Schätze als jemals ein Mensch zuvor. Schon oft kamen Räuber und Diebe her, um ihn zu stehlen, doch bisher ist es keinem gelungen, etwas zu finden. Der Schatz galt als verloren, so wie die Pyramide.«

»Aber jetzt wurde die Pyramide gefunden und die Diebe kommen zurück«, schlussfolgerte Constantin. »Na ja, nicht die Diebe von damals, die sind wohl nur noch Knochen und Staub. Aber du meinst, es sind Grabräuber, die diese Höhlen hier entdeckt haben und sie als Stützpunkt nutzen, um uns auszuspionieren?« Yashar nickte ernst und Constantin kratzte sich seufzend am Kopf. »Na großartig. Ein fieser Beduinenstamm belauert uns, um uns einen Schatz abzujagen, den wir noch gar nicht gefunden haben.«

»Es sind nicht die Beduinen, das habe ich euch doch schon gesagt!«

In Yashars Augen blitzte etwas auf, so schnell, dass Scotty sich fragte, ob sie es sich vielleicht nicht doch nur eingebildet hatte.

»Ja, aber du hast uns nicht gesagt, woher du das wissen willst«, konterte Constantin. Er wirkte genervt. Vielleicht hatte er auch Angst, Scotty war sich nicht sicher.

»Kommt schon«, sagte sie. »Wir können uns jetzt nicht streiten. Wir haben einen wichtigen Hinweis gefunden, etwas, das wir unseren Eltern unbedingt sagen müssen. Diese Leute haben uns beklaut. Guck mal, da sind sogar Karten, die sie direkt aus unserem Zelt genommen haben müssen. Diese dreisten Langfinger! Nächstes Mal rettest du lieber einen Wachhund als eine Wüstenrennmaus, Bruderherz. Der ist dann wenigstens zu etwas nütze.«

Willi gab ein empörtes Quietschen von sich und strampelte wild in Constantins Hemdtasche.

»Hör nicht auf sie«, murmelte Constantin und klappte ohne System mehrere Kistendeckel hoch. »Konservendosen, Decken, Batterien ...« Beim nächsten Deckel stoppte er. »Oh, oh ... Leute?«

Scotty eilte sofort zu ihrem Bruder und spähte an ihm vorbei. »Oh nein.«

In der Truhe lagen mehrere Pistolen und Gewehre.

»Keine netten Diebe«, sagte Yashar. »Wir sollten verschwinden, ehe die uns hier finden.«

So schnell wie möglich arbeiteten sie sich anhand der Lakritzspuren durch das Gewirr von Gängen. Es schien ewig zu dauern. Immer wieder glaubte Constantin, Schritte hinter ihnen zu hören, und trieb die anderen zur Eile an. Irgendwann kamen sie wieder in den niedrigen Gang am Eingang und gerade, als sie das Sonnenlicht schon fast auf der Haut spüren konnten, hörten sie plötzlich eine tiefe Stimme: »Los, schnell, bevor sie uns vom Lager aus sehen! Bring das Dynamit hinein. Noch ein bisschen Geduld und dann wird der Schatz bald uns gehören.«

Constantin, Willi, Scotty und Yashar sahen sich entsetzt an. Sie waren nicht schnell genug gewesen. Die Räuber waren zurückgekehrt und der Weg nach draußen war versperrt.

Kapitel 24
Der Schatz des Goldenen Pharaos

Constantin

Constantin stand da wie festgefroren, er hatte das Gefühl, als würde nicht einmal sein Herz sich trauen zu schlagen. Im nächsten Moment näherten sich Schritte. Scotty reagierte blitzschnell und schubste die beiden Jungs zurück in den Gang, aus dem sie eben gekommen waren. »Los, los, los!«, zischte sie leise.

Hastig rannten sie den Gang hinab, nahmen die erstbeste Abzweigung, ohne auf die Lakritze oder sonst was zu achten, und verschnauften schließlich in einer Nische.

Constantin versuchte zu lauschen, doch sein Herz klopfte in seinen Ohren jetzt wiederum so laut, dass er kaum etwas hören konnte. »Vielleicht achten sie nicht auf die Fußspuren, dann verstecken wir uns und warten, bis sie wieder weg sind. Oder wir schleichen an ihnen vorbei, wenn sie …«

Scotty schüttelte den Kopf, sie war irgendwie ganz grün im Gesicht. »Vergiss die Fußspuren. Unsere Kamele stehen doch noch draußen! Die wissen, dass wir hier sind, wenn sie nicht ganz und gar Banane sind!«

»Ganz ruhig bleiben.« Yashar schien fast mit dem Stein hinter ihm zu verschmelzen, sein Blick war wachsam, aber seine Stimme gefasst. »Constantin, diese Lichtzeichen, von denen du erzählt hast ... Kamen die direkt von diesem Ort? Oder nur irgendwo aus der Nähe?«

»Nein, sie kamen von den Flüsternden Steinen, da bin ich mir ganz sicher«, sagte Constantin. »Sie wurden nicht vom Boden aus gesendet, dafür waren sie zu weit oben.« Im nächsten Moment machte es in seinem Kopf *klick* und er riss die Augen auf. »Du meinst, es gibt hier irgendwo einen Weg nach draußen? Oben auf die Felsen?«

»Möglich wäre es. Habt ihr nicht auch bemerkt, wie gut die Luft hier in den Gängen ist? Irgendwie muss der Sauerstoff ja hier reinkommen. Vielleicht ist es nur ein Spalt. Irgendetwas, durch das wir nach draußen kommen. Und vielleicht sogar runter zu unseren Kamelen.«

Constantin kramte seinen Kompass hervor, studierte ihn im Licht der Taschenlampe und zeigte schließlich in eine Richtung. »Da lang! Und seid bloß leise!«

Die Kinder schlichen weiter durch das Innere der Flüsternden Steine. Von den Männern war nichts mehr zu hören, doch das musste nichts heißen. Einmal wurden sie von einem Geräusch aufgeschreckt, rannten so schnell wie möglich in die andere Richtung und kamen in Gänge, in denen sie vorher noch nicht gewesen waren. Die Malereien nahmen hier zu, zierten ganze Abschnitte in riesigen Landschaftsszenen. Die Lakritztüte war mittlerweile leer und Constantin begann sich langsam davor zu fürchten, dass sie den Ausgang nicht mehr finden würden. Wieder gabelte sich der Weg und er blieb ruckartig stehen, sodass Willi einen erschrockenen Pieps von sich gab. »Es ist ein Labyrinth. Das muss es einfach sein, das macht doch sonst gar keinen Sinn. Seht doch, da an der Gabelung liegt schon wieder ein Lakritz. Wir laufen im Kreis.« Constantin drehte sich zu seinen Begleitern um, sein Verstand ratterte, um seinen Verdacht in Worte zu fassen. »Was, wenn der Schatz gar nicht in der Pyramide ist, sondern hier an diesem Ort? Denn das hier ist niemals im Leben ein natürliches Höhlensystem. Teilweise vielleicht, aber einige dieser Gänge sind von Menschen geschaffen! Was, wenn der Goldene Pharao einfach viel schlauer war als der Rest von uns?« Aufgeregt sah Constantin sich um und leuchtete mit der Taschenlampe auf den Boden.

Scotty betrachtete ihren Bruder fassungslos. »Du willst *jetzt* auf Schatzsuche gehen? Die sind hinter uns her! Wir müssen hier raus!«

»Zurück kommen wir eh nicht, aber ... hey! Was ist das denn?« Constantin deutete auf den Boden. Eine Sonne war in den Stein geritzt worden. Er sah, wie Scottys Hand nach oben schoss und irgendetwas unter ihrem Shirt umklammerte. Ihre Augen wurden ganz groß. »Das ... das kann doch nicht sein!«

Ruckartig zog sie sich eine einfache Kette über den Kopf, an der ein Anhänger baumelte. Eine halbe Sonne. »Seht ihr das?«, flüsterte Scotty. »Das ist genau …«

Ein erstickter Laut ließ sie innehalten. Yashars Hand schnellte blitzschnell vor und schloss sich um den Anhänger. Mit großen Augen starrte er darauf, fassungslos. Im nächsten Moment gaben seine Finger ihn wieder frei und der junge Ägypter taumelte gegen die Wand des Ganges, als hätte er weiche Knie bekommen. »Nesrins Sonne.« Seine Worte waren kaum mehr als ein Hauch.

Constantin blickte verwirrt zwischen dem Anhänger und Yashar hin und her und schnellte schließlich vor, um seinen Freund zu stützen. »Yashar? Was ist denn? Was geht hier vor?«

Statt einer Antwort fasste Yashar sich an den Hals und zog mit zitternden Händen ein geflochtenes Lederband über seinen Kopf. Daran hing … ein Anhänger in Form einer halben Sonne.

Die Geschwister Blackbird starrten darauf. »Ach du dicke Mumie«, flüsterte Constantin. »Ist das …?«

»Wer ist Nesrin?«, verlange Scotty zu wissen. »Du hast ihren Namen schon einmal gesagt. Du hast gesagt, in der Wüste kennt jeder die Geschichte von Taharka und Nesrin. Wer …?«

»Seine Schwester.« Yashars Stimme klang ganz rau. »Sie war seine Schwester. Scotty, wo hast du diese Kette gefunden?«

»In der Grabkammer der Pyramide. Heißt das … die Frau in dem Sarkophag … heißt das, es ist …«

Yashar nickte wie in Zeitlupe. Seine Augen waren so rund wie Murmeln.

Constantin kratzte sich am Kopf. Das war alles ganz schön viel. »Und woher hast du den Anhänger, Yashar?«

»Es ist ein Erbstück meiner Familie.« Yashar streckte Scotty die Hand entgegen. »Darf ich?«

Still löste Scotty ihren Anhänger von dem Band und reichte ihn Yashar. Es gab ein leises *Klick*. Dann lag eine perfekte Sonne in Yashars Hand. Beinahe gleichzeitig sogen die Kinder die Luft ein und starrten auf die steinerne Sonne in der Wand.

»Tu es«, flüsterte Constantin Yashar zu. »Na los.«

Behutsam, beinahe andächtig, legte Yashar den Anhänger auf den Stein und drückte.

Im nächsten Moment ertönte ein Schaben und Reiben, als würde ein uralter Mechanismus in Gang gesetzt. Und dann bewegte sich die Wand! Gut, es war nicht die ganze Wand, nur einer der Steine, der plötzlich ein Stück nach hinten wich. Da ertönten hinter den Kindern mit einem Mal Stimmen. Yashar drückte gegen den Stein und plötzlich schwang eine geheime Tür auf. Blitzschnell schlüpfte Yashar in den dunklen Raum dahinter und winkte den Geschwistern Blackbird, ihm zu folgen. Geistesgegenwärtig schnappte Scotty sich den Anhänger und sprang Yashar nach. Kaum waren sie alle drinnen, drückte er den Stein hinter ihnen wieder an seinen Platz und sie schalteten die Taschenlampen aus, damit kein Licht auf den Gang drang.

Es war stockdunkel.

Keins der Kinder wagte sich zu rühren.

Sie lauschten, warteten darauf, dass die Männer ihnen nachkamen, dass Licht aufflammte und man sie schnappte. Aber nichts geschah. Es war einfach nur still und dunkel.

»Danke, Gott«, sagte Constantin leise, während sein Puls sich langsam beruhigte. Mit einem Klicken schaltete er seine Taschenlampe wieder ein. Ein Lichtstrahl jagte durch den Raum und verwandelte sich im nächsten Moment in ein helles, gleißendes Licht. Constantin riss den Arm vor die Augen und die Taschenlampe krachte zu Boden. Neben ihm stöhnte Yashar auf und Scotty ging vor lauter Schreck in die Knie. Blinzelnd schielte Constantin über seinen Arm und pfiff leise durch die Zähne, als sich seine Augen an das Leuchten gewöhnt hatten.

»Wo sind wir?«, ächzte Scotty, die sich beide Hände vors Gesicht hielt.

»Ich glaube, wir haben den Schatz des Goldenen Pharaos gefunden«, murmelte Constantin.

Der Raum vor ihnen war groß, richtig groß, und überall standen Kisten und Truhen, aus denen Gold und Schmuck hervorquollen. Kostbare Steine, Waffen, sogar ein vergoldeter Streitwagen war da, mit Pferdestatuen! Auf steinernen Sockeln standen Figuren, manche größer als Constantin. Ein Mann in prachtvollen Gewändern und mit dem Kopfschmuck des Pharaos. Auf seiner Brust lag eine Kette mit dem Symbol der Sonne.

»Das ist er!«, rief Constantin. »Das muss Taharka sein!«

»Der sieht ja aus wie Chris Evans. Odette wird so was von

ausrasten«, kicherte Scotty, die von dem berauschenden Anblick wie betrunken von einer Truhe zur nächsten torkelte. »Ist ihr Lieblingsschauspieler«, erklärte sie über die Schulter für Yashar.

Der reagierte nicht. Stumm stand er da, seine Augen waren kugelrund und das Gold spiegelte sich schimmernd darin.

Constantin konnte sie beide verstehen, ihm ging es ja nicht anders. Seit Jahrhunderten waren Menschen auf der Suche nach diesem Pharao und seinem Gold – und ausgerechnet sie waren durch Zufall mitten in seine Schatzkammer geplatzt.

Scotty betrachtete die Figuren ganz genau. »Yashar, hier ist Nesrin. Sie trägt die Sonne um ihren Hals!«

Yashar trat zu den Geschwistern und nickte. »Ja, das muss sie sein.«

Scotty hielt ihm den Anhänger in ihrer Hand hin. »Ich wollte ihn nicht stehlen, Yashar. Das musst du mir glauben. Ich wollte nicht ...«

»Ist schon gut.« Yashar lächelte sie an. »Die zweite Hälfte von Nesrins Sonne ist seit Jahrhunderten verschollen. Viele hielten sie für verloren. Aber du hast sie gefunden, Scotty. Dieser Anhänger ist so viel mehr als ein Schlüssel. Es ist ein Symbol unserer Herkunft.«

»Ich verstehe es nicht«, sagte Constantin. »Wie kann eine Hälfte dieser Sonne bei deiner Familie sein? Da steckt doch mehr dahinter.«

Yashar winkte die Geschwister zu einem kostbaren Teppich hinüber und setzte sich. »Nesrin war die Schwester Taharkas und sie standen einander sehr nah. Ihre Hand wurde einem mächtigen Fürsten versprochen, doch sie wollte ihn nicht und lief mit einem Wüstenkrieger davon. Sie liebte ihn, auch wenn er ihr nichts bieten konnte als ein Leben auf der Flucht, aber inmitten eines stolzen Volkes. Noch heute leben ihre Kinder in der Wüste.«

»Die Beduinen.« Constantin sah erstaunt zwischen der Figur und Yashar hin und her. »Du meinst, die Schwester des Pharaos ist ihre Vorfahrin?«

»Sie ist meine Urahnin.« Yashar nickte. »So erzählt man es sich in meiner Familie. Aber das ist nicht alles.«

»Ach nein?«, ächzte Constantin. »Was denn noch?«

»Taharka und Nesrin hatten noch einen Bruder – Essam. Seine Wut auf Nesrin war groß, denn er hatte diese Heirat beschlossen. Das Bündnis mit dem assyrischen Fürsten sollte den Thron stärken. Den Thron, den er von Taharka stehlen wollte. Er schickte seine Männer in die Wüste, um Nesrin zu verfolgen. Doch Taharka warnte seine Schwester immer wieder rechtzeitig, denn er hielt trotz allem zu ihr. Essam schmiedete weiter Pläne für eine Machtübernahme und trachtete seinem Bruder nach dem Leben, doch in der Stunde der größten Not kehrte Nesrin zurück und rettete Taharka. Als Zeichen ihrer Verbundenheit schenkte sie ihm den Sonnenanhänger. Er teilte ihn entzwei. Eine Hälfte trug er, eine sie.«

Scotty war bei dieser Geschichte der Hals ganz eng geworden. »Das ist wunderschön. Also hat das Gute gesiegt?«

Yashar schüttelte den Kopf. »Nesrin starb bei der Geburt ihres Sohnes. Taharka baute ihr ein Grabmal, doch auch er wurde nicht alt. Essam kehrte aus seiner Verbannung zurück, als sein Bruder im Sterben lag. Er verschleppte den von Taharka benannten Nachfolger und raubte den Thron. In seiner Wut zerstörte er alle Hinweise auf seine Geschwister und zwang Ägypten, seinen geliebten Pharao zu vergessen.«

»Darum ist so wenig über ihn bekannt!«, rief Constantin. »Aber ... die Pyramide?«

»Vielleicht wurde sie damals von einem Erdbeben verschüttet, so wie sie heute von einem befreit wurde, und Essam konnte sie nicht finden? Ich weiß es nicht, die Geschichten schweigen darüber.«

Eine ganze Weile saßen die drei Freunde still da und versuchten, das Gehörte zu verarbeiten.

Dann hallte ein lautes Knurren durch den Raum. Scotty stieß einen leisen Schrei aus.

Constantin hielt sich mit einem kläglichen Seufzen den Bauch. »Gold ohne Ende und kein McDonald's, wo man es ausgeben könnte«, jammerte er. »Ich habe Hunger! Und ihr habt all meine Lakritze verpulvert. Ich kann nicht denken ohne Lakritze!«

»Denken musst du gar nicht«, sagte Yashar und legte den Kopf in den Nacken. »Nur mich da hochheben.«

Die Geschwister schauten ebenfalls nach oben. An der Decke war ein kleines, kaum sichtbares Loch.

»Da passt doch nicht mal Willi durch«, sagte Scotty. »Mal davon abgesehen, dass der eh überall stecken bleibt.«

»Hör endlich auf, den armen Willi zu mobben«, sagte Constantin. »Du Fiesling!«

Willi piepste bestätigend.

»Ich muss da hoch«, sagte Yashar erneut. »Ich kann ein Zeichen geben. Dann wird Hilfe kommen.«

»Hilfe?«, fragten die Geschwister gleichzeitig.

»Ja, Hilfe. Meine Familie ist da draußen. Sie werden kommen, um uns zu retten.«

Wie elektrisiert sprang Scotty auf. Sie stapelten Kisten und Truhen, stützten diese mit Säcken und schufen so einen schiefen, sehr gefährlich aussehenden Turm.

»Bitte, fall da nicht runter, okay?«, sagte Scotty und klang dabei nicht sehr überzeugt von dem Plan.

Yashar schüttelte den Kopf und zog einen kleinen Taschenspiegel hervor, in den er prüfend hineinsah.

»Was denn jetzt?«, fragte Scotty entgeistert. »Willst du noch dein Make-up richten oder so? Wartet da draußen ein Kamerateam?«

»Du plapperst, wenn du nervös bist«, stellte Yashar ohne Spott fest und wischte über den Spiegel. Dann drückte er Scottys Schulter. »Alles wird gut werden.« Im nächsten Moment begann er, flink wie ein Äffchen den Turm zu erklimmen. Schon bald war er oben und schob seine Hand mühsam durch den Spalt in der Decke. Kleine Steinchen prasselten herunter und trafen Constantin schmerzhaft am Kopf, aber dann war es geschafft und Yashar fing an, den Arm in einem Constantin unbekannten Rhythmus zu bewegen.

»Sendet er Lichtsignale mit dem Spiegel?«, wisperte er Scotty zu, die ihm gegenüberstand und krampfhaft eine Kiste umklammerte, als könnte sie so verhindern, dass der ganze Turm einstürzte.

Sie sah ihn kurz an, dann zu Yashar und nickte schließlich. »Ich glaube schon.«

»Aber ...« Constantin zögerte. Aber was? Das taten die Grabräuber doch auch, sich mit Lichtzeichen verständigen? Allerdings nachts, soweit sie wussten, und nicht mit Sonnenlicht. Lag hier der Unterschied?

Yashar ist mein Freund!, dachte Constantin entschieden. *Und der Urahne eine Wüstenlegende. Er wird sicher wissen, was er tut.*

Nach wenigen Minuten kam Yashar wieder herabgeklettert, sein Gesicht war von der Anstrengung dunkler geworden. Scotty rollte einen sehr wertvoll aussehenden Teppich aus und die drei hockten sich nebeneinander, um einen Moment zu verschnaufen. Constantin setzte Willi auf sein Knie und streichelte die Maus gedankenverloren. Hier drinnen waren sie auf jeden Fall in Sicherheit. Wenn die Diebe diesen Raum schon entdeckt hätten, wären sie längst mit dem Schatz über alle Berge.

»Was für ein Abenteuer«, brummte er. »Ich hätte nicht gedacht, dass man sich umgeben von Gold so mies fühlen kann.«

»Ich auch nicht«, sagte Scotty. Sie hatte das grüne Notizbuch hervorgezogen, das ihr zu Beginn dieses Abenteuers noch so verhasst gewesen war, und kritzelte emsig hinein.

»Für einen Kakao und ein bisschen frische Luft würde ich das alles wieder hergeben.«

»Und ich für Lakritz.«

Die Geschwister sahen zu Yashar, aber der saß nur still da und blickte ins Nichts, als würde er angestrengt über etwas nachdenken. Constantins Kiefer klappte zu einem gewaltigen Gähnen auseinander. Er legte sich zurück und schob seinen Rucksack unter seinen Kopf. Von dem ganzen Grübeln wurde ihm ganz schwindelig. »Nur fünf Minuten ausruhen«, murmelte er. »Dann überlegen wir uns einen Fluchtplan.«

Als Constantin die Augen das nächste Mal öffnete, bemerkte er gerade noch, wie das Licht seiner Taschenlampe flackerte und dann erlosch. Dunkelheit breitete sich aus. Verschlafen richtete er sich auf und etwas purzelte mit einem empörten Quietschen von seiner Brust. »Willi?«, nuschelte er. »Warst du das? Sorry, tut mir echt leid …« Er tastete nach der Maus und traf mit der Hand auf etwas, das sich anfühlte wie eine Schulter.

»Hey!«, beschwerte sich Scotty. »Lass mich.«

»Scotty? Scotty, wach auf, wir sind eingeschlafen.«

»Ja, warum auch nicht, es ist dunkel!« Scotty gähnte herzhaft. »Lass mich schlafen.«

»Es ist dunkel, weil wir in einer uralten Schatzkammer ohne Fenster sind, du Genie!« Constantin gab seiner

Schwester einen Knuff. »Los, mach deine Taschenlampe an!«

Im nächsten Moment flammte Licht auf und blendete Constantin. Durch zu Schlitzen zusammengekniffene Lider sah er Yashar, der mit schief sitzendem Turban und verwirrter Miene die Taschenlampe in der Hand hielt. »Was ist passiert?«

»Wir sind eingeschlafen, wir großartigen Schatzjäger.« Constantin schnappte Willi vom Boden und sprang auf. Er taumelte, sein Magen verlangte mit einem flauen Gefühl nach Essen. »Oh Mann! Wir sind so dumm! Wie viel Zeit ist vergangen? Unsere Eltern werden vor Sorge schon ganz verrückt sein.«

»Die sind doch immer verrückt.« Scotty war noch nicht ganz wach, ihre roten Locken waren ein einziges Durcheinander.

Yashar erhob sich ebenso unsicher wie Constantin. Sie brauchten wirklich dringend etwas zu trinken und zu essen. Er warf einen Blick auf seine Uhr und erschrak noch einmal. Es war schon später Nachmittag! So ein Mist! Aber nach den Aufregungen der letzten Nächte war es wirklich kein Wunder, dass sie so lange geschlafen hatten.

»Na kommt, wir wollen versuchen, einen Ausweg aus dieser Schatzhöhle rauszufinden,, und uns dann an den Männern vorbeischleichen.«

Sie zogen einander auf die Füße. Yashar drückte gegen den Stein, durch den sie gekommen waren.

Nichts rührte sich.

Er versuchte es noch einmal, doch das Ergebnis blieb dasselbe.

»Das Sonnensymbol«, sagte Constantin und bemühte sich, gelassen zu klingen. »Hier ist es nicht. Wir müssen eins finden, los.«

Systematisch suchten sie den Raum ab und Yashar wurde an der gegenüberliegenden Wand fündig. Dieses Mal benutzte Scotty den Anhänger. Wieder öffnete sich eine Geheimtür vor ihnen und führte in das Labyrinth der Gänge hinaus. Hastig schlüpften sie durch den Spalt und verschlossen die Schatzkammer wieder hinter sich. So einfach wollten sie es den Dieben nicht machen.

Sie wanderten durch die Gänge, folgten dem Kompass und irgendwann auch wieder der Spur aus Lakritz, dicht hintereinander und die Ohren gespitzt. Doch als sie die Schritte hörten, war es schon zu spät. Plötzlich waren sie umzingelt. Vier Männer waren es, in einfachen Hemden und dicken Westen, mit unrasierten Gesichtern und finsteren Mienen. Blitzschnell hatten sie die Kinder gepackt. Constantin war wie erstarrt, aber Scotty strampelte heftig und auch Yashar setzte sich zur Wehr. Doch es war hoffnungslos.

»Sieh an, sieh an.«

Constantin lief ein Schauer über den Rücken. Es war, als hätte man diese Stimme in eisiges Wasser getaucht und danach im Sand gewälzt, kalt und kratzig zehrte sie an seinen Ohren.

Es war der blassäugige Mann. Mit einem milden Lächeln,

dem jede Spur von Freundlichkeit fehlte, trat er aus dem Dunklen vor die Kinder. »Die Geschwister Blackbird. Und eine kleine Sandratte. Das trifft sich ja hervorragend. Ihr drei werdet mir helfen, unser hochgeschätztes Forscherpaar ein bisschen zu ... ermutigen. Sie werden bestimmt viel schneller Fortschritte an der Pyramide machen, wenn sie erfahren, dass sie ihre Kinder nur für den Schatz des Goldenen Pharaos wiederbekommen. Ihr bleibt in der Zwischenzeit hier in einer der Kammern, wo euch niemand finden wird.«

»Das glauben Sie doch selber nicht!«, fauchte Scotty, die blitzschnell den Anhänger in ihrer Kleidung versteckt hatte. »Mein Vater ist der größte Schatzjäger der Welt und meine Mutter ist klüger als ihr alle zusammen. Wer sich mit den Blackbirds anlegt, kann nur verlieren.«

Jetzt verschwand auch der letzte Rest des Lächelns aus dem Gesicht des Blassäugigen. »Das werden wir ja sehen, kleine Blackbird.«

Kapitel 25
Auf der Flucht

Scotty

Unter heftiger Gegenwehr wurden die Kinder durch die Gänge geschleift und schließlich in den Raum gestoßen, in dem die gestohlene Ausrüstung lagerte. Hier fesselten ihnen die Grabräuber Hände und Füße und ließen sie im Schein einer Petroleumlampe zurück.

Scotty zerrte an ihren Stricken. »Das darf doch alles nicht wahr sein!«

»Pscht!« Constantin lauschte aufmerksam auf die Schritte der Männer, die sich immer weiter entfernten. »Sie sind weg. Ich denke, so schnell kommen die nicht wieder.«

»Diese fiesen, gemeinen ...«, schnaubte Scotty wütend.

»Sch, mach nicht so ein Theater, Schwesterchen, ich habe einen Plan!« Er begann, wie verrückt mit der linken

Schulter zu zucken. »Na komm schon, Willi, wach auf! Mittagspause ist vorbei, wir brauchen deine Hilfe!«

Die kleine dicke Maus schob vorsichtig den Kopf aus Constantins Hemdtasche und blinzelte. Constantin schubste und schüttelte noch ein kleines bisschen, bis Willi auf seine Schulter kletterte und von da seinen Arm hinunterlief. Schon fing der Nager an, die Fesseln aufzuknabbern.

»Das ist genial«, seufzte Scotty. »Gerettet von einer übergewichtigen Fellkugel. Die Zeitungen werden begeistert sein.«

»Ach, sei doch still«, sagte Constantin.

Es dauerte eine Weile, doch dann fielen seine Handfesseln tatsächlich zu Boden. Er setzte Willi auf Yashars Handgelenke, wo die Maus sofort weiterknabberte, und band in der Zwischenzeit seine Füße und dann seine Schwester los. Wenige Augenblicke später waren die Kinder ausbruchsbereit. Sie schnappten sich ihre Rucksäcke, die die Banditen achtlos zu den anderen Sachen geworfen hatten, und huschten zur Tür.

»Ob sie schon unterwegs zu euren Eltern sind?«, überlegte Yashar laut.

»Ich hoffe, Dylan nimmt sie mit Gertrud in Empfang«, knurrte Scotty. »Das würde den Typen nur recht geschehen.«

»Ich fürchte, Gertrud wird gar nichts sagen dürfen, wenn unsere Eltern erfahren, dass die Grabräuber uns geschnappt haben«, wandte Constantin ein. »Wir müssen hier weg, ehe ein furchtbares Unglück passiert!« Er machte zwei Schritte den Gang entlang, griff sich an die Hemdtasche und hielt dann so plötzlich inne, dass Scotty in ihn hineinrannte und mit einem viel zu lauten Plumps auf dem Boden landete.

»Was soll das denn?«, zischte sie, darauf gefasst, dass die Grabräuber jeden Augenblick um die Ecke stürzen würden, um sie erneut zu schnappen.

»Willi ist weg.« Constantin drehte sich um. Er war so weiß wie ein Bettlaken.

»Wie weg?«, fragte Scotty verdutzt und nahm dankbar Yashars Hand, der sie auf die Beine zog.

»Na ja, weg eben!«, fauchte Constantin und eilte zurück in den Raum. »Er ist nicht in meiner Tasche! Willi? Willi, wo bist du?« Er traute sich nicht, lauter zu werden als ein Flüstern, doch selbst in den gezischten Worten lag eine tiefe Angst.

Scotty folgte ihrem Bruder und sah sich eher hoffnungslos in dem großen Raum um. »Constantin, hier findest du ihn nie wieder.«

»Er kommt bestimmt gleich.« Constantin ging auf die Knie und spähte unter einen der Tische. »Willi? Komm her, Kleiner. Wir müssen hier abhauen!«

Yashar und Scotty tauschten einen unschlüssigen Blick. Die Grabräuber konnten jeden Augenblick zurückkommen, um etwas von der Ausrüstung zu holen oder um nach ihren Gefangenen zu sehen. Sie mussten hier weg! Aber würde Constantin …

»Denk nicht mal dran!« Ihr Bruder warf ihr über die Schulter einen wütenden Blick zu. »Ich lasse ihn nicht zurück. Wir Blackbirds lassen niemanden zurück, vergessen?«

Mit einem schlechten Gewissen ließ Scotty sich ebenfalls auf die Knie sinken und krabbelte zwischen zwei Kisten hindurch, tiefer in das Gewirr aus Ausrüstungsgegenständen hinein. »Willi? Komm zurück! Wir brauchen dich doch. Tut mir leid, dass ich gemein zu dir war.« Sie glaubte, eine Bewegung zu sehen, und kroch immer weiter, bis ganz plötzlich ... Scotty hielt inne. Hatte sie sich das jetzt nur eingebildet? Nein, da war es wieder! Ein kaum merklicher leiser Windzug, der an ihren völlig versandeten und zerzausten Haaren zupfte. Wie war das möglich? Scotty krabbelte weiter. Plötzlich kam Willi auf sie zugeschossen, flitzte ihre Schulter hinauf und quietschte aufgeregt.

»Scotty?«, rief Constantin hinter ihr. »Wo bist du?«

»Ich hab etwas gefunden!«, rief sie zurück. »Kommt mir nach, los! Willi ist auch hier.« Sie schob die Wüstenrennmaus in die Kapuze ihres Pullovers und krabbelte weiter, wobei sie immer wieder innehielt, um den Luftzug neu zu orten. Endlich, als ihre Knie schon brannten, erreichte sie eine steinige Mauer. Ihre Finger glitten über die unüberwindbare Barriere und suchten nach dem Loch, durch das der Wind hereinwehen musste. »Komm schon, komm schon«, flüsterte sie. »Wo bist du nur?«

Sie hörte, wie Constantin näher kam, und dachte an die Grabräuber. Wenn die sie noch einmal erwischten, stand ihnen sicher Schlimmeres als bloße Fesseln bevor ...

»Ich suchte den Herrn und er antwortete mir; und aus allen meinen Ängsten rettete er mich«, flüsterte Scotty. »Gott, hilf mir, wir müssen hier raus und Mama und Papa warnen!«

Im nächsten Moment ertastete sie den Spalt und kalter Nachtwind berührte ihre Fingerspitzen. Scotty hätte am liebsten so richtig laut aufgejubelt, aber das war wohl gerade nicht der beste Zeitpunkt dafür. »Danke Gott!«, wisperte sie stattdessen mit einem breiten Grinsen und zückte ihre Taschenlampe.

»Was soll das sein?«, fragte Constantin, der sie inzwischen erreicht hatte, dicht gefolgt von Yashar. Erleichtert nahm er Willi aus Scottys Kapuze und wuschelte ihm übers Köpfchen. »Könntest du vielleicht beim nächsten Mal vorher Bescheid geben?«, raunte er der Maus zu, deren Schnurrhaare vor Aufregung zuckten.

»Das ist unser Ausgang«, erklärte Yashar und wies auf das Sonnensymbol am Boden. »Gut gemacht, Scotty!«

»Eigentlich haben wir das Willi zu verdanken«, gab Scotty zurück. »Nichts wie weg hier.«

»Vorsichtig«, warnte Yashar. »Wir wissen nicht, was uns draußen erwartet.«

»Uns bleibt keine Zeit! Unser Team braucht uns! Wir müssen diesen Dieben das Handwerk legen.« Schon drückte Constantin Nesrins Sonne auf das Symbol.

Der Stein bewegte sich wie in Zeitlupe, der Mechanismus schien in all den Jahren eingeschlafen zu sein. Aber dann war da ein Spalt, der in den Abend hinausführte. Scotty erschrak über die Dunkelheit, die ihnen entgegenschwappte. Sie beugte sich vor und erkannte, dass sie ein ganzes Stück über dem Boden waren. Die Luft war wunderbar frisch nach dem Herumkriechen im Staub und prickelte auf ihrer Haut.

Rasch krabbelte Yashar ein Stück zurück und holte ein Seil. »Du bist die Leichteste von uns. Wenn du dich traust, dann gehst du zuerst, okay?«

»Wenn ich mich traue? Sagst du das, weil ich ein Mädchen bin, oder was? Pah!« Entschlossen griff Scotty nach dem Seil und knotete es sich um die Hüfte. Yashar half ihr. »Lasst mich bloß nicht fallen«, warnte sie und kletterte vorsichtig über den Rand. Sie brauchte beide Hände für das Seil und konnte daher keine Taschenlampe benutzen. Leise kletterte sie ins Dunkel hinunter und atmete erleichtert auf, als sie den Sand unter ihren Füßen spürte.

»Okay!«, rief sie leise nach oben zu den Jungs. »So hoch ist es gar nicht. Schaut, ob ihr das Seil irgendwo festmachen könnt.«

Nacheinander kletterten die Jungen ihr hinterher. Leider konnten sie den Geheimgang jetzt nicht verschließen, aber das ließ sich nicht ändern. Hoffentlich bemerkten die Grabräuber ihn nicht!

Schnell fassten sich die drei an den Händen, um sich in der Dunkelheit nicht zu verlieren, und liefen los. Die Taschenlampen wagten sie nicht anzumachen, aus Angst, gesehen zu werden. Scotty stolperte immer wieder über ihre Füße und war froh, dass Yashar die Führung übernahm. Irgendwie hatten ihre Beine, jetzt wo sie wirklich auf der

Flucht waren, die Konsistenz von Wackelpudding angenommen.

»Kommt hierher.« Yashar zog die beiden hinter eine große Düne und knipste seine Taschenlampe an, schirmte sie aber so mit einer Hand hab, dass der Schein von den Flüsternden Steinen aus nicht zu sehen war. Dann hob er zwei Finger der anderen an die Lippen und stieß einen leisen Pfiff aus.

Scotty ging in die Hocke und verschnaufte für einen Moment, während Constantin in seinen Taschen wühlte, vermutlich auf der Suche nach Lakritz. Yashar pfiff ein zweites Mal und aus einiger Entfernung antwortete ihm ein Schnauben. Scotty glaubte trotz des wenigen Lichts zu sehen, wie eine tiefe Erleichterung über Yashars Züge huschte. Nur einen Augenblick später war da eine dunkle Gestalt und dann rieb Shaya schnaubend ihren Kopf an Yashars Schulter.

»Sie hat sich nicht fangen lassen«, sagte Constantin mit unverhohlenem Stolz. »Gutes Mädchen.«

»Sie wird uns helfen.« Yashar klopfte den Hals der Kamelstute. »Aber sie ist müde nach dem langen Tag und muss schnell sein. Sie kann nur einen von uns tragen.«

»Dann geh du«, sagte Scotty. »Wir warten hier auf dich.«

»Nein.« Yashar schüttelte den Kopf. »Du gehst, Scotty.«

»Ich?« Scotty schlug sich auf den Mund, weil ihre Stimme viel zu laut geworden war. »Wieso denn ich?«

»Damit du in Sicherheit bist.« Constantin nickte Yashar dankbar zu. »Ja, so machen wir es.«

»Aber ... aber ...«, stotterte sie. »Ich kann das gar nicht. Im Dunkeln reiten und so und ... und ich kann euch doch hier auch nicht alleine lassen.«

»Doch.« Ihr großer Bruder setzte Willi in ihre Hand. »Nimm ihn mit ja? Dann fühlst du dich mutiger.«

Scotty schüttelte heftig den Kopf. »Aber ... was ist mit der Hilfe? Yashar, du hast gesagt, Hilfe wird kommen. Vielleicht, wenn wir warten ...«

»Wir können nicht warten, Scotty!«, drängte Yashar. »Du musst es tun. Reite ins Lager, los!«

Im nächsten Moment ertönte von den Flüsternden Steinen ein wütender Schrei. Scotty sackte das Herz in die Hose.

»Sie haben bemerkt, dass wir weg sind«, flüsterte sie.

Yashar packte ihre Schultern und schüttelte sie sacht. »Scotty! Du musst reiten. Los! Nimm den Kompass, dann findest du den Weg auch im Dunkeln. Und du kannst Shaya vertrauen. Und den Sternen, schau.« Er hob ihr Kinn an und richtete ihren Blick auf den Himmel. »Da, der Stern links vom Großen Wagen. Reite immer rechts von ihm. Dann findest du den Weg.«

»Ich kann das nicht.« Scotty wollte nicht weinen, aber die Tränen waren da, und wenn sie ihr auch noch nicht aus den Augen tropften, so schnürten sie ihr doch die Kehle zu, machten ihre Stimme piepsig und voller Furcht.

Constantin trat vor und zog sie in seine Arme. Sand rieselte aus seinen Haaren in ihr Gesicht. »Hey, Schwesterchen. Komm schon. Ich weiß, du kannst das. Los. Reite und rette uns allen den Hintern, ja?« Er nahm Willi wieder von ihrer Hand und schob ihn in die Brusttasche ihres Pullovers. Yashar ließ Shaya niederknien, damit Scotty aufsteigen konnte. Zitternd kletterte sie in den Sattel, nahm den Kompass entgegen und klammerte sich fest, als das Kamel sich ruckartig erhob.

»Alles wird gut, Scotty«, hörte sie Constantin sagen, als das Licht der Taschenlampe erlosch und ihre Augen von der Dunkelheit überfallen wurden. »Grüß Mam und Pa von mir und beeil dich mit der Kavallerie.«

»Meine Familie ist auf dem Weg«, fügte Yashar hinzu. »Hab keine Angst, Scotty.«

»Ist gut.« Scotty schniefte und hielt die Zügel fest in der Hand. »Passt auf euch auf, ja? Ich hole Hilfe, so schnell ich kann.« Mit diesen letzten Worten trieb sie das Kamel an und galoppierte davon.

Mit zitternden Händen und Herzrasen klammerte sich Scotty Blackbird an Shayas Sattel fest und jagte durch den stetig dunkler werdenden Abend. Wolken zogen über den Himmel und veränderten immer wieder das Licht. Die Taschenlampe flackerte nur noch, die Batterie war kurz davor aufzugeben. Scotty war schlecht, vor Hunger, vor Angst und vor Aufregung, und außerdem fror sie. Wie lange noch? Müsste sie nicht längst am Lager ihrer Eltern angekommen sein? Warum sah sie noch kein Licht? Wo war der Umriss der Pyramide?

Sie zog an den Zügeln und Shaya hielt gehorsam an. Das Kamel war schweißnass und zitterte und Scotty klopfte ihm den Hals, unsicher, ob sie das Tier beruhigen wollte oder vor allem sich selbst.

»Okay, ganz ruhig bleiben«, murmelte sie und griff in ihre Tasche. »Ein Blick auf den Kompass wird weiterhelfen.« Doch ihre Hände fanden nur weiches Fell, sonst nichts. Scotty wurde heiß und kalt. Hatte sie den Kompass verloren? Hektisch grub sie mit beiden Händen in der Tasche, doch da waren nur Willi, der sich wild piepsend über ihr Gewühle beschwerte, und ein altes Taschentuch, das schon einmal mitgewaschen worden war und jetzt als kleiner harter Klumpen am Stoff des Pullovers klebte.

Scotty schossen Tränen in die Augen. »Nein«, schluchzte sie. »Oh nein!«

Shaya schnaubte, Willi fiepte – wahrscheinlich wollten beide sie trösten. Scotty wischte sich die Tränen weg und schaute nach oben. Nach welchem Stern sollte sie noch einmal schauen? Da waren so viele Wolken und durch die blöden Tränen konnte sie auch kaum etwas sehen. Wütend wischte sie sich noch einmal über das Gesicht. »Der Große Wagen«, murmelte sie. »Der Große Wagen und dann ... links davon? Oder rechts?«

Sie wusste es nicht mehr. Weinend und frierend kauerte Scotty sich auf dem Sattel der Kamelstute zusammen und schlug die Hände vors Gesicht. Sie hatte versagt. Sie war hier irgendwo mitten in der Wüste und fand den Weg nicht. Sie würde Constantin und Yashar nicht helfen können. Was, wenn die Grabräuber sie schon geschnappt hatten?

Shaya trabte zögerlich weiter. Auf einmal hallten ihre Hufschläge seltsam dumpf in der Nacht wider. Blinzelnd erkannte Scotty, dass sie sich nicht mehr auf Sand bewegten und der Untergrund felsig geworden war.

Wo waren sie bloß?

Mit zitternden Fingern tastete sie nach der Wasserflasche in ihrem Rucksack. Doch auch die war fort. Scotty erinnerte sich daran, dass sie sie Constantin in der Pyramide gegeben hatte. Ihr Hals brannte vor lauter Durst und vom Weinen bekam sie Kopfschmerzen. Schluchzend suchte sie weiter in ihrem Rucksack nach irgendetwas, was ihr helfen konnte.

Plötzlich war da ein Grollen, das schnell zu einem Donnern wurde, als würde ein Gewitter direkt über Scotty hereinbrechen. Doch es war kein Gewitter – es waren Reiter! Reiter auf Kamelen, die sie im Nu umzingelten. Licht flammte auf, so nah, dass Scotty schützend eine Hand vor die Augen hob. Eine Stimme sagte ein paar Worte in einer harten Sprache, die Scotty nicht verstand, und Shaya warf ihren Kopf so heftig nach oben, dass Scotty für einen winzigen Moment den Halt verlor. Die Zügel glitten ihr aus der Hand, dann kam der Boden rasend schnell näher und sie schlug hart auf, ihr Kopf knallte auf die Steine. Irgendjemand rief etwas, es klang erschrocken. Reflexartig hatte sie ihre Hand zu einem schützenden Käfig um Willi geformt, ihre Schulter schmerzte heftig von dem Aufprall. Sie wusste, dass sie aufstehen musste, aber es ging nicht. Es war, als hätte jemand an ihrem Körper den Aus-Knopf gedrückt. Sie war müde, so müde. Und so durstig. Um sie herum waren Geräusche, Schritte, Hufschlag und das Rascheln von Stoff. Jemand berührte ihre Schulter und drehte sie sanft auf den Rücken.

»Scotty?« Ein Schatten beugte sich über sie, tastete behutsam ihren Kopf ab. »Scotty!«

Warum kannte der Schatten ihren Namen? Er hatte eine schöne Stimme, so freundlich. Aber neben der Freundlichkeit war noch etwas anderes.

Angst, dachte Scotty. *Er hat Angst. Aber wie kann ein Schatten Angst vor etwas haben?*

Ihre Augen klappten zu. Einfach so. Sie konnte nichts dagegen tun. Die Hände wanderten von ihrem Kopf zu ihrem Handgelenk, dann zu ihrem Hals. Der Schatten sprach erneut, aber Scotty verstand seine Worte nicht. Die Hände schoben sich unter ihre Schultern und Beine. Warme Hände, so schön warm. Sie flog. Scotty spürte, wie ihr Magen rebellierte, und dann wurde alles dunkel.

Kapitel 26

Ein ziemlich fehlerhafter Gefangenenaustausch

Constantin

Constantin Blackbird kniete im Sand und hatte die schlechteste Laune seit Menschengedenken. Nicht nur, dass er hungrig war, es klebte auch noch überall Sand und Staub an ihm und seine Kopfhaut juckte inzwischen ganz gewaltig. Er konnte sich aber nicht kratzen, weil diese miesen Möchtegerngangster ihm die Hände wieder gefesselt hatten. Die waren ihm lediglich für eine kleine Mahlzeit aus trockenem Brot und Datteln abgenommen worden. Wenigstens war er nicht allein. Yashar kniete mit ausdrucksloser Miene und schief sitzendem Turban neben ihm. Hoffentlich ging es Scotty und Willi gut.

Constantin war nicht sicher, wie viel Zeit auf ihrer Flucht vergangen war. Nachdem Scotty in die Dunkelheit davongeritten war, hatten die zwei Jungen einige Momente hilflos dagestanden. Dann hatten sie versucht, ein Versteck zu finden, während die Entführer Alarm schlugen. Innerhalb weniger Minuten hatten die Männer mit starken Taschenlampen die Gegend durchkämmt. Eine Weile hatten Yashar und Constantin sie austricksen können, doch schließlich waren sie erneut geschnappt worden.

Die Entführer waren sehr wütend über Scottys Flucht, schrien, fluchten und machten sich schließlich unter dem Kommando des Blassäugigen auf die Jagd. Constantin und Yashar wurden wieder in den Raum gesperrt, doch jetzt hielt jemand Wache und Constantin verbrachte bange Stunden in der Ungewissheit, ob seine Schwester entwischt war.

Inzwischen war früher Morgen, das Licht reichte kaum aus, um einige Meter weit zu sehen, die Sonne schlief noch tief und fest. Constantin verlagerte sein Gewicht, was ihm einen misstrauischen Blick von einem seiner Wächter einbrachte. Sechs Männer standen um ihn und Yashar herum, doch der Blassäugige war nicht darunter. Was genau der Plan war, wusste Constantin nicht. Für ihn sah es so aus, als würden er und Yashar jetzt seinen Eltern als Druckmittel präsentiert werden, um diese zur schnelleren Arbeit anzutreiben.

»Lassen sich aber ganz schön Zeit, deine werten Eltern«, murrte einer der Männer, die neben den Jungen warteten. »Ein Kind reicht ihnen wohl, was?«

»Wo ist denn euer blassäugiger Boss?«, gab Constantin zurück und ignorierte die Stichelei. »Ist er ein Morgenmuffel? Oder liegen seine Haare noch nicht gut genug?«

»Der ist nicht unser Boss«, gab der Mann säuerlich zurück. »Niemand ist das, wir sind Partner, verstanden?«

»Na klar«, murmelte Constantin. »Wer's glaubt.«

Ob Blassauge ahnte, dass es ihm und seinen Leuten an den Kragen gehen würde, jetzt, da Scotty die Flucht gelungen war und die Blackbirds gewarnt waren? Hatte er sich aus dem Staub gemacht? Constantin spürte, dass dieser Schuft noch viel gerissener war, als es auf den ersten Blick schien. Und irgendwie war er sich sicher, dass sie sich nicht zum letzten Mal begegnet waren. Vorausgesetzt, Yashar und er kamen hier heil wieder raus.

Wo blieb Scotty nur? Sie hatte den Weg ins Camp doch gefunden, oder? Constantin wand sich unruhig bei der Vorstellung, dass seine kleine Schwester irgendwo da draußen in der Wüste herumirrte.

»Es geht ihr gut«, sagte Yashar, als hätte er Constantins Gedanken gelesen. »Schau, da hinten kommen deine Leute.«

Tatsächlich. In ein paar Hundert Metern Entfernung kämpfte sich der Jeep gerade mit röhrendem Motor über eine Düne. Constantin atmete erleichtert auf.

»Na also«, knurrte der Grabräuber und rieb sich die Hände. »Dann kann die Sache ja losgehen.«

»Welche Sache eigentlich?«, fragte Constantin. »Wollen Sie uns meinen Eltern vor die Nase halten, damit sie alles tun, was Sie sagen? Ist das der geniale Plan?«

»Und warum nicht?«, erwiderte der Mann. »Ihr seid das perfekte Druckmittel. Wir beweisen, dass wir euch haben, dann wird verhandelt. Wenn sie tun, was wir wollen, kriegen sie euch zurück. Vielleicht.«

»Absolut raffiniert«, erwiderte Constantin sarkastisch, obwohl er bei Weitem nicht so gelassen war, wie er vorgab. »Und das alles nur, weil wir nach Ihrem Kostümfest nicht die Flucht ergriffen haben?«

»Ganz richtig. Ihr hättet einfach abreisen können, dann hätten sich unsere Leute an die Arbeit gemacht. Aber ihr wolltet ja die Helden spielen. Schön, dann bleibt und arbeitet für uns. So oder so stehen wir am Ende mit dem Schatz da.«

»Ja klar, weil die Schurken ja immer gewinnen. Kennt man ja nicht anders.«

»Sei endlich still!«, raunzte ein Kerl mit einem langen schwarzen Bart und trat nach Constantin. »Du nervst.«

»Haben Sie mich deswegen von der Düne geschubst?«

»Ich?« Der Bärtige lachte. »Nein Knirps, dafür musst du dich bei Anwar hier bedanken. Die Rutschfahrt war seine Idee. Der konnte Kinder noch nie ausstehen.«

»So ein Mistkerl«, brummte Constantin. »Und wie war es so, sich als Beduinen und Götter zu verkleiden und durch unser Lager zu tanzen?«

Der Bärtige gab Constantin einen Klaps auf den Hinterkopf. »Du hältst dich für richtig schlau, was? Glaubst du, all deine klugen Gedanken nützen dir jetzt noch etwas? Wir haben gewonnen, völlig egal, ob dir unser Plan aufgeht oder nicht.«

Constantin lag ein gutes Dutzend möglicher Antworten auf der Zunge, doch er schluckte sie herunter. Sein Gehirn arbeitete fieberhaft. Yashar hatte die ganze Zeit recht gehabt, die Beduinen hatten hiermit nichts zu tun. Sie hatten einfach nur als Sündenböcke herhalten müssen. Vielleicht interessierte sie die blöde Pyramide überhaupt nicht.

Was für großartige Schatzjäger sie doch alle waren. Sie hatten sich ernsthaft wegen dummen Geredes gefürchtet.

Es blieb keine Zeit, um sich weiter den Kopf zu zerbrechen, der Jeep war da und hielt. Nathan, Tristan und Dylan sprangen heraus, mit finsteren Mienen und offensichtlich zu allem bereit. Evie verharrte am Steuer des Wagens, ihre Augen waren verweint und dunkle Ringe einer schlaflosen Nacht lagen darunter. Constantins Herz zog sich bei ihrem Anblick zusammen.

»Tut mir leid, Mam!«, rief er. »Aber uns geht's gut, ehrlich!«

Seine Mutter schenkte ihm ein schiefes Lächeln und schluckte heftig. Constantin kniff die Augen zusammen. Wo war Scotty? Er konnte sich kaum vorstellen, dass seine Eltern sie davon überzeugt hatten, im Lager zu warten. Es ging ihr doch gut, oder? Es musste ihr gut gehen!

»Seid ihr okay, Jungs?«, fragte Nathan und wollte zu seinem Sohn, aber Anwar trat ihm in den Weg.

»Alles okay, Pa!«, rief Constantin schnell und Yashar nickte bestätigend. »Nur der Zimmerservice ist hier wirklich erbärmlich. Das Trinkgeld können wir uns sparen.«

Anwar sah aus, als würde er ihn am liebsten schlagen, aber in Gegenwart von Nathan und seinen Gefährten wagte er es nicht.

»Wo ist meine Tochter?«, fragte Nathan ohne Umschweife.

Constantin wurde schlecht. Wenn sein Vater nach Scotty fragte, dann war sie nicht im Lager angekommen. Aber wo war sie dann?

Schwarzbart und Anwar, die anscheinend die neuen Anführer waren, tauschten einen Blick.

»Scotty konnte fliehen. Sie war mit Shaya auf dem Weg zu euch«, sagte Constantin, ehe einer der beiden eine dumme Antwort geben konnte. »Wir müssen sie sofort suchen!«

»Gar nichts müsst ihr.« Schwarzbart riss die Diskussion wieder an sich. »Die kleine Göre wird nicht ...«

Im nächsten Moment zischte etwas durch die Luft, dann bohrte sich ein schwarz gefiederter Pfeil genau zwischen Schwarzbarts Füße. »Wen nennst du hier Göre, du Hinterwäldler?!«

Constantin riss den Kopf so schnell herum, dass sein Nacken knackte. Da war seine Schwester! Aber sie sah gar nicht aus wie die zerzauste Scotty von gestern Abend, sondern wie eine Wüstenkönigin. Sie trug helle, luftige Hosen, die in Stiefeln endeten, und darüber ein langärmeliges Oberteil in derselben Farbe. Ein dunklerer, mit einer feinen Stickerei verzierter Stoffgürtel raffte es in der Taille zusammen. Ihre roten Locken waren mit einem Stofftuch gebändigt worden und in ihrer Hand lag ein riesiger Bogen, auf dessen Sehne sie schon den nächsten Pfeil abschussbereit hielt. Noch ein gutes Dutzend weiterer Pfeife ragten über ihre linke Schulter. Constantin war die Kinnlade heruntergeklappt, während sich auf Yashars Gesicht ein breites Grinsen zeigte.

»Hey, da ist die Kleine doch!«, rief einer der Männer und zeigte mit dem Zeigefinger auf Scotty, als hätte sie nicht schon längst jeder gesehen.

Evie stieß einen erstickten Schrei aus und sprang aus dem Wagen. Dylan sah aus, als würde er vor Stolz gleich platzen.

»Na warte, du Göre!«, brüllte Anwar und machte einen Schritt nach vorne. »Dir werde ich Manieren beibringen, einfach so auf Leute zu schießen! War ganz schön blöd von dir, so ganz allein hier wieder aufzutauchen.«

»Hey!«, rief Nathan und machte einen Schritt nach vorne, aber Scotty ließ sich gar nicht aus der Ruhe bringen und grinste frech.

»Wer sagt denn, dass ich allein bin?« Sie legte den Kopf in den Nacken und stieß ein lang gezogenes Heulen aus. Da erwachte die Wüste zum Leben. Aus Dutzenden von Kehlen wurde das Heulen zurückgeworfen, dann erklangen Hufschläge und Kamele jagten heran, auf deren Rücken weiß gekleidete Gestalten saßen. Weitere sprangen hinter den Felsen hervor und tauchten im Rücken der Grabräuber auf. Die Beduinen waren gekommen. Constantin lief ein Schauer über den Rücken, aber dieses Mal nicht vor Angst. Er sah zu Scotty, neben der plötzlich ein hochgewachsener junger Mann stand, der ihm sehr bekannt vorkam, und seine Schwester nickte ihm zu. »Jetzt«, formten ihre Lippen und sie hob den Bogen. Ein Pfeil sauste durch die Luft und ließ Anwar erschrocken zurückspringen. Auch der Mann schoss und verschreckte Schwarzbart. Jetzt brach Panik unter den Grabräubern aus.

»Komm Yashar, Zeit abzureisen!«, rief Constantin.

Schon waren die Jungen auf den Füßen und hechteten auf Nathan, Tristan und Dylan zu. Die Männer kamen ihnen entgegen, packten sie und gemeinsam rannten sie zum Jeep, während die Beduinen die Grabräuber mit wildem Geheul umzingelten. Die Männer hatten keine Chance und ergaben sich schließlich mit erhobenen Händen.

Constantin fühlte, wie jemand seine Fesseln zerschnitt, dann zog sein Vater ihn auch schon in eine bärenhafte Umarmung. »Einfach davonzuschleichen, also wirklich. Ich sollte dir die Ohren langziehen, mein Junge!«

»Wir mussten doch herausfinden, was hier vor sich geht«, nuschelte Constantin und fühlte sich wieder wie ein kleines Kind. »Ihr wolltet uns nach Hause schicken, das konnten wir nicht zulassen. So ein Geheimnis lässt man doch nicht einfach in der Wüste herumliegen.«

»Stattdessen lässt man sich lieber gefangen nehmen, ja?« Evie zog ihren Sohn schniefend an sich.

Yashar stand hinter ihr und wirkte ziemlich bedröppelt, sein Turban war dabei, sich völlig aufzulösen.

»Ihr ... ihr unmöglichen Kinder!«, stieß Evie hervor. »Woher habt ihr das nur?«

»Also, ich würde sagen, das liegt in der Familie.« Dylan klopfte Evie tröstend auf die Schulter. »Schau, da kommt deine Tochter. Wobei, so ganz sicher bin ich mir da gerade nicht, womöglich ist es auch eine Beduinenprinzessin.«

Tatsächlich kam Scotty mit geschultertem Bogen, breitem Grinsen und in Begleitung des jungen Mannes auf sie zu. Doch ehe irgendwer etwas sagen konnte, drängte sich Yashar zwischen den Blackbirds hervor und schnellte auf den Beduinen zu. Der breitete lächelnd die Arme aus und zog ihn fest in seine Arme.

Constantin klappte der Mund auf. »Hey, halt, Moment … was?«

Yashar drehte sich ein bisschen verlegen um. »Constantin, Scotty, Familie Blackbird … das ist Marik, mein Bruder. Er ist der Anführer der Krieger, die ihr hier vor euch seht.«

»Bruder«, ächzte Constantin. »Ach du meine Güte.«

»Darum wusstest du es!« Nathan schlug sich die Hand vor die Stirn. »Daher wusstest du, dass die Angreifer keine Beduinen sind. Du bist einer von ihnen! Aber Junge, warum hast du denn nicht den Mund aufgemacht?«

»Ich wollte es euch sagen, wirklich.« Yashars Schultern sanken herab. »Aber ihr … ihr habt so negativ von uns gesprochen. Ihr dachtet, dass wir euch bestohlen hätten. Ich wollte nicht … ich hatte Angst, dass ihr mich fortjagt.«

Constantin lief hochrot an vor Scham. *Was bin ich doch für ein gedankenloser, unsensibler Trottel!* »Yashar, ich hätte dir doch geglaubt! Es tut mir so leid.«

»Mir tut es auch leid.« Yashar sah Constantin an. »Bitte sei mir nicht böse, ja?«

»Aber nicht doch. Du Geheimagent, du.« Constantin lachte ein wenig verkrampft. »Mensch, ich bin so blöd!«

»Ich hab es ja auch nicht verstanden«, tröstete ihn Scotty und ging zu ihrer Mutter, um sie zu umarmen. »Erst als Marik mich in der Wüste eingesammelt hat.«

»Wo wir gerade davon reden ...!«, rief Constantin, froh, das Thema wechseln zu können. »Wo warst du die ganze Nacht? Schön Urlaub machen, während wir hier um unser Leben gekämpft haben?«

»Hab ich nicht!« Nun wurde auch Scotty knallrot. »Es war keine Absicht! Ich ... ich bin ...« Die letzten Worte sagte sie so leise, dass Constantin nichts verstand.

»Wie war das bitte?«, hakte er nach.

»Sie ist gestürzt«, mischte sich jetzt Marik ein. »Wir haben sie am Rande des Felsplateaus gefunden. Sie ist vollkommen erschöpft und halb verdurstet vom Kamel gefallen. Wir wussten nicht, was vor sich ging, darum haben wir sie mit ins Dorf genommen. Als sie wieder zu sich kam, hat sie uns alles erzählt und wir sind, so schnell es ging, hierher aufgebrochen. Dadurch ist leider viel zu viel Zeit verloren gegangen. Wir haben uns auf die Lauer gelegt, nachdem einer meiner Männer die Grabräuber belauschen und ihren Plan erfahren konnte.«

Scotty griff in ihre Tasche und zog eine wohlbekannte Fellkugel hervor. »Hier vermisst dich übrigens jemand.«

Constantin unterdrückte einen Freudenschrei und nahm den verschlafen dreinblickenden Willi entgegen.

»Was machen wir mit den Ganoven?«, fragte Tristan und zeigte auf die recht belämmert dreinblickenden Grabräuber.

»Vierteilen und am Spieß braten«, brummte Constantin

und rieb sich die von den Fesseln geröteten Handgelenke. »Ist ja wohl logisch.«

»Wenn ihr erlaubt, nehmen wir uns ihrer an«, sagte Marik. »Einer von ihnen ist aus unserem Stamm. Er hat uns verraten.«

»Anwar – von ihm stammen die Lichtzeichen, die ihr gesehen habt«, erklärte Yashar. »Das ist unsere Art der Kommunikation. Ich war ihm auf den Fersen, als ich auf dich traf, Constantin. Er hat nämlich auch uns bestohlen.«

»Also sind diese Kerle wirklich hinter dem Schatz her und haben uns all diese Streiche gespielt? Auch die Geräusche in der Wüste und alles?«

»Ja. Sie wollten euch vertreiben, damit ein ägyptischer Bauherr die Rechte erhält, die Pyramide zu erforschen.«

»Aber was hat Blassauge damit zu tun?«, mischte Scotty sich ein. »Und wo ist er überhaupt?«

»Ich fürchte, der hat Lunte gerochen«, murrte Constantin. »Er sitzt bestimmt schon im nächsten Flugzeug.«

»So ein Dreckskerl!«, fluchte Scotty und erntete einen empörten Blick von ihrer Mutter. »Aber wir haben auch gute Nachrichten! Wir wissen, wer die Frau in der Grabkammer ist. Yashar kann euch alles über sie erzählen. Sie ist nämlich die Schwester des Goldenen Pharaos und sollte heiraten, aber stattdessen ist sie in die Wüste geflüchtet und wurde ...«

»Also, mir wird das hier gerade alles ein bisschen zu viel«, unterbrach Dylan und hob die Hände. »Wie wäre es, wenn wir zurück ins Lager gehen, wo Odette vermutlich schon vor lauter Sorge den Verstand verloren hat, und in Ruhe über alles reden? Tristan macht uns Chai-Tee und dann könnt ihr in Ruhe erzählen, was …«

»Ohne mich!«, rief Constantin und trat demonstrativ einen Schritt zurück. »Ihr könnt ja meinetwegen die Friedenspfeife rauchen, aber Willi und ich, wir werden uns erst mal ausgiebig waschen und danach esse ich eine Riesentüte …«

»… Lakritz!«, riefen Scotty und Yashar einstimmig und im nächsten Moment brach die Gruppe in schallendes Gelächter aus.

Kapitel 27
Pyramidengespenster mit bunten Haaren

Zwei Tage später

Scotty

Scotty hockte in Nesrins Grabkammer und pinselte sorgfältig den Staub von den Gravuren ihres Sarkophags.

Die Wüstenkrieger lieferten gerade die gefassten Grabräuber in der Stadt ab und Dylan begleitete sie. Anwar war sogar ein Vertrauter von Yashars und Mariks Vater gewesen, was die Brüder sehr schmerzte. Auch darum war Yashar so verschlossen gewesen und hatte nicht gewagt, den Blackbirds auch nur den geringsten Hinweis auf sein Vorhaben, den Verräter eigenmächtig zu überführen, zu geben. Scotty wünschte, er hätte es trotzdem getan. Marik hatte ihr versprochen, ihr nach seiner Rückkehr das Beduinenlager zu zeigen, und sie konnte es kaum erwarten. Außerdem würden sie seine Großmutter abholen. Sie war die Geschichtenbewahrerin des Stammes und hatte sich bereit erklärt, ins Camp zu kommen und ihr Wissen mit den Blackbirds zu teilen. Evie und Odette machten sich in ihrer vorfreudigen Aufregung beide schon ganz verrückt.

Außerdem musste darüber beraten werden, was mit dem Schatz geschehen sollte. Sollten sie ihn der Regierung überlassen? Mariks und Yashars Familie? Ihn gar nicht anrühren? Das waren wichtige Fragen, über die es zu beraten galt, und Scotty war irgendwie ganz froh, dass sie nicht die Verantwortung der Erwachsenen trug. Wenn es nach ihr ginge, würde sie Nesrins Nachkommen den Schatz überlassen.

Von Blassauge fehlte weiterhin jede Spur und die Geschwister wurmte das sehr. Irgendwie war es ihm gelungen zu entkommen. Die Polizei suchte zwar nach ihm, aber Scottys Bauchgefühl sagte ihr, dass es schwierig werden würde, ihn zu fassen.

Gerade kratzte sie eine besonders hartnäckige Sandkruste beiseite, da ertönte plötzlich ein seltsames Flüstern. »Scotty. Scooootty.«

Im ersten Moment glaubte sie noch, sich verhört zu haben, und trank sicherheitshalber einen Schluck kalten Tee – falls sie vor Dehydrierung halluzinieren sollte. Aber das Flüstern hörte nicht auf. Im Gegenteil. Es kam näher. »Scottyyy …«

Scottys Hand tastete nach dem größten ihrer Pinsel. Etwas anderes hatte sie nicht, der Bogen, den Marik ihr geschenkt hatte, lag sicher verstaut in ihrem Zelt. Die feinen Härchen auf ihren Armen und in ihrem Nacken richteten sich auf und in ihrem Magen nistete sich ein nervöses Ziehen ein.

»Es gibt keine Pyramidengespenster«, murmelte sie und glaubte im nächsten Moment, eine schattenhafte Bewegung wahrzunehmen. »Aber, vielleicht hat das diesem Gespenst keiner gesagt.« Scotty richtete sich auf, den Pinsel fest umschlossen. Geduckt schlich sie zum Eingang der Grabkammer.

»Scotty …« Wieder das Flüstern, so nah, dass der Ursprung direkt hinter dem Eingang liegen musste.

Scotty holte tief Luft, dann sprang sie blitzschnell vor und …

»Uaaaah!« Das Pyramidengespenst wich mit einem entsetzten Schrei zurück, in den Scotty vor lauter Schreck einfiel. Vor ihr stand ein sehr ungespenstiges vierzehnjähriges Mädchen mit rabenschwarzen Haaren, in denen mehrere bunte Strähnen leuchteten, und weit aufgerissenen Augen. Wie fast immer trug sie ein übergroßes T-Shirt, dieses Mal mit einem Bandnamen, der Scotty nichts sagte, und kunstvoll zerrissene Jeans, aus deren Löchern braun gebrannte Haut hervorblitzte.

»Vi!« Scotty klappte die Kinnlade herunter. »Was tust du denn hier?«

»Wieso ich?«, echote Vi. »Was tust *du*? Ich hab deine Nachrichten bekommen. Und dann den Zettel, den du mir geschrieben hast. All deine kryptischen Hinweise, dass ihr überfallen worden wärt, Lichtsignale gesehen habt und vermutet, dass man euch belauert ... Du glaubst doch nicht ernsthaft, dass ich in diesem langweiligen Camp rumsitze, während du hier Schätze, Grabräuber und was weiß ich nicht jagst? Warum hast du nicht eher angerufen und warum hast du nicht gesagt, dass es hier so aufregend wird? Ich wäre doch mit dir gekommen! Du meintest, du verbringst den Sommer mit deiner Familie!« Vi fuchtelte so wild mit den Händen, dass ihr die kleinen bunten Zöpfe ins Gesicht schlugen. »Also, so sehen *meine* Familienurlaube nicht aus! Deine Eltern erforschen eine megageheimnisvolle Pyramide! Warum genau bist du nicht laut schreiend zu mir gekommen? Ich musste es von meiner *Oma* erfahren. Meiner Oma, Scotty! Die Frau geht kaum aus dem Haus und weiß mehr über dich als ich!«

»Ich wollte es dir sagen«, druckste Scotty herum. »Aber dann hast du dich so über deine Cousine aufgeregt, die wegen ihres Klavierstücks in die Zeitung gekommen ist. Und du hast gesagt, dass Leute, die wegen irgendwas in Zeitungen landen, arrogant sind und wahre Heldentaten im Stillen geschehen. Da hab ich mich einfach nicht getraut.«

Einen Moment sah Vi sie völlig sprachlos an, dann schlug sie erst sich vor die Stirn, dann Scotty und zog ihre verdutzte Freundin in ihre Arme. »Du bist vielleicht eine«, brummte sie in Scottys leicht sandige Haarmähne. »Aber gut, ich bin ja jetzt hier.«

»Ja, das sehe ich.« Scotty wand sich aus der etwas erdrückenden Umarmung und schnappte nach Luft. »Erzähl mir alles! Wie bist du hergekommen?«

»Dein Onkel.« Vi grinste wieder. »Als ich erfahren hab, was bei dir los ist, habe ich meinen Kram gepackt und bin aus dem Camp ausgerissen. Ein Landwirt hat mich ein ganzes Stück mitgenommen und den Rest zu euch nach Hause bin ich dann gelaufen. Dein Onkel hat ganz schön doof geguckt, als ich ihm alles erzählt habe. Er hat dann alle Hebel in Bewegung gesetzt, sogar einen alten Freund von der Marine angerufen, der uns hergeflogen hat, also deinen Onkel und mich. Völlig irre! Dein Onkel hat total einen an der Waffel, weißt du das?«

»Ja.« Scotty kratzte sich am Kopf. »Marine? Bist du sicher?«

»Ziemlich, wieso?«

»Weil das eigentlich die mit den Schiffen sind und nicht mit den Flugzeugen.«

Vi dachte einen Moment nach, dann zuckte sie die Achseln. »Ach, ich sag ja, er ist verrückt! Kaum waren wir gelandet, hat er dann so einen Trupp unglaublich süßer Typen mit Turbanen aufgetan, die uns hierhergebracht haben. Kamelreiten ist ja wirklich sauanstrengend! Aber unser Anführer hatte so unfassbar schöne Augen, die …«

»Moment mal, meinst du Marik?«

Vi blinzelte. »Wie, den kennst du schon? Ach Manno!«

Scottys Herz machte einen kleinen Satz bei dem Gedanken, dass Marik zurück war. Sie hakte sich bei Vi unter.

»Jetzt, wo du da bist … Hast du schon mal ein echtes Pharaonengrab gesehen?«

»Du meinst so richtig mit Fallen und Geheimtüren?«

Scotty nickte und Vi strahlte sie an.

»Das klingt so cool! Wie konntest du mich nur zu Hause zurücklassen? Von jetzt an begleite ich dich beim Schätzejagen. Etwas Besseres gibt es doch nicht!« Vi legte den Kopf schief. »Was schaust du denn so komisch? Darf ich nicht deine Co-Forscherin sein?«

Scotty blinzelte. »Wäre es sehr kitschig, wenn ich jetzt sage, dass es mir mehr bedeutet, dich hier zu haben, als der ganze Schatz?«

Vi grinste. »Vielleicht, aber ich find's gut. Ich hab dich vermisst, Scotty Blackbird!«

»Ich hab dich auch vermisst«, flüsterte Scotty und umarmte ihre Freundin. Und in ihrem Inneren löste sich ein fester Knoten, der ihr so lange schwer um die Brust gelegen hatte. Die Einsamkeit verschwand und wurde durch einen Schatz ersetzt, der so viel wertvoller war als Gold und Juwelen: Freundschaft.

»Stellst du mich dem Team vor?«, fragte Vi. »Und darf ich in den Sarkophag schauen? Kann man bei deinen Eltern eigentlich eine Ausbildung zur Schatzjägerin machen? Ich wäre sicher eine prima Schatzjägerin. Aber bitte nur da, wo es keine Spinnen gibt, mit Spinnen komme ich nicht so klar.«

Lachend hakte Scotty sich bei ihrer Freundin unter und führte sie aus der Pyramide. Draußen entdeckte sie eine

Schar Kamele, vor denen Yashar und Constantin die Köpfe zusammensteckten. Willi lugte aus Constantins Hemdtasche neugierig ins Freie und Scotty fühlte, wie ihr Lächeln noch etwas breiter wurde.

Die Blackbird-Familie war wieder einmal ein Stückchen größer geworden. Und sie war stolz, ein Teil davon zu sein. Ihr Blick huschte über das Lager und die Wüste, die sich dahinter erstreckte. Voller Geschichten und voller Geheimnisse. Und sie war mehr als bereit, noch das ein oder andere davon zu entdecken.

Dank

Wieder ein Buch, wo nur ein Name vorne draufsteht, an dem aber ganz viele Menschen beteiligt waren ♥
Vielen Dank an meine wundervollen Testleserinnen Tanja und Judith ♥
An meine Lieblingsmenschen für all eure Unterstützung und stundenlange Diskussionen über Kleinigkeiten, fürs Fotos-Schießen und Zitate-Testlesen ♥
An meine Nerds von *The Writing Dead* für die besten Schreibsessions ♥
Meine Familie, die mich mit allem versorgt, während ich im Schreibwahnsinn verschwinde ♥
An die Kids vom Fischerboot, die diese Geschichte so sehr geliebt und ins Leben gerufen haben, dass ich ein ganzes Buch über die Blackbird-Geschwister schreiben durfte ♥
Und ein riesiges Dankeschön an meine Lektorin Evelyn für die supertolle Zusammenarbeit und deinen Einsatz dafür, dass dieses Buch erscheint ♥
Dieses Manuskript hat Dutzende Absagen bekommen, bevor es endlich ein Zuhause finden durfte. Ich hatte schon fast aufgegeben, aber Gott hatte einen guten Plan für diese Geschichte und er hat ihn wahr werden lassen, trotz meiner Zweifel. Danke Vater ♥